Zum Buch:

Nach dem Tod seiner großen Liebe vor einigen Jahren hat sich Eljas mit seinem Dasein als alleinerziehender Vater einer wunderbaren Tochter arrangiert – seine Rentierfarm bietet dem benachbarten Weihnachtsmanndorf geführte Schlittentouren in die verschneiten Winterwälder sowie Führungen über den Hof. Er kommt gut allein zurecht, befindet er – und doch kann er nicht lange leugnen, dass Charlotte, eine der angestellten Weihnachtselfen, in ihm Gefühle auslöst, die er nicht mehr für möglich gehalten hätte. Beide stellen fest, dass sie viel gemeinsam haben: den Wunsch, anderen Menschen zu helfen, die Sehnsucht nach einer intakten Familie sowie eine tief verwurzelte Liebe zur Natur und dem Leben am Polarkreis. Doch beide müssen ebenfalls mit ihrer Vergangenheit abschließen – und lernen, neues Glück zuzulassen, auch wenn sich ihnen Hindernisse in den Weg stellen …

Zur Autorin:

Julie Larsen, Jahrgang 1979, liebt ihre Familie, Hunde, Katzen, Vögel, Kinder und das Meer. Sie lebt und arbeitet in der Nähe von München, träumt sich mit ihren romantischen Geschichten aber in den hohen Norden nach Skandinavien, wo sich Himmel und Meer begegnen, die Sommertage lang und die Winternächte unendlich erscheinen.

Lieferbare Titel:

Winterglück am Meer
Nordlichtträume am Fjord
Sommerzauber am Fjord

JULIE LARSEN

Winterküsse unterm Nordstern

ROMAN

HarperCollins

1. Auflage 2022
Originalausgabe
© 2022 by HarperCollins in der
Verlagsgruppe HarperCollins Deutschland GmbH, Hamburg
Umschlaggestaltung von zero Werbeagentur, München
Umschlagabbildung von rybarmarekk, Standret, NikaMooni / Shutterstock
Gesetzt aus der Stempel Garamond
von GGP Media GmbH, Pößneck
Druck und Bindung von GGP Media GmbH, Pößneck
Printed in Germany
ISBN 978-3-365-00120-2
www.harpercollins.de

Klimaneutral
Druckprodukt
ClimatePartner.com/15109-2009-1001

MIX
Papier
FSC FSC® C014496

1

Obwohl es erst kurz nach drei Uhr am Nachmittag war, versteckte sich die Sonne seit über einer Stunde hinterm Horizont. Der Himmel schimmerte in seidigem Indigoblau, bot einen herrlichen Kontrast für die Abertausend Glitzerlichter, die im Santa Claus Village jedes Gebäude schmückten. Aus zahlreichen Lautsprechern ertönte Weihnachtsmusik – *Wonderful Dream* von Melanie Thornton stand heute besonders hoch im Kurs. Beim achten Mal hatte Charlotte aufgehört mitzuzählen, wie oft sie das Lied während ihrer Schicht gehört hatte. Unter den Schuhen der Besucher knirschte der Schnee, selbst auf den meistbenutzten Pfaden blieb er weiß und pudrig. Nicht vergleichbar mit der grauschwarzen Matschepampe, die sie von zu Hause kannte.

Alle Menschen, denen sie begegnete, trugen ein Lächeln auf den Lippen. Dick eingemummelt in Schals und Mützen stapften sie von Attraktion zu Attraktion. Auch zu Charlottes Arbeitsuniform gehörten Mütze und Schal, allerdings keine von den modischen, flauschigen. Was eine waschechte Weihnachtselfe sein wollte, trug eine turmhohe Zipfelmütze aus feuerwehrautorotem Filz, dazu einen in verschiedenen Grüntönen gestreiften Schal sowie ein unförmiges Ensemble aus roten Pumphosen und dicker Fransenfilzjacke mit bunten Knöpfen und lustigen Stickapplikationen. Fäustlinge und Stiefel, ebenfalls in Rot, durften natürlich auch nicht fehlen. Trotz der vielen Kleidungsschichten kroch die Kälte mit jeder verstreichenden Stunde tiefer in Charlottes Glieder. Sie rieb die Hände aneinander, pustete Atem auf den Filz, doch die Wärme erreichte ihre Finger kaum.

Als sie die Jobbeschreibung vor ein paar Wochen im Internet gefunden hatte, hatte sich das alles viel einfacher angehört. »Der Weihnachtsmann sucht Elfen«, hatte da in der Anzeige gestanden. Um als Saisonaushilfe in den hohen Norden Lapplands ziehen zu können, waren nicht einmal besondere Fähigkeiten gefragt gewesen. Teamfähigkeit, Kundenorientierung, Freundlichkeit – mehr musste eine angehende Weihnachtselfe nicht mitbringen, alles andere lernten die Elfenanwärter in einem Jobtraining vor Ort. Nicht einmal Finnischkenntnise waren gefordert. Weil die Gäste überwiegend internationale Touristen waren, war Englisch die gängige Sprache im Weihnachtsmanndorf, und das beherrschte sie fließend. Dass sie sich dennoch auch in der Landessprache verständigen konnte, hatte wahrscheinlich den letzten Ausschlag für die Jobzusage gegeben. Nicht viele sprachen Finnisch. Sie konnte es nur, weil ihre Großeltern zeit ihres Lebens eine besondere Verbindung zu dem Land gehabt hatten. Hier hatten sie sich kennengelernt, als Opa ein junger Soldat gewesen war und Oma ein Mädchen mit großen Träumen. Obwohl sie Opa nach dem Krieg der Liebe wegen nach Deutschland gefolgt war, hatte die Sehnsucht nach ihrer Heimat sie nie verlassen, und diese Sehnsucht hatten sie und Opa an Charlotte weitergegeben.

Heute, an Charlottes erstem echten Arbeitstag am Polarkreis, zeigte sich, wie hart dieser Job tatsächlich war. Im Großen und Ganzen bestand er darin, an einem ihr zugewiesenen Ort zu stehen und Besucherfragen zu beantworten. Die meisten Gäste des Weihnachtsmanndorfs hatten jedoch keine Fragen. Sie waren vollkommen zufrieden damit, Fotos von den niedlichen Häusern, den funkelnden Tannenbäumen, den glitzernden Weihnachtskugeln und grinsenden Schneemännern zu machen. Die Eiseskälte, die ihr anfangs noch erfrischend und winterlich vorgekommen war, setzte ihr mit jeder verstreichenden Stunde mehr zu. Und auch das ewige Lautsprechergedudel machte es nicht leichter.

Nur mit Mühe konnte sie sich verkneifen, einen Blick auf die Uhr zu werfen. Weihnachtselfen sehnten nicht den Feierabend herbei. Weihnachtselfen waren stets zu hundert Prozent bei der Sache und genossen jede Sekunde ihrer wichtigen Tätigkeit!

Sie verlagerte ihr Gewicht von einem Bein aufs andere. Ihre Hüfte schmerzte vom langen Stehen. Auch das hatte sie unterschätzt. Wenn sie hinter der Theke eines Pubs bediente, bewegte sie sich die ganze Zeit. Das verziehen die Muskeln viel eher als das Herumstehen in der Kälte. Nur gut, dass Henning keine Ahnung hatte, wie tief sie diesmal gesunken war. Seine Missbilligung hätte ihr den Rest gegeben. Mal wieder hatte sie selbst sich in die Bredouille gebracht. Und warum das alles? Wegen eines lächerlichen Traums. Wegen des Ratschlags eines alten Mannes, der es mit Sicherheit niemals so gemeint hatte, wie sie es aufgefasst hatte. Henning hatte recht, wenn er immer wieder durchblicken ließ, dass sie sich selbst nicht vertrauen konnte. Sie war einfach nicht gut darin, vernünftige Entscheidungen zu treffen.

Mit dem Daumen der rechten Hand rieb sie die Innenseite des linken Handgelenks. Die Stelle, an der sie unter den vielen Lagen Stoff die Tätowierung wusste. *Ach Opa, so war das alles nicht geplant gewesen.*

Ein lautes Lachen riss sie aus den Gedanken. Aus der Plätzchenwerkstatt taumelten zwei Frauen. Sie hatten sich beieinander untergehakt und plapperten ununterbrochen. In breitem amerikanischem Akzent betonten sie, wie *amaaaaazing* alles hier war: die Blockhäuser, die Lichter, der Schmuck. Sie streckten die Zungen aus den Mündern und kosteten vom Schnee, der in dicken Kissen auf den Tannenzweigen der Weihnachtsbäume lag. Zuerst vorsichtig, dann immer begeisterter naschten sie von den Kristallen und schienen ehrlich überrascht, dass es sich um gefrorenes Wasser handelte. Kein Plastik, kein Styropor und auch kein Eiskonfekt, sondern schlichtes, geschmackloses, gefrorenes Wasser.

Trunken von ihrer unglaublichen Entdeckung wankten die beiden lachend und lauthals staunend auf Charlotte zu.

»Look!«, schrie die eine ihrer Freundin direkt ins Ohr. »Ein Weihnachtself! Hier draußen! Ist das nicht süüüüüüß?«

Die Freundin klatschte begeistert in die Hände.

»Lass uns ein Foto machen. Wir brauchen ein Foto! Das glaubt uns niemand zu Hause.«

Oh, oh. Charlotte ahnte, was das bedeutete. Lächeln, erinnerte sie sich. *Lächeln, lächeln, lächeln. Ein Weihnachtself ist immer freundlich. Ein Weihnachtself liest den Gästen des Weihnachtsmanndorfs jeden Wunsch von den Augen ab.*

»Dürfen wir ein Foto von dir machen?« Die größere der beiden schrie Charlotte die Frage entgegen.

»Klar.« Sie stemmte die Hände in die Hüften, neigte den Oberkörper ein wenig zur Seite und machte eine ausladende Geste mit den Händen. »So?«

»Oh ja!« Klick, klick, klick. Der Auslöser der Handykamera ertönte ununterbrochen. »Und jetzt mit dem Tannenbaum da drüben! Ich bin übrigens Karen. Und das hier«, sie deutete auf ihre Freundin, »ist Paige.«

»Schön, euch kennenzulernen.« Charlotte gab sich Mühe, so viel Enthusiasmus wie möglich in ihre Stimme zu legen. So nett die beiden sicherlich waren, ihre überschwängliche Art strengte sie jetzt schon an.

»Kannst du vielleicht so tun, als würdest du zaubern?«, fragte Paige. Unauffällig hatten die beiden sie von ihrem Infoposten unter einen der geschmückten Weihnachtsbäume manövriert. »Du weißt schon, so wie die Fee in Cinderella? Als würdest du den ganzen Schmuck gerade erst jetzt an den Baum zaubern.«

»Aber sie hat doch keinen Zauberstab.« Karen runzelte die Stirn.

»Ach, das macht nichts. Elfen können sicher auch ohne Zauberstab zaubern. Sonst könnten sie dem Weihnachtsmann ja gar nicht richtig zur Hand gehen!«

»Meinst du?« Immer noch zweifelnd wandte sich Paige an Charlotte: »Stimmt das? Können Elfen auch ohne Zauberstab zaubern?«

»Ähm …« Meinte sie die Frage wirklich ernst?

»Also, ich glaube, wenn du es genau nehmen willst, können Elfen gar nicht zaubern«, mischte Karen sich wieder in das Gespräch ein. »Schließlich sind Elfen keine Feen. Sie gehören zu einer ganz anderen Gattung magischer Wesen. Elfen sind eher mit Heinzelmännchen verwandt, während Feen …«

Langsam, Schritt für Schritt, entfernte sich Charlotte von den Freundinnen, deren Diskussion sich mit jedem Wort mehr zu einem Streit mauserte. So unauffällig wie möglich verschwand sie zwischen zwei Hütten und bemühte sich, mit der Umgebung zu verschmelzen. Sie durfte ihren Arbeitsplatz nicht verlassen, aber hier, etwas ab vom Schuss, war es zumindest ein wenig ruhiger. Eine Minute lang durchatmen, das künstliche Lächeln sein lassen und nur sie selbst sein, mehr wollte sie gar nicht.

Sie schloss die Augen, atmete die eisige Polarluft ein. Selbst hier draußen war die Luft geschwängert vom Duft der Zuckerplätzchen, die Santa und die Weihnachtsfrau an ihre Besucher verteilten. Aber darunter, tiefer, lag das Aroma von Tannennadeln und endloser Weite. Sie öffnete die Augen, richtete den Blick gen Himmel und suchte nach dem vertrauten Blinken des Nordsterns. Gemeinsam mit ihrem Großvater am Fenster seines Zimmers im Altersheim zu stehen und mit dem Teleskop in die Weite des Universums zu schauen, gehörte zu Charlottes schönsten Erinnerungen. Wie man unter den Abertausenden Lichtern den Polarstern erkannte, hatte Opa ihr als Allererstes erklärt.

Als wäre es gestern gewesen, hörte sie die Stimme des alten Mannes in ihren Ohren.

»Weißt du, was das Besondere am Nordstern ist, Lottilein?«

Sie wusste es. Er hatte es ihr viele Male erzählt. Trotzdem schüttelte sie den Kopf. Sie wollte es noch einmal hören, wollte, dass er es ihr erklärte. Opas Stimme klang so wunderbar weich und warm, wenn er von den Sternen sprach. Natürlich liebte Charlotte auch ihre Eltern, aber die nahmen sich nie so viel Zeit für sie wie Opa. Ihr Opa war ihr der allerliebste Mensch auf der Welt.

»Das Besondere am Nordstern ist, dass er die ganze lange Nacht über an genau demselben Ort am Himmel bleibt.« Mit dem Finger zeigte er auf den hell leuchtenden Fleck am Firmament. »Er markiert den Nordpol. Für Seefahrer war er deshalb früher der allerwichtigste Punkt im ganzen Universum. Wenn sie sich verloren haben und nicht mehr ein noch aus wussten, dann konnten sie dem Nordstern folgen, und irgendwann hatten sie wieder ein Ziel vor Augen.«

»Wollten denn alle Seefahrer zum Nordpol?«

Opa lachte. »Aber nein, natürlich nicht. Aber wenn sie wussten, wo Norden ist, dann wussten sie auch, wo Süden und Westen und Osten ist. So ist das ganz oft im Leben, weißt du? Oft reicht ein einziger Fixpunkt, eine einzige Sache, die wirklich gut und richtig ist, und der Rest fällt an die passende Stelle.« Er strich ihr mit der Hand über das Haar. Seine Finger zitterten dabei. »Daran musst du immer denken, mein Schatz. Wenn du dich verloren fühlst und nicht mehr weiterweißt, suche deinen Nordstern. Wenn du ihn gefunden hast, kommt der Rest von ganz allein.«

Damals hatte sie nicht verstanden, was ihr Opa ihr sagen wollte, und geglaubt, er spräche von Situationen, wenn

Charlotte sich im Wald verlief oder ihre Eltern sie aus Versehen bei einer Fahrt in den Urlaub an einer Tankstelle vergaßen, wie es dem Mädchen in dem Film passiert war, den sie letztens mit einer Schulfreundin gesehen hatte. Heute wusste sie, dass der Ratschlag ihres Großvaters metaphorisch gemeint gewesen war. Dass er ihr hatte sagen wollen, wie wichtig es war, etwas zu haben, woran man glaubte, und dass oft nur eine einzige Konstante im Leben genügte, um nicht im Sturm des Alltags verloren zu gehen. Dennoch hatte sie ihre Faszination für den Polarstern nie verloren. Wie oft hatte sie in den vergangenen Jahren in den Nachthimmel geschaut und nach dem Licht gesucht, das ihr Mut spenden sollte? Wie sehr wünschte sie sich für ihr Leben diese eine Konstante, die ihr die Kraft und den Mut verleihen würde, noch einmal neu anzufangen und an sich zu glauben?

Sie öffnete die Augen, legte den Kopf in den Nacken. Die Krempe ihres Elfenhuts verdeckte ihr die Sicht, aber dort oben war er irgendwo. Ihr Nordstern. Wenn sie im Stillen ihre Wünsche an ihn richtete, musste er sie doch erhören. Nie war sie ihm näher gewesen als jetzt, direkt am Polarkreis.

Wie aus dem Nichts traf sie auf einmal ein Schlag gegen die Körpermitte. Sie taumelte einen Schritt nach hinten, ruderte mit den Armen. Ein hohes Quieken begleitete den Unfall.

»Entschuldigung!« Kaum sah Charlotte wieder klar, erkannte sie das Mädchen, das direkt vor ihr stand. Die Kleine mochte acht, vielleicht neun Jahre alt sein und ging Charlotte bis knapp unter die Brust. Lange, hellblonde Haare fielen ihr von unter einer flauschig weißen Bommelmütze über die Schultern bis beinah zur Mitte des Rückens. Sie trug auch einen weißen Mantel, ihre Augen waren groß vor Schreck, aber sie schien sich schnell zu fangen, denn sie lächelte schon wieder. »Isä sagt immer, ich soll nicht rennen. Tut mir leid, dass ich dich nicht gesehen habe!« *Isä* hieß Papa auf Finnisch.

Verschwörerisch zwinkerte Charlotte der Kleinen zu. »Keine Angst, von mir erfährt dein Isä bestimmt nichts. Aber verrätst du mir denn, wohin du so eilig wolltest?«

»Zu dem Briefkasten!« Mit der freien Hand deutete das Mädchen auf einen der zahlreichen Briefkästen aus rotem Gusseisen, die überall im Santa Claus Village verstreut standen. Wer seinen Brief nicht beim Weihnachtsmann persönlich abgeben wollte, konnte seinen Wunschzettel dort einwerfen.

»Isä wartet schon mit dem Auto auf dem Parkplatz und hat gemeint, ich muss mich beeilen. Dabei wollte ich dem Weihnachtsmann die Briefe so gerne selber geben.« Die Kleine biss nervös auf ihrer Unterlippe herum. »Aber die Schlange war so lang, und ich habe ewig gebraucht, bis mein Brief fertig war. Ich hab wirklich alles reingeschrieben, was wichtig ist.«

»Wirklich?!« Charlotte riss die Augen auf. Jede Verlegenheit des Mädchens war vergessen.

»Mhmm.« Geflissentlich nickte sie. »Und Isä hat auch einen Brief an Santa geschrieben.«

»Das ist sehr klug von ihm. Auch große Leute sollten immer etwas haben, das sie sich von Herzen wünschen, und nur, wenn Santa von den Wünschen weiß, kann er sie erfüllen.«

»Isäs Wünsche stehen alle da drin.« Sie hob die Briefe ein wenig an. »Wir kommen jedes Jahr hierher, aber sonst hat er immer nur das aufgeschrieben, was ich ihm gesagt habe. Diesmal musste er sich selbst etwas einfallen lassen. Darauf habe ich bestanden.« Die Kleine nickte mit so viel Nachdruck, dass der Bommel auf ihrer Mütze wild tanzte. Charlotte konnte sich nur mit Mühe ein Grinsen verkneifen. In den Augen des Mädchens war das hier eine wichtige Angelegenheit, und die Kleine verdiente es, dass Charlotte sie ernst nahm.

»Das hast du sehr gut gemacht. Sicherlich nimmt Santa sich ganz viel Zeit für eure Briefe und liest sie mit großer Freude.«

»Kannst du ihm die Briefe vielleicht geben?« Beinah schüchtern jetzt hielt sie Charlotte die beiden Umschläge hin. »Ich muss zurück.«

»Aber der Briefkasten ist doch direkt dort drüben. Soll ich dir helfen?«

»Bitte? Du bist nett. Ich will lieber, dass du sie ihm gibst. Sicher ist sicher.«

»In Ordnung.« Halb seufzend, halb lachend nahm Charlotte die beiden Umschläge von dem Mädchen entgegen. Wenn sie gleich Feierabend hatte, konnte sie sie ohne Umstände zu den anderen Briefen im Hauptpostamt legen. Dort wurden die Wunschzettel der Kinder von Mitarbeitern des Weihnachtsmanndorfs sortiert und, wenn möglich, in einem neutralen Umschlag an ihre Eltern in aller Welt weitergeleitet, damit sich möglichst viele Kinderwünsche an Heiligabend erfüllten. Bis dahin steckte sie die Briefe des Mädchens in die Manteltasche. Noch hatte sie eine geschlagene halbe Stunde Dienst, und die sollte sie lieber mitten im Getümmel verbringen.

»Ich habe die Briefe persönlich einer Weihnachtselfe übergeben! Jetzt bekommt sie Santa ganz bestimmt.«

»Jetzt sitz doch ruhig, Eveliina. Du rutschst noch aus den Gurten. Das ist gefährlich!« Ja, Eljas wusste, dass er übertrieb. Der Kindersitz seiner Tochter gehörte zu den sichersten seiner Klasse. Ehe er sich für ein Modell entschieden hatte, hatte er sich zahlreiche Testberichte zu Gemüte geführt. Diese Dinger waren dafür gemacht, Zusammenstöße mit Überschlag und allem Drum und Dran zu überstehen. Ganz sicher würden sie ihre Sicherheit nicht aufgrund von ein wenig kindlichem Enthusiasmus einbüßen, aber Eljas konnte nicht aus seiner Haut. Eveliina war sein Ein und Alles. Allein der Gedanke, ihr könnte etwas zustoßen, raubte ihm den Verstand.

»Aber Isääää!« Den letzten Buchstaben zog sie in die Länge, Eveliinas liebste Weise, ihm zu zeigen, dass er ihr schrecklich auf die Nerven ging. »Du hörst mir gar nicht zu.«

»Ich höre dir zu, Häschen. Also, wie war das mit den Briefen?«

»Ich habe sie einer der Elfen gegeben. Und ich habe mich mit ihr unterhalten.«

»Das ist ja super.«

»Die Elfe wird doch nicht vergessen, unsere Briefe an Santa weiterzugeben?«

»Ganz sicher nicht.«

»Und glaubst du, der echte Santa liest wirklich alle Briefe von allen Kindern? Oder suchen die Schauspieler im Weihnachtsmanndorf nur die wichtigsten Briefe aus? Ich hoffe, unsere Briefe werden ausgesucht, wenn das so ist. Also zumindest deiner. Meiner ist nicht so wichtig. Wenn ich das nächste Mal bei Mummo bin, schreibe ich einfach noch mal einen Brief und lege ihn mit Hafergrütze und Milch in die Scheune. Dann holen die echten Elfen ihn ab und bringen ihn zu Santa und …«

Eljas blendete das Geplapper seiner Tochter aus. Ihm war es ein Rätsel, wie sie nach einem derart langen Tag noch so viel Energie haben konnte. Vielleicht hätte er ihr doch nicht die heiße Schokolade erlauben sollen, nachdem sie sich schon mit Zuckerstangen, Nougatkonfekt, glasierten Äpfeln und Schokoladenplätzchen den Bauch vollgeschlagen hatte. Eine Überdosis Zucker sorgte bei Eveliina immer dafür, dass aus seiner aufgeweckten Achtjährigen eine überdrehte Achtjährige wurde. Und wenn dann auch noch Müdigkeit dazukam … Er wollte es sich lieber gar nicht erst ausmalen. Die Liveversion dieses ganz besonderen Spektakels würde er bald genug erleben.

Die Fahrt vom Santa Claus Village zu ihrem Zuhause dauerte nicht lange. Seine Rentierweiden grenzten an das Freizeitparkgelände an, und das war gut so. Für die Tiere bedeutete es weniger Stress, wenn er sie von seinem Hof ins Weihnachtsmanndorf brachte, damit die Touristen auf seine Rentierschlittenfahrten aufmerksam wurden. Im November und Dezember war bei ihnen Hochsaison. Da veranstaltete er mit seinen beiden Angestellten täglich zwei bis drei solcher Schlittenfahrten. Dazu kamen Hofführungen, während der die Besucher sehen konnten, wie die Tiere bei ihm lebten, und Rentierwanderungen, bei denen jeder Teilnehmende ein Tier bekam, das er am Zügel durch die Winterwälder führte, sowie Polarlichtsafaris. Dass er sich trotzdem in jedem Advent zumindest einen Tag Zeit nahm, um ihn ganz allein mit Eveliina zu verbringen, gehörte zu ihrer Tradition.

Er liebte die Zeit mit seiner Tochter, doch mindestens genauso sehr liebte er das Nachhausekommen. Sicher, das Santa Claus Village mit all seinen Dekorationen, den tausend Lichtern, dem Lametta und den Glitzergirlanden bot einen spektakulären Anblick. Doch je mehr Zeit er dort verbrachte, desto mehr wusste er die Stille in den Wäldern zu schätzen. Nur eine Reihe Eislaternen, die er gemeinsam mit Eveliina gebaut hatte, erleuchtete den Pfad von der Hauptstraße zu ihrem Wohnhaus. Ein großes Holzschild mit der Aufschrift *Jalonen Rentierfarm* wies Besuchern den Weg. Er drosselte die Geschwindigkeit. Unter den Reifen seines SUV knirschte der Schnee. Wie immer hatten sie ein einzelnes Licht im Wohnzimmer angelassen, als sie am Morgen das Haus verlassen hatten. Eveliina mochte es so. Sie fürchtete sich davor, in ein düsteres Haus zurückzukommen, und so begrüßte sie auch heute ein goldener Schimmer, der in einem leuchtenden Band aus dem Wohnzimmerfenster ins Freie floss.

Eljas stoppte den Motor. Erst jetzt fiel ihm auf, dass Eveliinas Geplapper aufgehört hatte. Über die Schulter sah er zu seiner Tochter auf die Rückbank.

Sie war eingeschlafen. Ihr Kopf war zur Seite gefallen, kuschelte sich an die Ohrstütze des Kindersitzes. Ihr Mund stand einen winzigen Spalt offen, ihre Wimpern malten perfekte kleine Halbmonde auf die Wangenknochen. Zwischen ihren Kringellocken lugte die Spitze eines Ohres hervor. Sein kleines Mädchen. Sein Engel. Wärme durchflutete ihn. Ein Gefühl von so unbändiger Liebe, dass er manchmal glaubte, sterben zu müssen, wenn er sich erlauben würde, das volle Ausmaß seiner Emotionen für dieses wundervolle Wesen zu fühlen, das seine Tochter war.

Er zog die Handbremse an, stieg ins Freie, umrundete den Wagen und öffnete die hintere Autotür. So vorsichtig es ging, löste er Eveliinas Sicherheitsgurt. Sie wachte auf, tat jedoch, als würde sie immer noch schlafen, und brummte etwas Unverständliches. Natürlich könnte sie auch alleine zum Haus gehen. Himmel, seit ihrem letzten Wachstumsschub passte sie kaum mehr auf seinen Arm. Aber so groß sie mittlerweile war, manchmal genoss sie es, noch klein zu sein, und ihm ging es ebenso. Solange er es irgendwie schaffte, würde er ihr Spiel mitspielen und sie wie früher vom Auto ins Haus tragen. Ihr starker Isä sein, ihr Held.

Er hob sie aus dem Sitz. Sie schmiegte ihre Arme um seinen Nacken, ihr warmer Atem streifte seinen Hals.

Es bedurfte einiges an Geschicklichkeit, den Haustürschlüssel aus der Jeanstasche und ins Schloss zu fummeln, ohne Eveliina dafür abzusetzen.

Schließlich gelang es ihm doch. Im Windfang streifte er sich die Stiefel von den Füßen und trug Eveliina schnurstracks in ihr Zimmer im ersten Stock des Gebäudes. Es roch kalt und nüchtern im Haus, so wie ein Haus eben roch, das den ganzen Tag leer gestanden hatte. Nur in Eveliinas

Prinzessinnentraum von einem Zimmer lag eine leichte Note von künstlichem Erdbeeraroma und Bastelkleber in der Luft. Wahrscheinlich hatte sie mal wieder mit ihren Duftstiften gemalt und vergessen, danach zu lüften. Sacht ließ er sie auf die Matratze des Bettes sinken. Nicht einmal, als er ihr die Schuhe auszog, rührte sie sich. Erst als er sie auch von Mantel, Schal, Mütze, Socken, Pullover und Hose befreite, flatterten ihre Augenlider. Vielleicht war sie doch müder, als er geglaubt hatte. Im Halbschlaf wehrte sie sich gegen seine Bemühungen. Sie meckerte etwas Unverständliches.

»Pssst«, machte er, »gleich kannst du weiterschlafen.« Während er mit der einen Hand ihr Gesicht streichelte, lüpfte er mit der anderen das Deckbett für sie. »Ab unter die Decke mit dir.«

Sie strampelte mit den Beinen, rollte sich zu einer Kugel zusammen und schlief diesmal richtig ein. Um ihre Beine steckte er die Decke zu einem Nest fest. Genau so mochte sie es. Er küsste sie auf die Stirn, murmelte einen Gutenachtgruß und verließ das Zimmer. Ein Abend ohne Zähneputzen würde sie nicht umbringen. Ebenso wenig, wie dass er sie in Strumpfhose und T-Shirt schlafen ließ, statt darauf zu bestehen, dass sie einen Schlafanzug anzog. Sie hatten Schlimmeres überstanden. Was für eine Rolle spielte da die richtige Schlafetiquette?

Ohne Licht zu machen, fand er seinen Weg ins Wohnzimmer. Er wusste auch so, dass die dritte und sechste Stufe von oben knarzten, und übersprang sie. Seit Jahren nahm er sich immer wieder vor, sie zu reparieren, aber stets kam etwas dazwischen.

Unten angekommen, zog er sich den Mantel aus. Er schlüpfte in seine Hausschuhe, ging zurück in die Küche und räumte die Spülmaschine aus. Im Kühlschrank guckte er, was er noch dahatte, um Eveliina eine Brotzeit für morgen in der Schule zu machen. Er war nicht ganz bei der Sache. Aus Versehen fiel eine der Kinderzeichnungen von der Kühlschranktür, die dort und an allen anderen Küchenschränken die Fronten zierten. Wie die Zeit verging! Die ersten Zeichnungen hatte noch Lennja hier aufgehängt – krakelige Kopffüßler einer Dreijährigen. Nach und nach bekamen die Darstellungen mehr Details. Aus Kopffüßlern wurden Strichmännchen. Einzelheiten kamen dazu: Sonnen, Häuser, Rentiere, Autos. Neuerdings wirkten Eveliinas Werke wie Röntgenbilder. Oft waren die Körperumrisse ihrer Figuren auch unter den Kleidern sichtbar, sie hatte ein Haus gemalt, in dem man auch von außen sehen konnte, was innen vorging. Eine Mutter, die mit einem Mädchen an einem Tisch saß, während der Vater ein Essen zubereitete.

Apropos Essen zubereiten. Er klaubte die heruntergefallene Zeichnung vom Boden auf und richtete seine Konzentration zurück auf das Innenleben des Kühlschranks. Viel gab es nicht her. Für ein Käsebrot genügte es aber. Dazu legte er einen Becher Kinderjogurt in die Snackbox. So blieb ihm die Arbeit in der Früh erspart, wenn erfahrungsgemäß im Hause Jalonen alles drunter und drüber ging.

Endlich war er dran. Sollte er sich einen Tee machen oder doch lieber ein Glas Wein? Zur Feier des Tages. Alkohol erlaubte er sich nur selten. Es hatte eine Zeit gegeben, da war die Verlockung zu groß gewesen, am Grund einer Flasche Vergessen zu suchen. Nur seine Verantwortung für Eveliina hatte ihn davon abgehalten, vollkommen abzurutschen.

Aber ein Gläschen am Ende eines langen, anstrengenden Tages musste erlaubt sein. Er angelte sich eine Flasche Roten aus dem Weinregal, entkorkte sie und nutzte die Zeit, in der der edle Tropfen atmete, um den Kamin im Wohnzimmer anzufeuern. Wie fast alle finnischen Holzhäuser kühlte auch seines schnell aus. Umso gemütlicher wurde es, sobald ein Feuer knisterte.

Mit geübten Handgriffen schichtete er ein paar Scheite auf und brachte das Anzündholz zum Brennen. Fasziniert sah er den Funken dabei zu, wie sie Nahrung fanden, zu Flammenzungen anwuchsen. An einigen der dünneren Zweige waren noch Nadeln gewesen. Binnen Sekunden duftete der ganze Raum nach Kiefernnadeln und Fichtenharz.

Erst als er sicher war, dass auch die größeren Scheite im Kamin Feuer gefangen hatten, richtete er sich wieder auf. Aus der Vitrine im Esszimmer holte er sich ein Rotweinglas und schenkte sich ein. In öligen Wolken haftete die kostbare Flüssigkeit an der Innenwand. Eljas schwenkte das Glas, inhalierte das intensive Bukett des Riojas. Aromen von tiefroten Beeren, Pflaumen, sogar eine Note Tabak erschnupperte er in dem Duft. Das Tannin addierte eine leichte Bitterkeit zu dem ersten Schluck. Genussvoll schloss er die Augen, spürte dem Geschmack nach. Die Dekokissen, in die er sich lehnte, hatte noch Lennja besorgt. Nur nicht denken, sagte er sich. Nicht an die Vergangenheit. Nicht an die Zukunft. Nicht daran, dass er diesen Wein allein trank, und das schon seit fünf Jahren. Fünf lange Jahre, in denen es niemanden in seinem Leben gab, mit dem er Augenblicke wie diesen teilen konnte.

Als er die Augen öffnete, fiel sein Blick auf das einzige Foto auf dem Kaminsims. Für Eveliina hatte er noch zusammen mit Lennja ganze Alben mit Schnappschüssen und Erinnerungsbildern an ihre gemeinsame Zeit gefüllt. Doch offen sichtbar schmückte nur dieses eine Foto von ihnen das Haus. Mehr hatte er nicht ausgehalten. Am Anfang nicht und auch jetzt nicht. Der Name Lennja bedeutete *die Lichtbringende*, und genau das hatte sie gemacht. Mit ihrer Fröhlichkeit und Liebe hatte sie die Welt in einen helleren, lustigeren, besseren Ort verwandelt. Ihr Strahlen, selbst auf dem Foto, traf ihn auch jetzt noch, nach all den Jahren, bis ins Mark.

Den Rest des Glases leerte er in einem einzigen Zug. Ob er sie mit seiner Einsamkeit verriet?

Einmal nachschenken, dachte er sich. Nur einmal. Um leichter einzuschlafen. Um den Gedanken und der Leere in seinem Inneren ein Schnippchen zu schlagen. Doch daraus wurde nichts.

Ein herzzerreißender Schluchzer zerriss die Stille um ihn her.

»Isäääää!« Selbst gedämpft durch die Kinderzimmertür klang die Verzweiflung ins Eveliinas Stimme überdeutlich.

Sofort war er auf den Beinen. »Ich komme, Häschen. Isä ist gleich da.«

Eveliina war aufgewacht. Sie hatte schlecht geträumt und Durst und wusste nicht recht, wie sie vom Auto ins

Bett gekommen war. Nichts, was sich nicht mit einem Glas Wasser, einer Umarmung und ein wenig Geduld richten ließ.

Ohne es zu wissen, hatte seine Tochter ihn einmal mehr davor bewahrt, eine Dummheit zu begehen.

2

Etwas knisterte, als Charlotte im Begriff war, ihren Elfenmantel in den Spind zu hängen. Irritiert runzelte sie die Stirn und griff in die Manteltasche.

Ach herrje, die Briefe! Sie hatte doch tatsächlich vergessen, ihr Versprechen an das Mädchen von heute Nachmittag einzulösen und die Briefe im Weihnachtsmannpostamt abzugeben. Genau das war wohl der Grund, warum die Elfen normalerweise keine Post an Santa annehmen sollten. Im geschäftigen Elfenalltag ging so etwas gerne unter, und dann hatte man den Salat. Sie hielt die beiden Schreiben immer noch in der Hand, als eine aufgeregte Stimme sie zusammenzucken ließ.

»Hey, Newbie!« Eine junge Frau war zu ihr in die Umkleidekabine der Saisonkräfte geschlüpft. Das Gesicht kam Charlotte vage bekannt vor. Die andere hatte kinnlange, zu einem fransigen Bob geschnittene blonde Haare, ein kleines, spitzes Gesicht und große, blaue Augen. An den Namen konnte sich Charlotte nicht erinnern.

»Wir wollten gleich mit ein paar Leuten ins *Silver Bar-*

man gehen, kommst du mit? Wir müssen doch auf deinen ersten offiziellen Tag anstoßen.«

Reflexartig steckte Charlotte die beiden Briefe in ihre Anoraktasche. Zuletzt holte sie ihre Schuhe aus dem Schließfach. Wie auch ihre Arbeitsstiefel waren die dick gefüttert. Ohne ging es hier oben am Polarkreis nicht. Dennoch tat es gut, nach dem langen Tag in den Elfenstiefeln die Zehen bewegen zu können.

»Das *Silver Barman*?« Die Frage schien ihr zumindest höflicher, als damit herauszuplatzen, dass sie keine Ahnung hatte, wer die andere war.

»Ja, den Pub ein paar Hundert Meter die Straße runter. Da gehen wir immer hin, wenn wir mal unter uns sein wollen. Klar, ab und zu verirren sich auch Touristen in Mattias' Laden, aber die meisten bleiben eher im Feriendorf oder fahren zum Abendessen in die Stadt.«

»Oh. Ähm. Ja, ich …«

Die andere prustete los. »Du hast keine Ahnung, wovon ich spreche, oder? Geschweige denn, wer ich bin.« Grinsend streckte sie die Hand zum Gruß aus. »Ich heiße Karlīna«, stellte sie sich vor. »Das ist die zweite Weihnachtssaison, die ich hier als Elfe mitmache. Für mich ist das der perfekte Semesterjob. Wenn ich nicht gerade fleißige Gehilfin für Santa spiele, studiere ich Anthropologie in Riga.«

Charlotte schlug in den Gruß ein. »Schön, dich kennenzulernen. Sorry, dass ich mich nicht an deinen Namen erinnern konnte.«

»Ach, keine Ursache. Am Anfang ist es immer viel. Deshalb musst du auch unbedingt mitkommen. Nach einem Abend im *Silver Barman* sind wir allerbeste Freundinnen, versprochen.« Ohne auf eine Antwort von Charlotte zu warten, drehte sie sich um und marschierte davon. Erst in der Tür blieb sie noch einmal stehen. »Was ist jetzt? Kommst du? Die Elfenbande wartet.«

Charlotte nickte.

Tatsächlich war es nicht weit vom Santa Claus Village zum Pub, doch schon die wenigen Minuten genügten, um die Kälte der Luft auf Charlottes Haut prickeln zu lassen. Im Mondlicht bildete ihre Atemluft kleine Wolken. Jedes Mal, wenn ein Windhauch an den Ästen der eingeschneiten Kiefern und Fichten rüttelte, regnete es winzige Eiskristalle auf sie hernieder.

Umso wärmer schlug ihnen die Luft im Inneren der Bar entgegen. Augenblicklich streifte Charlotte sich Mütze und Schal ab. Karlīna steuerte auf einen Tisch rechts neben dem Tresen zu. In einer Nische saßen dort gut eine Handvoll Leute. Der gesamte Pub wirkte sehr rustikal. Die Wände bestanden aus unbearbeiteten Baumstämmen, das Giebeldach, bis zu dem man von innen aufschauen konnte, aus eng geschnürtem Reisig. Tische, Bänke, der Tresen – alles war aus rohem Holz gezimmert. Auch die Dekoration griff das Blockhausthema auf. Von einer Wand grinste ein Elchkopf aus Plüsch, vergilbte Postkarten bedeckten eine komplette Nische. Auf krummen Regalbrettern reihten sich hinter der Bar zahlreiche Flaschen. Trinkgläser hingen in langen Reihen von unten an dem Bartop.

Eine Bewegung aus dem Augenwinkel riss Charlottes Aufmerksamkeit an sich. Es war ein überlebensgroßer Plastikschneemann mit Bewegungsmelder, der jedes Mal, wenn jemand an ihm vorbeiging, zu dem blechernen Refrain von

Jingle Bells tanzte und sang. Das wenige Licht der Deckenlampen reflektierte von den Kugelkränzen in Grün, Gold und Rot, die alle Fenster umrahmten.

Von den fünf Gästen, die in der Nische saßen, sahen nur zwei zu den Neuankömmlingen auf. Die anderen drei waren zu sehr damit beschäftigt, aus runden Bierdeckeln einen Turm zu bauen.

»Hey, hey, seht, wer da kommt. Karlīna bringt uns Frischfleisch!« Ein Junge ergriff als erstes das Wort. Wobei: »Junge« stimmte nicht ganz. »Mann« schien Charlotte jedoch ebenso unpassend. Sie schätzte den Kerl auf Anfang zwanzig. Verblasste Aknenarben zogen Krater in seine Wangen. Er hatte lange Glieder, einen langen Hals und sehr knochige Schultern, doch sein Grinsen besaß die richtige Mischung aus Spitzbübigkeit und Offenheit, die ihn garantiert schon so manches Mal davor bewahrt hatte, in Ärger zu geraten.

»Halt die Klappe, Joost. Du verschreckst Charlotte noch.« Eine nicht gerade sanfte Backpfeife von Karlīna wirbelte Joosts Haare auf. An Charlotte gewandt, erklärte sie: »Dieser Verrückte ist Joost. Er kommt aus den Niederlanden und ist auch schon zum zweiten Mal dabei. Die hübsche Dame zu seiner Rechten ist Lilou. Sie ist Street-Art-Künstlerin und kommt aus Paris. Elfe ist sie aus Passion. Stimmt's, Lilou?«

»Stimmt genau.« Die Angesprochene schenkte Charlotte ein warmes Lächeln. Mit ihren haselnussbrauen, schulterlangen Haaren, dem fransigen Pony und dem eleganten, ovalen Gesicht sah sie aus wie eine junge Sophie Marceau. Selbst wenn Karlīna Charlotte nicht verraten hätte, dass

Lilou Künstlerin war, hätte sie die Kreative in der jungen Frau erkannt.

»Schön, dich kennenzulernen, Charlotte.« Ihr französischer Akzent war noch charmanter als ihr freundliches Lächeln. Sie rutschte auf der Bank ein wenig zur Seite. »Setz dich zu mir.«

Ehe auch Karlīna in der Nische Platz nahm, klopfte sie mit der Faust zweimal auf die Tischplatte. Die Platte vibrierte, der Bierdeckelturm wackelte, dann brach er zusammen. Murrend wandten nun auch die anderen drei ihre Aufmerksamkeit zu ihnen.

»Jetzt, wo sich auch diese Schwachköpfe endlich dran erinnert haben, wie man Neuankömmlinge behandelt: Das sind Lachlan, Gabriela und Valentina.« Jedes Mal, wenn Karlīna den entsprechenden Namen sagte, hob die jeweilige Person die Hand. »Und gemeinsam sind wir die Elfenbande. He, Mattias!« Über die Schulter brüllte sie nach dem Mann hinter der Bar. Ihm hatte das Pub wohl seinen Namen zu verdanken. Er war ein massiger Kerl, über dessen runden Bauch sich ein rot-weiß kariertes Holzfällerhemd spannte und dessen silberweiße lange Haare direkt in einen silberweißen, langen Bart übergingen. Trotz der Haarfarbe wirkte er seltsam alterslos. Sein Gesicht zeigte kaum Furchen, er könnte dreißig sein und fünfzig.

»Eine Runde Sahti für die Elfenbande.«

Statt zu antworten salutierte Matthias grinsend in Karlīnas Richtung.

Diese ließ sich mit einem tiefen Seufzen auf die Bank fallen, dann ging ein Ruck durch sie und sie richtete ihren Blick wieder auf Charlotte. »Du trinkst doch Bier, oder?

Wobei Sahti ja irgendwie nicht wirklich was mit dem Bier zu tun hat, das man sonst so kennt. Hast du es schon mal probiert?«

Charlotte schüttelte den Kopf. Karlīnas Energie schien kein Ende zu nehmen. Dabei hatte auch sie einen ganzen Tag als Santas Gehilfin hinter sich.

»Da hast du auf jeden Fall was verpasst!«

»Der Legende nach ist Sahti das älteste noch existierende Bier der Welt«, mischte sich der junge Mann ins Gespräch ein, den Karlīna zuvor als Lachlan vorgestellt hatte. »Die Rezeptur ist angeblich über tausend Jahre alt. Statt Hopfen wird es mit Wacholder gewürzt und auch über Wacholderzweigen geläutert.«

»Und falls du es bisher nicht herausgefunden hast ...«, Joost fiel Lachlan ins Wort, »... ist unser schottischer Freund hier Lebensmittelchemiker.«

»Echt?« Charlotte machte große Augen. Sie hätte Lachlan für vieles gehalten, aber sicher nicht für einen Naturwissenschaftler. Chemiker waren in ihrer Vorstellung immer typische Nerds. Lachlan mit seinen schwarzen Haaren, dem blassen Teint und den stechend blauen Augen dagegen könnte ohne Weiteres auf Magazincovern abgebildet sein. Er wirkte älter als die anderen am Tisch, eher Mitte bis Ende zwanzig und damit immer noch gut und gerne vier oder fünf Jahre jünger als sie.

Der Gedanke breitete sich als dumpfes Brennen in ihrer Magengegend aus, und auch, was Lachlan dann sagte, machte es nicht besser.

»Na ja, das habe ich zumindest studiert. Eigentlich plane ich, die Landwirtschaft meiner Eltern zu übernehmen. Ich hab so viele Ideen dafür. Alles auf Bio umzustellen und viel mehr auf Qualität statt auf Quantität zu setzen und so. Große Gewinne bringt Landwirtschaft heutzutage sowieso nicht mehr. Wenn man in dem Bereich dennoch bestehen will, muss man eine Nische finden. Etwas, das die eigenen Produkte zu etwas Besonderem macht.« Weil er sah, dass Charlotte nichts darauf zu antworten wusste, unterbrach er sich kopfschüttelnd. Ein halbes Lächeln zupfte an seinem rechten Mundwinkel. Charlotte wollte wetten, dass er diesen Blick über Jahre hinweg perfektioniert hatte.

»Sorry«, nuschelte er und sah sie aus großen Augen von unten herauf an. »Manchmal weiß ich nicht, wann ich besser aufhören sollte zu reden. Aber jetzt bist du dran. Was machst du, wenn du nicht gerade am Nordpol Touristen im Elfenkostüm durch einen Freizeitpark führst?«

»Ich …« Weiter kam sie nicht. Ihr Mund war plötzlich ganz trocken, das drückende Gefühl in ihrem Magen breitete sich aus. So fühlte sich Scham an.

Um das abwartende Schweigen von Lachlan zu überbrücken, stieß sie ein kurzes Lachen aus. Der Ton geriet zu hoch, beinah panisch. »Ich bin gerade dabei, mich neu zu orientieren.« Das klang zumindest besser als *Ich habe keine Ahnung, was ich mit meinem Leben anfangen soll*, auch wenn es – streng genommen – dasselbe meinte. Doch wie sollte sie diesen jungen Menschen erklären, dass es ihr gelungen war, ihr gesamtes Leben mit Anlauf gegen die Wand zu fahren? Dass alles, worauf sie in den letzten zwölf Jahren gesetzt hatte, sich als Schimäre erwiesen hatte? Lachlan und die anderen wirkten so … frei. Sie waren jung und unbeschwert, sie hatten Ziele und Träume und besaßen den Glauben daran, dass sich diese Ziele erreichen ließen. Dass es in ihrer Hand lag, was sie aus ihrem Leben machen wollten. Charlotte war dreißig Jahre alt – das war nicht wirklich alt. Aber im Vergleich zu den anderen hier am Tisch kam sie sich geradezu verbraucht vor. Wie ein ausgelatschtes, löchriges Paar Schuhe, weggeworfen und vergessen. Jahrelang hatte es gute Dienste geleistet, aber nach einer Weile freute man sich auf ein neues Paar. Ein schickeres, moderneres, und für sie blieb nur noch die Altkleidersammlung.

Zum Glück rettete Mattias sie mit seinem Auftauchen. Er schob ein Tablett mit sechs bis zum Rand gefüllten Gläsern auf den Tisch.

»Sechs Sahti für die Herrschaften. Bitteschön. Lasst es euch schmecken. Kippis!« Eins nach dem anderen wanderten die Gläser vom Tablett auf den Tisch. Das Bier besaß einen warmen, aber trüben Karamellton und nur wenig Schaum. Im Nu waren die Gläser verteilt. Auch vor Charlotte landete eines.

»Cheers«, meinte Lachlan.

Ihm folgend hoben auch die anderen ihre Getränke.

»Oder Kippis, wie die Finnen sagen«, fügte Karlīna erklärend hinzu.

»Santé«, sagte Lilou, »Salud«, wünschte Gabriela und »Saluti« Valentina,

»Jetzt du!«, verlangte Joost. »Wie sagt man cheers auf Deutsch?«

»Prost!«

»Prost!«, wiederholten die anderen grinsend, und dann tranken sie. Das hieß: Charlotte nippte, und das war auch gut so. Nicht, dass sie von sich behaupten könnte, eine große Bierkennerin zu sein, doch der Geschmack des Sahti überraschte sie. Um ein Haar hätte sie den Schluck zurück ins Glas gespuckt. Dem Bier fehlte jede Kohlensäure. Dick und ölig rann es über die Zunge und verbreitete einen intensiven, süß-sauren Geschmack in ihrem Gaumen. Den zweiten Schluck ging sie noch vorsichtiger an, konzentrierte sich auf die ungewöhnlichen Aromen. Wenn man sich erst mal daran gewöhnt hatte, schmeckte es gar nicht so übel. Ein wenig wie Banane auf Pumpernickel. Sehr malzig und intensiv.

Und noch etwas Gutes hatte der Sahti: Der Alkohol vertrieb die nagende Scham in ihrem Inneren. Jemand bestellte eine Portion Leipäjuusto. Charlotte hatte keine Ahnung, was das sein sollte, bis Mattias mehrere Steingutpfannen brachte, die mit einer weißen, käseartigen Masse gefüllt waren, deren Oberfläche an einigen Stellen gebräunte Hitzeblasen bildete. Dazu kam ein Korb mit mehreren Fladen Brot sowie kleine Tiegelchen mit einer orangefarbenen Marmelade.

»Lasst es euch schmecken«, wünschte der Wirt und wischte sich die Hände an der Bistroschürze ab, ehe er weiter zum nächsten Tisch zog.

»Bedien dich«, forderte Karlīna sie auf. Sie selbst rupfte sich ein Stück Fladenbrot ab, häufte etwas Käse darauf und krönte das ganze mit einem Klecks Marmelade.

Auch die anderen am Tisch langten zu. Keiner schien sich Gedanken darüber zu machen, wem welche Portion gehörte, also folgte Charlotte ihrem Beispiel.

Bevor sie sich den ersten Bissen in den Mund steckte,

schnupperte sie an der Kreation. Am intensivsten war das Aroma, das von der Marmelade ausging. Süß-sauer, mit einer feinen Honignote.

»Sind das Preiselbeeren? Ich habe die noch nie so hell gesehen«

»Moltebeeren«, korrigierte Lachlan sie. Er selbst hatte noch einen Bissen im Mund, an dem er versuchte vorbeizusprechen. Mit der einen Hand fächelte er sich Luft zu. Offenbar war die Speise heißer, als er vermutet hatte. Charlotte versuchte sich Henning vorzustellen, wie er mit ihren neuen Kollegen im Silver Barman saß, mit Brotkrumen Käse und Marmelade aus gemeinsamen Pfännchen schöpfte und anschließend das Fett von den Fingern leckte. Die Vorstellung war so absurd, dass sie nicht einmal in ihrer Fantasie Gestalt annehmen wollte.

»Sie sind die Wahrzeichen Lapplands. Wusstest du das nicht? Eine Molteblume ist sogar auf der finnischen Zweieuromünze abgebildet.«

»Wie bitte?« Sie schüttelte den Kopf, versuchte Henning aus ihren Gedanken zu vertreiben. Er verdiente nicht, mit ihr hier zu sein, schließlich wollte er sie nicht. Wie ein löchriges Paar Socken, das für sein neues Leben nicht mehr gut genug war, hatte er sie abgestreift und weggeworfen. Sie sollte seinem Beispiel folgen und so tun, als hätte es ihn nie gegeben. Wie weit sollte sie denn fliehen, bis ihr das gelang? Viel weiter weg als vom Bodensee bis an den Polarkreis ging es schließlich nicht.

»Nichts.« Lachend wischte Karlīna Charlottes Nachfrage beiseite. »Lachlan muss nur mal wieder klugscheißen. Jetzt probier schon.«

Das tat sie. Der Geschmack des Käses erinnerte sie an sehr milden Mozzarella. Nicht schlecht, aber auch nichts Besonderes. Die Überraschung kam, als sie begann zu kauen. Zwischen den Zähnen quietschte der Käse. Überrascht schlug sie sich eine Hand vor den Mund.

Karlīna zwinkerte ihr zu. »Und jetzt weißt du, warum man Leipäjuusto auch Knister- oder Quietschekäse nennt. Gut, oder?«

Und tatsächlich: Je mehr Charlotte von der Spezialität aß, desto leckerer fand sie den Geschmack. Das Brot erinnerte sie von der Textur her an Stockbrot, das sie mit den Kindern während ihres Praktikums im Kindergarten gemacht hatte. Beim Kauen entfaltete es eine angenehme Süße, die einen perfekten Gegenklang zu der Säure der Moltebeeren bildete und von der buttrigen Schmelze des Käses intensiviert wurde. Die Krone setzte dem Ganzen dann aber der Schluck Sahti auf, mit dem sie den Bissen herunterspülte. Die Bitterkeit und Würze des Wacholders und die Sahnigkeit des Biers waren gerade stark genug, um den Gaumen zu reizen, ohne dabei die anderen Aromen zu übertünchen. Zufrieden lehnte sie sich zurück.

Es dauerte nicht lange, bis die Atmosphäre der Bar sie einlullte. Sie lauschte den Gesprächen der anderen, ohne das Gefühl zu haben, etwas beitragen zu müssen. Trotz des kurzen Anflugs von Unwohlsein, als ihr bewusst geworden war, wie viel jünger die anderen Aushilfskräfte waren, fühlte sie sich wohl mit der Elfenbande. Beinah wirkte es, als würden sie instinktiv spüren, dass Charlottes Vertrauen in Menschen vor nicht allzu langer Zeit einen gehörigen Knacks abbekommen hatte. Sie war sich noch nicht sicher, ob der jemals verheilen würde. Doch trotz ihres angeschlagenen Selbstbewusstseins gaben ihr die anderen das Gefühl, Willkommen zu sein, ohne Erwartungen zu stellen. Dazu die komfortable Schwere vom Essen, die wohlige Gleichgültigkeit, die das Bier in ihrem Kopf verbreitete, und die leise Musik aus den Lautsprechern, und es kam immer öfter vor, dass sie ihr Gähnen nur noch mit Mühe hinter vorgehaltener Hand verbergen konnte. Ihre Schauspielkünste ließen allerdings offenbar zu wünschen übrig.

Spielerisch stupste Karlīna sie in die Seite. »Den ganzen Tag in der Eiseskälte zu arbeiten kostet Kraft. Jede und jeder von uns ist am Anfang am Ende des Tages total erschlagen gewesen. Unsretwegen musst du nicht irgendeine bestimmte Zeit hier drinnen absitzen. Wir sind fast jeden Abend hier. Du wirst noch genug Gelegenheiten bekommen, die Schwachköpfe hier näher kennenzulernen.«

»He, wen nennst du einen Schwachkopf?« Joost hatte offenbar nur den letzten Satz mitbekommen. Er angelte sich einen Bierdeckel vom Tisch und warf ihn nach Karlīna. Charlotte wurde das Gefühl nicht los, dass für die beiden der alte Spruch galt: Was sich liebt, das neckt sich.

Sie jedenfalls nutzte die Gelegenheit, um aufzustehen. Der Ausweg, den Karlīna ihr geboten hatte, kam ihr gerade recht. »Ich mach mich dann mal auf den Heimweg. War schön, euch kennenzulernen.«

»Dito.« Lilou lächelte ein Lächeln, das fraglos die Macht hatte, Herzen zu brechen.

»Du bis jetzt eine von uns«, mischte sich zum ersten Mal Valentina ein. Mit ihr hatte Charlotte sich den ganzen Abend über nicht unterhalten. »Wir hoffen, dich von jetzt an regelmäßig zu sehen. Also, auch außerhalb der Arbeit, meine ich.«

»Auf die Elfenbande!« Lachlan hob sein Glas. Als die anderen seinen Toast erwidert hatten, leerte er das restliche Bier in einem einzigen Zug und stand auf. »Ich pack's auch. Besser, ich begleite unsere Neue. Nicht, dass sie sich verläuft.« Sein Zwinkern nahm den Worten jede Überheblichkeit, dennoch wusste Charlotte nicht so recht, was sie davon halten sollte.

»Das ist nicht nötig. Ich finde den Weg bestimmt allein«, protestierte sie.

»Das bezweifele ich nicht.« Er legte den Kopf schief, sodass eine Strähne seines schwarzen Haares ihm halb über ein Auge fiel, und Charlotte wollte wetten, dass er genau wusste, welche Wirkung diese Geste auf die meisten Frauen haben mochte. »Aber zu zweit ist es schöner.«

Sie holten ihre Mäntel, verabschiedeten sich endgültig von den anderen und machten sich auf den Weg.

Wie viel Zeit vergangen war, seit Charlotte mit Karlīna in die Bar gekommen war, ließ sich am Himmel nicht ablesen. Die Nacht war noch genauso schwarz, die Sterne über ihnen glitzerten hell. Der Schnee unter ihren Stiefeln knirschte harschig, die Kälte biss ihr in die Haut. Erst jetzt, in diesem Moment, wurde Charlotte bewusst, wie sehr sie daran gewöhnt war, dass es Tageszeiten gab. Echte, nachvollziehbare Tageszeiten. Dass die Sonne im Osten aufging, im Süden ihren Lauf nahm, um sich im Westen zur Ruhe zu legen. Dass der Sonnenauf- und -untergang begleitet wurde von einem Farbenspiel aus Rot, Orange und Violett. Dass die Nacht sich ankündigte, lange ehe die Sonne sich zur Ruhe legte, bis sie erneut ihre Vorboten schickte, ein sanftes Grau, ein senfiges Gelb, um einen neuen Tag zu beginnen. All das gab es hier in Lappland nicht, zumindest nicht im Winter. Wenn die Sonne sich hier über den Horizont kämpfte, dann tat sie das nur kurz und so zaghaft, dass es kaum der Rede wert war. Den Rest der Zeit war es Nacht. Eine ewige, endlos scheinende Nacht. Eine Welt, die nur aus Blau und Grau und Schwarz bestand.

Zwischen den Bäumen erspähte sie ein einzelnes Licht. Wie viel wärmer es wirkte, in dieser ewigen Dunkelheit. Wie viel kostbarer und wertvoller.

»Ist das auch ein Lokal?« Froh, ein Thema gefunden zu haben, um das Schweigen zwischen ihr und Lachlan zu brechen, deutete sie auf den goldenen Schimmer.

»Nee, das ist ein Bauernhof. Der Typ mit den Rentieren wohnt da. Hast du ihn schon kennengelernt?«

»Nicht, dass ich wüsste.«

»Gut für mich.« Obwohl sie ihn nicht ansah, hörte sie deutlich das Grinsen in seiner Stimme. »Die Mädels nennen ihn den ›Hottie vom Nordpol‹. Wenn du mich fragst, ist er ein komischer Kauz. Spricht mit kaum wem, ist immer nur am Arbeiten. Zu den Einheimischen ist er angeblich nett, aber auf uns Saisonkräfte guckt er nur runter. Der wahre Hottie hier bin ich.« Seine Hand streifte ihre. Obwohl sie beide Handschuhe trugen, ließ die Berührung sie zusammenzucken. Sie machte einen Schritt zur Seite.

»Lachlan …«

Er stieß ein leises Lachen aus. Nicht von oben herab oder gemein, sondern offen und freundlich. »Schon gut, du musst nichts erklären. Ich dachte nur, ich stell die Möglichkeit in den Raum. Man ist nur einmal jung und frei, richtig?« Vielsagend wackelte er mit den Augenbrauen.

Du vielleicht, schoss es ihr durch den Kopf. »Ich bin nicht auf der Suche nach etwas.« Höchstens nach sich selbst, aber das behielt sie für sich. »Und wir arbeiten zusammen. Ich will keine Komplikationen.«

»Es hätte nicht kompliziert sein müssen.« Er zuckte mit den Schultern. Besonders enttäuscht klang er nicht. »Aber ich kapier es schon. Irgend so ein Heini hat dir das Herz gebrochen, und jetzt bist du vorsichtig.«

»Wie kommst du denn bitte darauf?« War sie wirklich so leicht zu durchschauen? Und selbst wenn! Wie kam er darauf, sie so einfach darauf anzusprechen? Als wäre ihr Versagen keine große Sache, nichts, wofür sie sich schämen musste.

»Alle, die hierherkommen, sind entweder auf der Flucht oder auf der Suche, und nicht selten sogar beides. Und du hast diesen Blick.«

»Welchen Blick bitteschön?« Das wurde ja immer schöner.

»Na, den Blick. Du weißt schon. Dieser Blick, der angeblich ein Fenster zur Seele offenlässt.«

Sie spuckte ein Lachen aus. »Ich habe wirklich keine Ahnung, wovon du redest. Aber schön, dass du der Meinung bist, in meiner Seele gäbe es nur Schlechtes zu sehen.«

»Ich habe nicht *nur* gesagt. Und auch nicht, dass es was Schlechtes ist.« Hilflos zuckte er mit den Schultern. »Aber bevor ich mich weiter in irgendwas reinreite, halte ich lieber den Mund. Wir kennen uns ja kaum. Es ist aber auch nicht gelogen, wenn ich sage, dass ich dich gerne kennenlernen würde.«

Der Pfad, dem sie von der Bar aus gefolgt waren, veränderte sich langsam. Er wurde breiter, der Schnee unter ihren Füßen fester, als ob er schon von zahlreichen Stiefeln plattgetreten worden wäre. Erst als sie bemerkte, dass sie wieder deutlich mehr Farben sehen konnte, fiel ihr die Wegbeleuchtung auf. Sie hatten das Weihnachtsmanndorf erreicht, doch statt sich weiter ins Zentrum vorzuarbeiten, bogen sie links ab, in Richtung der Personalunterkünfte.

Die Hütten, in denen die Saisonkräfte untergebracht waren, hatten kaum etwas mit den schicken Glas-Iglus, Sky-Cabins und Winter-Chalets für die Restort-Gäste gemein. Während die Besucher auf keinerlei Luxus verzichten mussten, bestachen die Personalunterkünfte vor allem durch eins: nihilistische Zweckmäßigkeit. Selbst das Wort »Hütte« war eigentlich zu hoch gegriffen. »Bretterbuden« traf es eher. Im ganzen Weihnachtsmanndorf waren diese Bauten zudem wohl die einzigen, die nicht mit Mistelzweigen, Lametta, Tannengrün oder Glitzerlichtern geschmückt waren.

Vor der zweiten Haustür der Reihe blieb Lachlan stehen.

»Das ist meins.«

Charlotte atmete innerlich auf. Der Gedanke, Lachlan zu zeigen, welche Hütte ihre war, hatte ihr Unbehagen bereitet. Nicht, dass sie glaubte, ihr junger Kollege würde sich als heimlicher Axtmörder entpuppen oder so. Aber seine Direktheit und unumwundenen Avancen hatten sie nervös gemacht. Was um alles in der Welt sollte ein Kerl wie Lachlan in ihr sehen? Nicht einmal Henning hatte … Nein! Sie hatte sich geschworen, zumindest heute nicht mehr an Henning zu denken.

Sich einen Ruck gebend, stapfte sie auf der Stelle. Sobald man im Freien auch nur für wenige Sekunden stillstand, halfen nicht einmal die gefütterten Winterschuhe, um die Zehen vor der Kälte zu schützen. »Ich muss noch ein bisschen weiter.« Sie machte eine unbestimmte Geste mitten hinein in die Reihen der Personalhütten. »Schlaf gut. Ich schätze, wir sehen uns.«

»Elfe Lachlan ganz zu Ihren Diensten.« Spielerisch salutierte er ihr. »Schlaf gut, Charly. Bis morgen.«

In ihrer Unterkunft entledigte sie sich der Jacke und der Stiefel. Noch eine heiße Dusche und dann nichts wie ab in ihren Flanellpyjama und unter den Deckenberg, den sie auf dem schmalen Bett aufgehäuft hatte. Schon am Tag ihrer Ankunft hatte sie festgestellt, dass der Heizlüfter in dem Schlafzimmer der Hütte genau zwei Optionen bereithielt. Entweder, der winzige Raum verwandelte sich innerhalb kürzester Zeit in eine Sauna, oder Charlotte ließ die Heizung aus und das Wasser im Glas auf dem Nachttisch war bis zum Morgen gefroren. Da sie bei Hitze nicht schlafen konnte, waren zahlreiche Decken zum Schutz gegen einen nächtlichen Erfrierungstod ihr wie die vernünftigere Lösung erschienen.

Obwohl das warme Wasser guttat, dehnte sie die Dusche nicht aus. In ein Handtuch gewickelt wollte sie gerade ins Schlafzimmer huschen, als ihr auffiel, dass ihre Jacke vom Haken gefallen war.

Sie tappte zur Garderobe, hing die Jacke wieder auf, als etwas aus der Tasche rutschte.

Die Briefe des Mädchens.

Ohne groß darüber nachzudenken, ging sie in die Hocke,

um die beiden Schreiben vom Boden zu nehmen. Hoffentlich waren sie nicht nass geworden. Prüfend drehte sie die Umschläge in den Händen.

»Santa«, stand in krakeliger Kinderschrift auf dem einen. Die Vorderseite des anderen Kuverts zierte einzig der Buchstabe »E«. Allein daran, wie der gesetzt war, konnte Charlotte erkennen, dass dieser Brief nicht von einem Kind stammte. Dieser Umschlag war deutlich dicker als der erste. Entweder außer dem Brief befand sich noch etwas anderes darin, oder aber jemand hatte dem Weihnachtsmann einen halben Roman geschrieben. Das Kuvert war nicht zugeklebt. Als sie es aufhob, rutschten die beschriebenen Blätter ein Stück aus dem Umschlag. Einzelne Worte sprangen sie förmlich an, Satzteile, die einzeln keinen Sinn ergaben, sich in ihrer Fantasie aber sofort zu einem Bild formten. *War es nicht geplant, mein Licht.* Und dann ein bisschen weiter unten: *nicht mehr erleben wirst.* Ohne dazu einen konkreten Entschluss gefasst zu haben, drehte sie das Blatt um. *Verlässt uns nicht.*

Sie stand auf, konnte den Blick nicht von dem Schreiben nehmen. Wie durch einen Traum ging sie in ihr Schlafzimmer, kuschelte sich in ihr Bett. Den Brief hielt sie immer noch in der Hand. Sie sollte ihn nicht lesen, das wusste sie. Aber sie konnte einfach nicht wegsehen. Welche Geschichte verbarg sich hinter dem Buchstaben des Absenders? Ihr Vater hatte den zweiten Brief geschrieben, hatte das Mädchen behauptet, richtig?

Sie kämpfte mit sich, kämpfte eine ganze Weile. Immer wieder setzten sich die Schnörkel und Kringel der Schrift zu neuen Worten zusammen. *Sehnsucht, Herz, Engel.*

Sie konnte nicht stark sein, konnte nicht das Richtige tun. Sie sortierte die Blätter neu in ihrer Hand und begann am Anfang:

Meine Liebe, mein Licht, mein Ein und Alles,

»unseren Engel« hast du Eveliina immer genannt. Ich sehe dich vor mir, wie du erst lächeln, dann lachen würdest, wenn ich dir erzähle, dass unser Engel manchmal ein ganz schöner Bengel ist. Wie heute zum Beispiel, als sie darauf bestanden hat, ihren Brief an Santa eigenhändig zu schreiben, damit ich Gelegenheit habe, selbst ein Schreiben zu verfassen, in dem ich dem alten, dicken Mann all meine Wünsche mitteile.

Ich hab es nicht so mit alten, dicken Männern, wenn ich ehrlich bin. Sie machen mir Angst. Zu oft sehe ich in letzter Zeit in ihnen eine zukünftige Version von mir selbst, die mir nicht gefällt: einen einsamen, verhärmten Kerl, der seine üble Laune an anderen auslässt, statt ihr auf den Grund zu gehen.

So war das nicht geplant, mein Licht. Wir sollten gemeinsam alt werden, uns gegenseitig aufziehen, wenn wir die ersten grauen Haare beim anderen entdecken. Mit weichen Bäuchen und hängenden Wangen wollten wir irgendwann einmal zu Eveliina schauen, die bis dahin selbst Mutter wäre und natürlich immer noch wunderschön, einander anlächeln und uns versichern, dass das Leben gut war, so im Großen und Ganzen.

In Wahrheit kam es anders. Ich denke so oft an dich, in letzter Zeit. Eveliina wird größer und größer. Außen wie innen. Jeden Tag lernt sie neue Dinge, entwickelt Eigenheiten, formt sich Meinungen zu Themen, über die ich ohne sie nie nachdenken würde. Ich glaube immer noch, alles Gute hat sie von dir und alles weniger Gute von mir.

Selbst jetzt, wenn ich das schreibe, sehe ich dich lächeln und weinen zugleich. Mit den Jahren des Abstands begreife ich nun besser, warum es dich am Ende so zerrissen hat zu wissen, dass du all das nicht mehr erleben wirst.

Meine traurigste Erinnerung ist die: Ich sitze an deinem Bett, habe für dich gesungen. Die Lieder, die uns wichtig waren und die ich nie wieder jemandem singen werde. Nicht einmal unserem Engel. Manchmal streicheln deine Finger die Luft, als könntest du die Wolken schon berühren, dort oben im Paradies, das bald dein neues Heim sein wird. Ich weiß nicht, was dich noch bei uns hält. Jeder Atemzug quält dich. Wenn du schläfst, wirkst du friedlich, doch immer wieder öffnest du die Augen. Dann irrt dein Blick durchs Zimmer, voller Angst und Schmerz. Ich halte deine Hand und sage dir, dass ich da bin und immer da sein werde. Eveliina ist mit ihrer Mummo nach Hause gegangen. Sie hat dir ein Bild gemalt von sich und dir und mir, das du mitnehmen sollst, wenn du auf deine letzte Reise gehst. Auf dieses Bild fällt nun dein Blick. Deine Lippen öffnen und schließen sich, suchen nach Worten, die auszusprechen du nicht mehr die Kraft hast. Ich lehne mich zu dir, küsse deine Wange. Dort, eine halbe Handbreit unter dem Augenwinkel, hat sich eine einzelne Träne den Weg über deine Wange gebahnt, und da begreife ich: Das ist, was dich bei uns hält. Du verlässt uns nicht, weil der Gedanke, ohne uns zu sein, schlimmer ist als jeder Schmerz.

Ich will dich nicht vergessen, meine Liebe. Dein Licht scheint in unserem Leben weiter, in jedem Lächeln von Eveliina, in ihrem Frohsinn und ihrer Stärke. Sie geht unbekümmert durchs Leben, rücksichtsvoll, sensibel und voller Elan. Aber ich will auch nicht mehr einsam sein, mein Schatz. Kannst du das verstehen? Ich will nicht hart werden und immer härter, bemitleidet von den einen, gefürchtet von den anderen.

»Das Leben ist keine Generalprobe«, hast du immer gesagt. »Was heute nicht erlebt ist, ist verloren«, und immer öfter ertappe ich mich bei dem Gedanken, dass du böse auf mich wärst, wenn du sehen würdest, wie sehr ich mich verkrieche und in mich selbst zurückziehe. Dabei will ich das Leben doch leben, mein Licht. Ich will lieben und lachen und wieder glücklich sein. Für unseren Engel, für dich, aber auch für mich.

Wenn du also wirklich Connections hast, da oben im Himmel, zu dem dicken, alten Mann mit langem Bart, der Wünsche erfüllen kann, dann richte ihm aus, dass ich bereit bin. Ich will keine Frau, die in mir nur die traurige Geschichte sieht, die wir geteilt haben, und noch weniger will ich eine Frau, für die ich ein Abenteuer bin, die Holzfällerfantasie für den Ferienflirt. Aber ein Herz, das mit meinem schlägt, ein lebender Körper, der die Sehnsucht stillt, ein Mensch an meiner

Seite, zum Lachen und Streiten und Lieben, das wünsche ich mir sehr.

Kannst du mir verzeihen?

In ewiger Liebe
E

Charlotte ließ die Blätter sinken. Sie blinzelte, schluckte, merkte, dass sie weinte. Es gab sie also doch, die große, ehrliche Liebe. Dieser Traum, den sie gehabt, für den Henning sie benutzt und schließlich ausgelacht hatte, konnte Wirklichkeit werden. Der Brief in ihrer Hand bewies es. Noch nie in ihrem ganzen Leben hatte sie derart herzzerreißende Worte gehört oder gelesen. Wie ungerecht das Schicksal sein konnte, eine solche Liebe viel zu früh zu beenden. Ihre Finger zitterten, als sie die Blätter wieder zusammenfaltete und zurück in den Umschlag steckte. Sie wird dir verzeihen, hätte sie dem unbekannten Schreiber gerne versichert. So geliebt zu werden, so ehrlich und bedingungslos, hatte ihr mit Sicherheit alles bedeutet. Eine Frau, die so eine Liebe verdiente, trug bestimmt keine Bitterkeit und Eifersucht in sich. Alles, was sie sich für ihn wünschen würde, da war Charlotte sich sicher, war sein Glück.

Sie löschte die Nachttischlampe, grub das Gesicht ins Kissen und verkroch sich unter den Decken. Doch egal, wie müde sie war, der Schlaf wollte sich nicht einstellen. Die Gedanken wirbelten, wanden und verknoteten sich, bis ihr Kopf wehtat und sie mit den Tränen kämpfte.

Sie wusste gut, wie E sich fühlte. Auch sie kannte die Einsamkeit. Sie hatte ihre Liebe nicht durch Tod oder

Krankheit verloren, sondern durch Gemeinheit und Betrug. Warum tat es trotzdem so weh? Warum konnte sie nicht tun, was Lachlan ihr so bereitwillig angeboten hatte, und versuchen, ihr gebrochenes Herz zu kitten, indem sie drauflos lebte und sich in eine bedeutungslose Liebelei stürzte?

Weil es ihr ging wie E, erkannte sie die Antwort. Weil auch sie ein Herz suchte, das mit ihrem im Einklang schlug, einen Menschen, mit dem sie gemeinsam lachen, streiten und leben konnte. Das war das eine, was Henning ihr nicht hatte nehmen können: Trotz allem glaubte sie noch immer an die Liebe. Aus den falschen Gründen hatte sie auf so vieles verzichtet. Für Henning und die Vision eines gemeinsamen Lebens, das es nie gegeben hatte, hatte sie ihre Träume begraben und den seinen untergeordnet. Aber sie war noch immer sie! Noch immer wünschte sie sich, die Liebe, die sie zu geben hatte, mit jemandem zu teilen, und eines schwor sie sich in diesem Moment: Sie würde sich nie wieder mit weniger zufriedengeben. Das war sie sich schuldig.

3

Mist! Beim Blick aufs Handy wäre Eljas das Gerät vor Schreck beinah wieder aus der Hand gefallen. Er hatte sich doch den Wecker gestellt, oder nicht? Er stellte sich immer den Wecker, unmöglich, dass es schon so spät war! Nach einem Gläschen Wein vor dem Kamin war er gestern Abend auf dem Sofa eingeschlafen und irgendwann, mitten in der Nacht, schlaftrunken in sein Zimmer gestolpert. An den vermaledeiten Wecker hatte er da nicht mehr gedacht. Jetzt hatte er den Salat.

So schnell es sein halb wacher Zustand zuließ, sprang er aus dem Bett. Auf dem Weg ins Bad klopfte er an der Zimmertür seiner Tochter.

»Aufstehen, Häschen. Wir sind spät dran. Hopp, hopp, Beeilung, ja? Du musst heute den Bus nehmen, ich muss gleich am Morgen ein Gespann fertig machen. Ich kann dich nicht zur Schule fahren, hörst du mich?«

Statt einer Antwort drang nur unverständliches Brummen durch die Zimmertür. Nun gut, dann also auf die brachiale Art. Er riss die Tür auf, knipste das Licht an und spurtete weiter zum Bad. Über seine Schulter hinweg erinnerte er Eveliina noch einmal ans Aufstehen.

Auf dem Rückweg vom Bad – mit geputzten Zähnen, aber immer noch unrasiert – hatte seine Tochter sich kein Stückchen bewegt.

»Himmel, Eveliina, raus jetzt!« Er zog ihr die Bettdecke vom Körper, und endlich regte sie sich. Aus Kommode und Schrank riss er die erstbesten Klamotten. Unterwäsche, Strumpfhose, Thermojeans, Langarmshirt, Pulli. »Jetzt mach schon. Ich muss mich auch noch anziehen.«

Endlich kam Bewegung in die Sache. Eveliina kroch mit dem Elan eines altersschwachen Faultiers aus dem Bett. Skeptisch musterte sie die Kleidungsstücke, die er ihr herausgelegt hatte.

»Den Pulli zieh ich nicht an. Ich will den mit der Kapuze und dem Einhorn vorne drauf, das ein Gewehr in den Hufen hält, aus dem Regenbodenglitzer kommt und wo *Pewpew* obendrüber steht.« Sie wollte immer den mit der Kapuze und dem Einhorn vorne drauf, das ein Gewehr in den Hufen hielt, aus dem Regenbodenglitzer kam und wo *Pewpew* obendrüber stand.

Er verdrehte die Augen. »Der ist in der Wäsche.«

»Der ist immer in der Wäsche.«

»Das stimmt nicht, und das weißt du. Jetzt zieh dich an und …«

»Ohne den Einhorn-Pulli gehe ich nicht aus dem Haus! Du hast es versprochen. Ich will diesen Einhornpulli!« Sie stemmte die Fäuste in die Hüfte und fixierte ihn mit einem Blick, der mindestens so furchterregend war wie der des Einhorns auf besagtem Sweatshirt. Eljas konnte die Gelegenheiten, zu denen er sich gewünscht hatte, er hätte dieses Kleidungsstück niemals gekauft, mittlerweile nicht mehr zählen.

»Tja, so ist das Leben: Du willst den Einhornpulli, ich will einen Morgen ohne Stress. Wie es aussieht, bekommen wir beide nicht, was wir wollen.« Er drehte sich um und stürmte in sein Zimmer. Er liebte Eveliina. Er liebte sie von ganzem Herzen, und sie beim Größerwerden begleiten zu dürfen, empfand er als das allergrößte Privileg seines Lebens. Doch, Himmel, kostete sie ihn manchmal Nerven. Warum suchte sie sich für solche Diskussionen grundsätzlich Tage aus, an denen er es ohnehin eilig hatte?

Einen weiteren Blick aufs Handy zu werfen, ersparte er sich. Er konnte sich nur beeilen, mehr ging nicht.

Im Gegensatz zu seiner wählerischen Tochter achtete er nicht darauf, was er anzog. Warm musste es sein, alles andere war zweitrangig. Wenigstens signalisierte das Poltern im Haus, dass Eveliina mittlerweile auf den Beinen war. So konnte er sich ums Frühstück kümmern.

Die Kaffeemaschine hatte er schon vorbereitet. Er musste nur auf den Knopf drücken, und wenige Sekunden später füllte herrliches Kaffeearoma die Küche. Vom obersten Brett des Küchenschranks angelte er die Packung mit den Schokocerealien. Angeblich hatten die zwar in etwa den gleichen Nährwert wie abgestorbene Fingernägel, aber an Tagen wie heute war ihm das egal. Noch eine Diskussion mit Eveliina konnte er sich nicht leisten.

Gemeinsam mit ihrer Brotzeitdose holte er die Milch aus dem Kühlschrank. Schritte im Gang vor der Küche kündigten seine Tochter an.

»Bring den Schulranzen mit«, brüllte er in den Flur hinaus. »Dann kannst du das Pausenbrot gleich einpacken und vergisst sie nicht.«

Bevor er den Milchkarton neben die Cerealien auf den Tisch stellte, gab er sich einen ordentlichen Schluck in einen Becher. Den Rest füllte er mit Kaffee auf. In der Zwischenzeit tropfte zwar der Göttertrank zischend auf die Heizplatte der Maschine und verbreitete augenblicklich den Gestank nach Angebranntem, aber auch das war ihm egal.

In seinem Rücken wurde ein Stuhl zurückgeschoben. Er wollte seiner Tochter gerade die Milch reichen, da stockte er mitten in der Bewegung.

Das war nicht wahr, oder? Sie hatte nicht wirklich den Einhornpulli aus der Dreckwäsche geangelt und doch angezogen. Dass das Sweatshirt keinesfalls aus der sauberen Wäsche stammte, bewiesen die rotorangen Flecken auf der Brust und den Ärmelbündchen. Wenn er sich richtig erinnerte, hatte es an dem Tag Spaghetti mit Tomatensauce gegeben.

Eins, zwei, drei. Nur nicht wütend werden, beschwor er sich. »Der Sweater ist dreckig, Eveliina. So kannst du nicht in die Schule gehen.«

»Das macht nichts«, protestierte sie. »Frau Heikkinen hat gesagt, Hauptsache, wir fühlen uns heute wohl.«

»Ich hab keine Zeit, das jetzt zu diskutieren. Zieh dir …«

»Heute ist Mutter-Kind-Tag in der Schule!«, platzte es aus ihr heraus. »Alle Kinder bringen ihre Mutter mit, und dann basteln wir gemeinsam für den Weihnachtsbasar nächste Woche. Das Geld, das bei dem Basar eingenommen wird, bekommen Kinder in Afrika, die dort keine richtige

Schule haben, und jetzt willst du, dass ich nicht nur ohne Mutter zum Basteln gehe, sondern auch ohne meinen Lieblingspulli. Das ist nicht fair!«

Vor Schreck setzte sein Herz für einen Schlag aus. Er schwankte, griff nach der Tischplatte. *Oh nein, mein Schatz, das ist nicht fair. Das Leben ist nicht fair.* Und er machte alles nur schlimmer, indem er vergaß, welcher Tag heute war. Von wegen schöne, neue Welt. In Grundschulen tickten die Uhren immer noch wie vor Jahrzehnten, und auf die Idee, dass nicht jedes Kind eine Mutter zu irgendwelchen Events mitbringen konnte, schienen die Organisatoren gar nicht zu kommen. Mit immer noch gesenktem Blick starrte er auf seine Hände. Die Fingerknöchel traten weiß hervor, so fest umklammerte er die Tischplatte.

»Mummo geht doch mit dir. Sie hat versprochen, dich in der Schule zu treffen, und wenn ihr fertig seid, gehst du mit zu ihr und Isoisä. So hatten wir das doch abgesprochen.«

»Aber Mummo ist *deine* Mutter, nicht meine!«

»Ich weiß, Engel.« In seiner Hosentasche vibrierte das Handy. Sicher Hannes, der sich fragte, wo Eljas blieb. In der Saison war es unmöglich für Eljas, sämtliche Touren selber zu leiten. Ohne seine verlässlichen Helfer wäre er aufgeschmissen. Schade nur, dass er sich mitunter weitaus weniger verlässlich zeigte als sie. Heute zum Beispiel.

Auf seinen inneren Tumult nahm Eveliina keine Rücksicht. Weiter feuerte sie eine verbale Salve nach der anderen auf ihn ab. »Ich wünschte, ich hätte auch eine Mutter! Eine eigene! Eine, die ich nicht *mit dir* teilen muss!«

»Ich weiß, Eveliina.« Und wie er das wusste! Er selbst wünschte sich ja nichts sehnlicher. Für sie noch mehr als für sich. »Aber wir müssen jetzt wirklich los. Ich muss zur Arbeit.« Von ihrem Frühstück hatte sie keinen Bissen genommen. Noch ein Punkt, an dem er hinter den Erwartungen zurückblieb. Gute Eltern sorgten dafür, dass ihre Kinder nicht mit leerem Magen das Haus verließen. Zumindest hatte er das die Mütter auf dem letzten Elternsprechtag einmal sagen hören.

Dass Eveliina zu guter Letzt einzusehen schien, dass sie bei diesem Thema nicht weiterkommen würde, wertete er als Sieg. Bereitwillig ließ sie sich von ihrem Stuhl gleiten und trottete in den Windfang.

Es dauerte keine halbe Minute, dann kam schon die nächste Beschwerde.

»Isääääää!«

»Ja?« Aus ihrem Ranzen angelte er nicht nur eine, sondern gleich drei alte Brotzeitboxen. In zwei von ihnen konnte er nur noch eine schleimige, angeschimmelte Masse ausmachen. Hatte er wirklich so lange nicht mehr nachgesehen, was Eveliina tagtäglich in die Schule schleppte?

»Die Stiefel passen nicht!«

»Natürlich passen die.« Er kippte sich den letzten Schluck seines Kaffees in die Kehle. Alle Elektrogeräte aus? Das Letzte, was er brauchen konnte, war, dass er durch eine weitere Unachtsamkeit das Haus in Brand setzte. »Wir haben die Stiefel erst vor zwei Wochen gekauft. Jetzt hör auf zu diskutieren und zieh die Schuhe an.«

»Aber –!«

Wieder vibrierte sein Handy, diesmal begleitet von dem Alarm, den er sich gestellt hatte, um den letztmöglichen Zeitpunkt nicht zu verpassen, zu dem sie das Haus verlassen konnten, wenn sie den Schulbus erreichen wollten. Es war der Augenblick, an dem sein Geduldsfaden riss.

»Schluss, aus, Ende der Diskussion.« Er brüllte noch lauter als seine Tochter. Fast gleichzeitig traf ihn das schlechte Gewissen wie ein Schlag. Dennoch konnte er nicht aufhören. »Du ziehst jetzt die verdammten Stiefel an und bist ruhig. Ich will nichts mehr hören, verstanden?«

Sie verstummte. Mit aufgerissenen Augen und bebender Unterlippe sah sie ihn an. Eine Träne löste sich aus ihrem Augenwinkel, lief über ihre Wange. Trotzig wischte sie sie weg.

»Eveliina, es –«

Sie schnitt ihm das Wort ab, indem sie ihm den Rücken zukehrte und demonstrativ schweigend ihre Stiefel anzog. Er suchte nach den richtigen Worten. Was konnte er jetzt noch sagen, um es irgendwie wieder geradezurücken? In diesem Moment schwor er sich, ihr einen neuen Einhornpulli zu kaufen. Ach was! Sieben neue Einhornpullis – einen für jeden Tag der Woche. Aber auch das half nichts. Immer noch wortlos schlüpfte sie an ihm vorbei aus dem Windfang hinaus auf den Hof.

»Warte!« Er gab sich einen Ruck, schlüpfte selbst in ein Paar Gummistiefel und wollte ihr nachrennen, doch es war zu spät. An der Straße tauchte gerade der Schulbus auf. Ihm blieb nichts anderes übrig, als dabei zuzusehen, wie seine Tochter einstieg, während er sich immer noch fühlte, als hätte ihm jemand eins mit dem Holzhammer übergezogen.

Wenigstens Lennja musste das nicht miterleben.

Der Posten mitten am Hauptplatz des Weihnachtsmanndorfs hatte einige Vorteile, aber auch eine ganz Menge Nachteile. Zu den Vorteilen gehörte, dass es hier nie langweilig wurde. Immer gab es etwas zu sehen: Die Gäste, die kamen und gingen. Die zahlreichen Dekorationen, die in der morgendlichen Dunkelheit auf eine ganz andere Weise zu funkeln schienen als nachmittags oder nachts. Das Treiben in den SkyCabins und Glasiglus, die Mitarbeiter des Freizeitparks, die wie sie schon am frühen Morgen in den lustigsten Kostümen dafür sorgten, dass den Gästen niemals langweilig wurde. Und mit ganz viel Glück spielte sogar das Universum mit und malte wie zur Unterhaltung der Menschen die allerschönsten Farben ans Firmament. Der Winter war die beste Zeit für Nordlichter. Beinah jeden Tag, vor allem abends und nachts, konnte man sie hier am Polarkreis zu mindestens einer Gelegenheit beobachten, und auch wenn Charlotte nun schon einige Tage in Rovaniemi verweilte, hatte das himmlische Spektakel noch nichts von seinem Reiz verloren.

Auch heute Morgen hatte das Universum keine Lust, sich als Farbenmaler zu betätigen, also blieb Charlotte nichts anderes übrig, als sich mit etwas anderem abzulenken. Einem Blick auf die Infotafel zum Beispiel, wo hinter Glas Handzettel und Flyer die Gäste des Weihnachtsmanndorfs über alle möglichen Aktivitäten und Aktionen in Kenntnis setzten. Die Elfenakademie bot verschiedene Kurse an. So konnten Besucher von Buchelfen in die Kunst der Buchbinderei eingeführt werden und ihr eigenes, ganz persönliches Notizbuch erstellen. Hauselfen übten sich in der Akademie im Verstecken, Spielzeugelfen bastelten vor aller Augen Geschenke für Kinder und Erwachsene, und Saunaelfen wiesen Interessierte in die Rituale und Geheimnisse uralter Saunatraditionen ein. Der Text endete mit einer Warnung an die Besucher: Natürlich war es unmöglich, alle Elfengeheimnisse in nur einem Tag zu erlernen, aber mit ein wenig Mühe und der Hilfe der fleißigen Akademieelfen stand dem Erlangen des Elfenhelferdiploms nichts mehr im Wege.

Charlotte lächelte. Obwohl sie die Kolleginnen und Kollegen ein bisschen beneidete, die das Glück hatten, in den lauschigen Räumen der Elfenakademie ihren Job zu erledigen, gelang es selbst ihr nicht, sich dem Charme des Textes zu entziehen. Alles hier war mit so viel Liebe organisiert und gestaltet. Nicht nur die Aktivitäten, die direkt mit Weihnachten und dem Weihnachtsmann zu tun hatten, auch die ganzen anderen ortsansässigen Unternehmen und Veranstalter gaben sich solche Mühe, seien es die Husky- und Rentierfarmen, bei denen man Safaris buchen konnte, der Elfengarten-Streichelzoo oder der Snowmobil-Park. Eine Agentur bot sogar ein spezielles Ritual zur Überquerung des Polarkreises an.

Ganz unten im Schaukasten warben Unternehmen aus dem weiteren Umkreis für ihre Leistungen. Restaurants und Geschäfte aus der Stadt, Hotels in Ounasvaara, dem nächstgelegenen Skiresort, und ein Anbieter für Eisangeln. Einen Flyer, ein unscheinbares, weißes DIN-A6-Blatt mit unregelmäßig geschnittenen Kanten bemerkte sie erst ganz am Schluss. Neben den farbenprächtigen Fotobroschüren ging er beinah unter.

Um besser lesen zu können, schob sie sich die Krempe der Elfenmütze ein wenig nach hinten.

»Willst du etwas Gutes tun?«, fragte die Überschrift. Tief in Charlottes Brust regte sich etwas. Ein winziger Funken, von dem sie geglaubt hatte, er wäre für immer verloschen.

Sie las weiter. Die Kinderklinik des Kreiskrankenhauses in Rovaniemi suchte Freiwillige, die kranken Kindern den Aufenthalt im Krankenhaus etwas erleichterten. Sei es durch Vorlesen, durch gemeinsames Spielen oder einfach nur, indem man da war. Viele, vor allem chronisch kranke Kinder, so erfuhr sie aus dem Text, mussten oft wochenlang ohne ihre Familien im Krankenhaus verweilen. Sie freuten sich über jede Ablenkung.

»Hey!« Karlīnas Stimme ließ sie zusammenzucken. »Was guckst du dir denn so konzentriert an? Interessierst du dich etwa für ein arktisches Wellnessabenteuer?«

»Ach, nichts.« Entschlossen drehte Charlotte der Infotafel den Rücken zu. »Ich hab nur etwas Zerstreuung gebraucht. Der Sahti gestern hatte es ganz schön in sich. Ich glaube, ich habe einen Kater. Die Schicht hat noch nicht einmal richtig begonnen, und schon frieren meine Zehen ein.«

»Hast du dir im Personalbüro die Wärmeeinlagen geben lassen? Ich sag's dir, ohne die wären meine Zehen längst abgefroren. Aber apropos Zerstreuung …« Bedeutungsvoll nickte sie zum Hauptplatz. »Für den perfekten Augenschmaus schaust du jetzt besser in diese Richtung.«

Als Charlotte sie nicht direkt verstand, griff die andere sie an den Schultern und drehte sie mit sanftem Druck in die richtige Richtung. Von rechts, da, wo das Blockhaus mit dem Weihnachtspostamt war und die verschiedenen Safarianbieter ihre Büros hatten, näherten sich mehrere Rentiere. Zuerst dachte sie, die Tiere seien allein unterwegs, erst dann bemerkte sie den Mann, der scheinbar mühelos gleich drei der Tiere am Zügel führte. Die ausladenden Geweihe machten ihm offensichtlich keine Angst. Er bewegte sich im Einklang mit den Tieren. So, als gäbe es eine unsichtbare Verbindung zwischen ihnen, die die Halfter und bunten Geschirre zu bloßer Show degradierten. Im Näherkommen erkannte sie, dass der Typ die Tiere tatsächlich nicht festhielt, sondern ihnen voranging, während sie ihm folgten. Wie alle anderen hier draußen trug er eine Mütze, eins dieser riesigen Gebilde mit breiter Fellkrempe und Ohren. Die Mützen gehörten zu den Outfits der Schlittenführer im Dorf, doch im Unterschied zu denen trug dieser Mann nicht die traditionelle samische Tracht, sondern einen langen, braunen Ledermantel. Der Kragen des Mantels war aufgeklappt, sodass man das flauschige Fellinnenfutter sehen konnte, der Schnitt betonte seine breiten Schultern und die schmale Taille. Alles an ihm schrie Naturbursche. Nicht die gestellte, gephotoshoppte Version für Kataloge und Werbeanzeigen, sondern der Ursprung all dieser Fantasien. Das da vor ihr war ein Mann, der es für die, die er liebte, mit bloßen Händen gegen Bären und Wölfe aufnehmen würde. Ein Kerl, mit dem man selbst in der unwirtlichsten Natur überleben konnte.

Dass sie sich in ihrer Spinnerei verlaufen und schon viel zu lang nichts mehr gesagt hatte, merkte sie erst, als Karlīna sie lachend anstupste.

»Gut, was?«

»Wer …« Sie musste schlucken. »Wer ist das?«

»Ich weiß nicht, von wem du redest?« Mit gespielter Unschuldsmiene zog Karlīna die Brauen in die Stirn. »Dem

Hauself mit dem rot-weiß geringelten Schal da hinten? Dem Familienvater, dem noch der halbe Hotdog im Mundwinkel klebt?«

Charlotte verdrehte die Augen. »Du weißt genau, dass ich von dem Rentiertypen rede.«

»Tun wir das nicht alle?« Theatralisch presste sie sich die Hände auf die Brust. »Wie auch immer: Das jedenfalls ist der Hottie vom Nordpol.«

»Der … Hottie vom Nordpol? Was Besseres ist euch nicht eingefallen?«

»Warum sollte es? Immerhin passt es, oder etwa nicht? Sag bloß, du willst allen Ernstes behaupten, dieser Typ sei nicht die heißeste Versuchung, seit es Saunaaufgüsse gibt.«

»Ich fürchte, das kann ich nicht.«

Besagter Hottie war gerade dabei, die Rentiere vor die auf dem Hauptplatz bereitstehenden Schlitten zu spannen. Die Menschen, die das Spektakel beobachteten, schien er kaum zu bemerken. Dafür schenkte er den Tieren umso mehr Aufmerksamkeit. Mal streichelte er über Nasen und Stirnen, mal klopfte er Hälse oder flüsterte ihnen etwas ins Ohr. Es war dieser Gegensatz, der es Charlotte absolut unmöglich machte wegzusehen. Das raue, beinah wilde Äußere des Mannes, gepaart mit dieser herzerwärmenden Sanftheit gegenüber den Tieren.

»Kommt er oft hierher?«

»Jeden Tag.« Karlīna zuckte mit den Schultern. »Aber das wird dir wenig bringen. Er spricht mit niemandem, außer vielleicht mal mit den ganz alten Hasen vom Stammpersonal. Er kommt, bringt die Rentiere für die Schlittenfahrten, holt sie nach den Safaris wieder ab und das war's. Nicht einmal, wenn Gäste ihn bitten für Fotos zu posieren, macht er mit. Aber so ist es immer, oder?«

»Wie ist es immer?«

»Die Gutaussehenden sind Arschlöcher. Und die, die keine Arschlöcher sind, sind entweder schwul oder vergeben. Es ist eine Schande.« Einen kurzen Moment lang ließ Karlīna ihrer Klage Zeit, sich zu entfalten, dann rieb sie sich unternehmungslustig die Hände. »Aber wie auch immer, ich muss jetzt rüber zum Artic Circle Tower. Da beginnt gleich meine nächste Tour. Hast du nachher Lust, zusammen Mittagspause zu machen?«

»Ich weiß nicht.« Bei dem Gedanken an die überhitzte, überfüllte Personalkantine schauderte sie. Andererseits würde sie nie Anschluss finden, wenn sie die Bemühungen der anderen, sie in die Elfenbande zu integrieren, zurückwies. »Mir brummt wie gesagt ziemlich der Schädel. Und in der Kantine ist es immer so laut.«

»Dann mach eben nur ein kurzes Essen draus und geh anschließend eine Runde spazieren. Wenn du brav bist, sage ich dir sogar, wo du ganz hier in der Nähe ein Plätzchen nur für dich findest.«

»Das wäre wirklich klasse.« Diesmal musste sie sich nicht zu einem Lächeln zwingen. Gegen Karlīnas Freundlichkeit kam nicht einmal der schlimmste Kater an. Eben noch hatte ihr vor der Mittagspause in der Kantine gegraut, jetzt freute sie sich darauf, Zeit mit den anderen zu verbringen.

✵

So, wie Eljas aufgewachsen war, wäre niemand je auf die Idee gekommen, dass er eines Tages Rentierzüchter werden würde. Seine Eltern besaßen ein hübsches Einfamilienhaus in einer der wenigen schicken Viertel von Rovaniemi. Im Ganzen betrachtet war Rovaniemi eine wirklich hässliche Stadt. Während des Zweiten Weltkriegs war die ehemalige Siedlung komplett zerstört und erst in den Jahren 1945 bis 1952 wiederaufgebaut worden. Entstanden war eine Reißblattresidenz: charakterlos, unspektakulär, zweckmäßig. Nur wenige Ecken der Stadt besaßen so etwas wie Charme, und Katajaranta, das Viertel, in dem seine Eltern bis heute wohnten, gehörte dazu.

Auf einer leichten Anhöhe gelegen, geschützt von Birken, Linden und Weiden und umgeben von gepflegten Wiesenflächen, die zu dieser Jahreszeit von einer dicken Schneeschicht bedeckt waren, blickte sein Elternhaus direkt auf den Kemijoki. Dort, auf dem zugefrorenen Fluss, der sich im Zentrum der Stadt seeartig weitete und mit seinem Nebenfluss, dem Ounasjoki, zusammenfloss, hatte Eljas als Knirps Schlittschuhlaufen gelernt und seine ersten Schritte auf Langlaufskiern unternommen. In dem ungeschickt von seinem Vater zusammengezimmerten Baumhaus hatte er von der großen, weiten Welt geträumt. Alle Länder dieser Welt hatte er bereisen wollen, hatte Kamele streicheln und auf Elefanten reiten, sich von Palmen Schatten spenden und von Kakteen piksen lassen wollen. Stattdessen hatte er sich in Lennja verliebt, und seine Träume hatten sich verändert. Wenn er heute auf die vergangenen zehn Jahre zurückblickte, hatte er nicht das Gefühl, etwas verpasst zu haben. Die alte Abenteuerlust plagte ihn nicht mehr. Im Gegenteil: Abenteuer erlebte er jeden Tag, er hatte sie zu seinem Beruf gemacht. Auf seiner Farm hatte er alles, was er brauchte, und vor allem hatte er Eveliina. Nichts anderes war wichtig.

Er parkte seinen Pick-up vor der Garage seiner Mutter und machte sich auf den Weg zur Eingangstür. Natürlich hatten auch seine Eltern für Weihnachten dekoriert. Den auf weiße Holzpfeiler gestützten Windfang schmückte eine Tannengirlande mit roten und goldenen Schleifen. Von der Regenrinne baumelte ein Tau, an dem ein mit einem schweren Sack beladener Santa emporkletterte, und auf dem Dachfirst strahlte der Stern von Bethlehem. Er grinste bei der Erinnerung an die Leuchtrentiere, die sein Vater vor ein paar Jahren für den Vorgarten besorgt hatte. Eveliina war so entsetzt von der fehlerhaften Darstellung der Tiere gewesen, dass sie darauf bestanden hatte, sie im Baumarkt zurückzugeben. Seither überließ sein Vater die Weihnachtsdeko ausschließlich seiner Frau.

Obwohl Eljas schon ein Jahrzehnt lang nicht mehr zu Hause wohnte, machte er sich nicht die Mühe, zu klingeln, sondern trat einfach ein.

»Hey, hey, hey!«, rief er ins Innere des Hauses. »Ich bin's! Hattet ihr Spaß beim Weihnachtsbasteln in der Schule?«

»Wir sind in der Küche«, erklang die Stimme seiner Mutter. »Komm erst mal rein, dann erzählen wir es dir.«

Wie erwartet fand er Eveliina und seine Mutter über ein Puzzle gebeugt. Ihm selbst fehlte die Geduld für diese Tätigkeit, aber seine Mutter hatte sich schon immer gerne die Zeit damit vertrieben, und in Eveliina hatte sie eine Komplizin gefunden. Laut Verpackung hatte das Puzzle, an dem sie arbeiteten, tausend Teile und zeigte ein winterliches Mumin-Motiv. Noch fehlte gut ein Drittel der Szene, aber bereits jetzt ließ sich erkennen, dass die nilpferdartigen Trolle auf dem Bild mit ihren Freunden jede Menge Spaß in einem tief verschneiten Winterwald hatten.

»Geht so.« Eveliina stützte den Kopf auf eine Hand. Gelangweilt drehte sie ein Puzzleteil zwischen den Fingern, schien aber nicht die passende Stelle zu finden, um es einzusetzen.

»Das klingt ja nicht gerade begeistert. Ist Vater da?«

Seine Mutter schüttelte den Kopf. »Der ist noch in der Arbeit. Ich sage dir, der meint, so kurz vor dem Ruhestand muss er es noch einmal allen beweisen. Hast du Hunger? Wenn ihr wollt, könnt ihr hier essen, bevor ihr nach Hause fahrt. Dann musst du nicht mehr kochen. Ich denke, Eveliina ist müde.«

»Bin ich nicht!«, begehrte seine Tochter auf. »Mir tun die Füße weh, weil die Schuhe zu klein sind, und das Basteln war doof, weil alle mit ihrer Mutter da waren, nur ich mit meiner Mummo.«

»Eveliina«, ächzte er. »Das hatten wir doch schon am Morgen. Die Schuhe können nicht zu klein sein. Wir haben sie erst vor zwei Wochen gekauft. Aber weißt du was? Ich hab mit Hannes gesprochen. Er hat versprochen, uns im Advent noch mal einen Tag freizuschaufeln. Dann machen wir uns einen tollen Isä-Tochter-Tag und fahren nach Kemi zur Schneeburg. Dieses Jahr zeigen die ganz viele Schneeskulpturen dort. Da sind sicher auch Einhörner dabei. Vielleicht ist ja auch eins so cool wie das von deinem Pulli.«

»Klar, macht bestimmt voll viel Spaß, wenn einem die Zehen dabei abgequetscht werden.« Genervt verdrehte sie die Augen.

Die Hilflosigkeit vom Morgen kochte in seinem Inneren schäumend an die Oberfläche. Was sollte er denn noch tun? Er gab doch schon sein Bestes, aber eine Mutter konnte er für sie nun mal nicht aus dem Hut zaubern! Er hatte es sich nicht ausgesucht, dass Lennja so jung gestorben war. Er verstand Eveliina ja. Viel zu gut! Aber heute schaffte sie es wirklich, ihn bis ins Mark zu frustrieren. Eine Berührung seiner Mutter an seinem Oberarm holte ihn zurück aus seinen düsteren Gedanken.

»Kommst du mal mit?«, fragte sie ihn sacht. »Ich will dir etwas zeigen.«

Ganz großartig. Eine Standpauke seiner Mutter war genau das, was ihm jetzt noch fehlte. Als ob er nicht selbst wüsste, dass er hier hilflos durch einen Morast watete. Jedes Mal, wenn Eveliina ihm wieder klarmachte, wie unmöglich es für ihn war, ihr gleichzeitig Mutter und Vater zu sein, versank er ein wenig tiefer. Dennoch brummte er eine kaum verständliche Zustimmung und folgte seiner Mutter in den Wirtschaftsraum, der zwischen Küche und Eingangsbereich Platz für Jacken, Stiefel und allerlei Krimskrams bot.

»Ich weiß, ich weiß«, ehe auch sie ihm noch Vorwürfe machen konnte, hob er abwehrend die Hände, »Wut ist nur ein Zeichen von Hilflosigkeit, und niemandem ist geholfen, wenn ich meinen Frust an Eveliina auslasse. Das wollte ich auch gar nicht. Ich wollte nur …«

»Das ist nicht, was ich sagen wollte«, unterbrach ihn seine Mutter. Mit ihren einundsechzig Jahren war Birke

Jalonen immer noch eine attraktive Frau. Ihr Lächeln war ausdrucksstark und vermochte gleichzeitig Geborgenheit, Aufmunterung, Liebe und Strenge zu spiegeln. Sie bückte sich und hob einen von Eveliinas Stiefeln auf. »Ich wollte dir die hier zeigen. Sie sind Größe 33.«

»Nicht du auch noch.« Geschlagen ließ er sich mit dem Rücken gegen ein Regal fallen. Einige leere Einmachgläser schlugen aneinander und gaben ein gefährliches Klirren von sich. »Du warst dabei, als ich es Eveliina gerade erklärt habe: Die Schuhe können nicht zu klein sein. Wir haben sie erst vor Kurzem gekauft, und natürlich sind ihre Füße bei der Gelegenheit vermessen worden. Sie war heute Morgen einfach nur sauer, weil ich ihr nicht erlauben wollte, in einem dreckigen Pulli zur Schule zu gehen. Ihretwegen bin ich zu spät zu meiner ersten Tour gekommen.«

»Sie war nicht nur sauer, Eljas. Die Stiefel sind zu klein. Nachdem sie sich heute den ganzen Tag über beschwert hat, sind wir auf dem Heimweg beim Schuhladen vorbeigefahren. Sie braucht jetzt Größe 34,5.«

Er blinzelte einmal, zweimal, dann sickerte endgültig zu ihm durch, was seine Mutter ihm eröffnet hatte. Zur Erschöpfung, die ihn umtrieb, dem Frust und dem ständigen Gefühl zu versagen, gesellte sich Scham. »Verdammt!« Seine Stimme klang so rau, dass sie drohte zu brechen. »Ich wollte nicht …« Ihm gingen die Worte aus, also probierte er es von vorne. »Ich bin so müde, Mama.«

»Ich weiß, mein Großer.« Ob mit acht oder achtundzwanzig – nichts ging über die Umarmung einer Mutter. Für die Dauer von zwei Herzschlägen gönnte er sich den

Trost, dann trat er einen Schritt zurück und rieb sich mit der Hand den Nacken.

»Aber ich krieg das hin.« Wie sagte man immer: Wenn man sich etwas nur mit genügend Überzeugung einredete, glaubte einem das Unterbewusstsein irgendwann. »Vor Weihnachten ist es jedes Jahr dasselbe. Nichts, was wir nicht schon zig Mal überstanden haben. Ende Januar wird es wieder besser, wenn die Hauptsaison vorbei ist.«

Seine Mutter schien wenig überzeugt. »Wann hast du zum letzten Mal etwas nur für dich gemacht, Eljas?«

»Gestern Abend.« Er grinste schief. »Als Eveliina im Bett –«

»Mit etwas alleine machen meine ich nicht, alleine auf der Couch einzuschlafen. Was ich meine ist: Wann hast du zum letzten Mal etwas mit Freunden unternommen? Bist zum Sport und anschließend in die Sauna gegangen?«

»Ist das deine Art, mir zu sagen, dass ich fett werde?«

Sie boxte ihm in die Seite. »Spinner«, sagte sie, wurde dann aber sofort wieder ernst.

In die darauffolgende Stille ächzte er. Sicher, er könnte weiter schweigen, doch aus Erfahrung wusste er, dass seine Mutter so lange nicht aufgeben würde, bis sie die Antwort bekam, die sie suchte. »Wie ich sagte: Um Weihnachten rum habe ich immer viel zu tun.«

»Natürlich.« Sie nickte ernst.

»Und Eveliina braucht mich.«

»Sie wird in ein paar Wochen neun, Eljas. Sie braucht dich nicht vierundzwanzig Stunden am Tag. Außerdem helfen dein Vater und ich dir jederzeit aus.«

»Was willst du, Mutter?« Die Wut, die er gerade zurückgedrängt hatte, regte sich erneut. »Soll ich mich in die Touriläden schmeißen und eine Touristin nach der anderen flachlegen, um mich wie ein ganzer Kerl zu fühlen?«

»Das habe ich nie –«

»Oder soll ich mich an die alten Kumpel von der Schule klammern? Mit denen habe ich seit fast zehn Jahren nichts mehr gemein. Die haben fröhlich ihren Abschluss gemacht und ihr Studium angefangen, als Lennja und ich Eltern geworden sind. Während die sich um Partys und Saufgelage gekümmert haben, war unser Alltag von dreckigen Windeln und Babybrei bestimmt. Was, glaubst du, sehen die in mir, wenn ich jetzt versuche, den Kontakt wieder aufleben zu lassen?«

»Aber du hast doch auch Kollegen, Leute, die –«

»Jeder kennt meine und Lennjas Geschichte, Mutter! Ich will kein Mitleid!« Himmel, er verhielt sich unmöglich. Dass seine Mutter dennoch nicht mit der ihr zustehenden Empörung reagierte, sondern ihr Blick ganz weich und nachsichtig wurde, gab ihm den Rest.

»Ich bin erwachsen, Mama! Du musst kein Spieldate für mich ausmachen. Mein Leben ist perfekt, wie es ist. Ich brauche niemanden!« Bevor sie die Gelegenheit hatte, ihn auf seine Lüge anzusprechen, stürmte er an ihr vorbei in die Küche.

»Eveliina, wir gehen. Auf dem Heimweg müssen wir noch beim Schuhladen vorbei.«

4

In der Mittagspause war es dann doch nichts mehr mit ihrem Spaziergang geworden. Kaum hatten sich Karlīna und Charlotte einen Platz gesucht, waren auch schon Valentina und Lilou zu ihnen gestoßen, und im Nu hatte sich Charlotte mitten in einem angeregten Gespräch befunden. Wie schon am Abend zuvor machten es die anderen Elfen ihr leicht, zuzuhören, ohne selbst aktiv am Geschehen teilnehmen zu müssen. Das war gut und schlecht zugleich. Gut, weil sie mit jeder Minute, die sie gemeinsam mit den anderen verbrachte, ein bisschen mehr hier oben am Rande der Welt ankam. Obwohl sie erst seit ein paar Tagen in Rovaniemi lebte, spürte sie bereits, dass an diesem Ort etwas in ihr würde heilen können, das noch immer unter einer harten Kruste Schmerz vor sich hin schwelte.

Schlecht war ihr komfortabler Platz am Rand des Geschehens deshalb, weil er so bequem war. Vage konnte sie sich an eine Charlotte erinnern, die gerne auf Partys gegangen war, die einen großen Freundeskreis gehabt hatte, Träume und – am wichtigsten – Vertrauen in sich selbst. Immer wieder fragte sie sich, was mit dieser Charlotte geschehen war. Wie hatte es passieren können, dass sie ihr abhanden gekommen war, ohne dass sie es bemerkt hatte?

Wenn sie dann so dasaß, in ihre Gedanken vertieft und eingelullt von den Witzen und Geschichten ihrer Kolleginnen, fühlte sie eine seltsame Trennlinie zwischen sich und der Welt. Sie war wütend auf Henning, für die Art und Weise, wie er ihr gesamtes Leben zum Einsturz gebracht hatte, doch noch viel wütender war sie auf sich selbst. Wie hatte sie es so weit kommen lassen können? Warum hatte sie nicht selbst gemerkt, was für ein fieses Spiel dieser Typ mit ihr trieb? Immer hatte sie sich um alles gesorgt, und jetzt stand sie da: ohne Zukunft, ohne Wohnung, ohne Perspektive, während er genau das Leben führte, das er sich ausgesucht hatte. Es war einfach nicht fair!

Genau diese Fragen spukten ihr auch jetzt wieder im Kopf herum, während sie, dick eingemummelt, ihren Feierabend nutzte, um den verpassten Spaziergang aus der Mittagspause nachzuholen. Karlīna hatte recht behalten: Man musste sich nicht weit vom Weihnachtsmanndorf entfernen, um aus der turbulenten Hektik des Vergnügungsparks in die raue Natur Lapplands einzutauchen. Da sich die Gästeunterkünfte ebenso wie die Bars und Restaurants im Norden und Osten des Resorts befanden, musste sie sich nur südlich halten, die Hauptstraße überqueren, und schon fand sie sich im tiefsten Dickicht der lappischen Wälder wieder. Es war so kalt, dass ihre Atemluft sich in den Wimpern zu winzigen Eiskörnchen formte. Sogar zwischen den Bäumen lag der Schnee mindestens einen Meter hoch. Bei jedem Schritt sank sie ein. Keine Spuren weit und breit. Nicht von Tieren, nicht von anderen Menschen. Selbst die Nadeln der Kiefern hatten sich dicht eingemummelt, trugen einen Pelz aus stacheligen Eiskristallen. Sie war so vertieft in die Wanderung, dass sie zuerst nicht merkte, wie der Wald sich ein wenig lichtete. Plötzlich stand sie vor einer kreisrunden Freifläche. Nur ein zur Seite gekipptes Ruderboot ließ sie ahnen, dass es keine normale Lichtung war, sondern der Waldsee, von dem Karlīna gesprochen hatte. Am Ufer stachen die Spitzen trockenen Schilfgrases aus der Schneedecke, weiter draußen musste eine Insel sein, denn dort streckten drei Bäume ihre krüppeligen Finger von einem kargen Felsen aus dem endlosen Weiß heraus. Sie ließ ihren Blick weiterwandern, lehnte sich mit dem Hintern an das Ruderboot. Ein paar Schritte von ihr entfernt ragte ein Steg in den See. Eine LED-Lichterkette war an seinem Geländer angebracht. Nur deshalb konnte sie in der Dunkelheit erkennen, dass der See am Ende des Stegs nicht zugefroren war, sondern das Eis dort ein ausgefranstes Loch bildete.

Noch während sie sich fragte, was das alles sollte, tauchte unweit des Stegs ein Haarschopf aus dem Wasser, gefolgt von Schultern und schließlich einem Oberkörper.

Ihr klappte das Kinn herunter. Dieser Typ wirkte wie … wie eine Erscheinung, wie er aus den eisigen Fluten stieg, nackt und doch auf eine seltsame Weise unantastbar. Im Sternenlicht silbern schimmernde Wasserfäden liefen von seinen Schultern über die Brust, verfingen sich in den Brusthaaren und gefroren dort fast augenblicklich zu Eis. Es gehörte wohl nicht zu den höflichsten Dingen, die man machen konnte, aber Charlotte brachte es nicht fertig, wegzusehen. Der Typ vor ihr war groß und kräftig, wild wie der Wald, aus dem er zu erwachsen schien. Die Muskeln von der Kälte angespannt, kam er direkt auf sie zu.

Nicht einmal mehr einen Meter von ihr entfernt blieb er stehen. Du liebe Güte! Das war kein nordischer Gott und auch kein schamanisches Naturwesen. Das war der Hottie vom Nordpol! So nah, dass sie nur die Hand ausstrecken müsste, um ihn zu berühren.

»Gute Show?« Selbst in dem tiefen Timbre seine Stimme konnte sie den leichten Unterton von Spott heraushören.

Spätestens jetzt wäre der richtige Moment für einen schlagfertigen Spruch gewesen. Das Problem war nur: Charlotte gehörte zu den Menschen, die mehrere Tage brauchten, um auf eine bestimmte Situation schlagfertig reagieren zu können – und auf die Situation, dass während eines Waldspaziergangs bei zweistelligen Minustemperaturen auf einmal ein nackter Gott vor ihr aus einem zugefrorenen See stieg, hatte sie sich beim besten Willen nicht vorbereitet. Sie klappte den Mund noch ein Stück weiter auf und starrte ihn an. Trotz der Eiseskälte spürte sie ihre Wangen heiß werden.

»Ich … Ähm …«

»… hätte jetzt gerne meine Klamotten wieder. Oder willst du die noch länger als Geisel halten? Ich verspreche dir, viel mehr gibts bei mir nicht zu sehen.« Er zwinkerte amüsiert. »Erst wieder, wenn's warm wird.«

»Deine Klamotten?« Wovon redete der Kerl?

Er nickte nach rechts neben Charlotte. Sie folgte der Geste mit dem Blick, und tatsächlich: Geschützt von der

Wand des Ruderboots befand sich im Inneren ein ganzer Stapel Kleidungsstücke. Blöderweise blockierte Charlotte die mit ihrem Körper. Wenn sie nicht schleunigst in die Gänge kam, wäre es ihre Schuld, sollte sich der Hottie vom Nordpol wichtige Körperteile abfrieren.

Sie sprang auf, als hätte ihr jemand in den Hintern gestochen. »Das tut mir leid. Ich wollte nicht … Ich …« Vor lauter Peinlichkeit verhaspelte sie sich. Verzweifelt warf sie die Hände in die Luft und wich rückwärts vor ihm zurück. Nichts wie weg hier! Sie drehte sich um, beschleunigte ihre Schritte, bis sie fast rannte. Auf dem gesamten Rückweg klang sein spöttisches Lachen in ihren Ohren nach. Hoffentlich war bald morgen, sodass sie diesen Tag vergessen konnte. Noch nie in ihrem Leben war ihr etwas so peinlich gewesen.

Ein paar Tage später traute Charlotte ihren Augen schon wieder kaum. Auf der Freifläche vor dem Krankenhaus standen Rentiere!

Ernsthaft! Halluzinierte sie mittlerweile? War der Zwischenfall mit dem Hottie vom Nordpol am Waldsee in Wahrheit eine Sinnestäuschung und das erste Anzeichen für ihre beginnende Verrücktheit gewesen? Henning hatte ihr oft genug unterstellt, dass sie sich abends nicht mehr erinnern konnte, was sie morgens gesagt oder gemacht hatte. Oder war sie schlicht überarbeitet, und von den vielen Stunden in der Eiseskälte waren ein paar Synapsen eingefroren, sodass sie …

Okay, das ergab keinen Sinn – aber das taten Rentiere auf einem Krankenhausgelände auch nicht. Und apropos Henning: Heute Morgen hatte sie zahlreiche Mails und Textnachrichten von ihm ungelesen gelöscht. Das war immerhin ein Anfang, oder? Was konnte er denn schon von ihr wollen? Er hatte sie abserviert, ohne einen zweiten Gedanken an sie zu verschwenden. Sie schuldete ihm gar nichts. Und außerdem: Wie sollte sie jemals wieder zu sich selbst finden, wenn er sie ständig daran erinnerte, wie wenig noch von ihr übrig war, wenn sie nicht mehr seine Freundin sein konnte?

Vielleicht hätte sie ihren freien Tag besser alleine in ihrer Hütte verbringen sollen, statt dem Aufruf des Lappland Zentralkrankenhauses zu folgen, den sie letztens im Infokasten auf dem Hauptplatz des Weihnachtsmanndorfes gesehen hatte. Es war ohnehin zwecklos. Was hatte sie den kranken Kindern schon zu bieten?

Doch weil die Wochenenden im Santa Claus Village immer die Tage mit dem meisten Trubel waren, bekamen die Elfen oft an anderen Tagen frei. Am wenigsten beliebt waren dabei die Mittwoche, denn mit einem freien Tag mitten in der Woche konnten die Wenigsten etwas anfangen. Das Wochenende war noch zu weit entfernt, um zu sagen: »Ach, was soll's, lass uns einen draufmachen. Die paar Tage halten wir dann noch aus.« Auf der anderen Seite war der Sonntag schon so lang her, dass die Erholung bereits nachließ, was das Energielevel weit genug sinken ließ, um die Entschlossenheit, etwas mit dem freien Tag anzufangen, gen null tendieren zu lassen. Als neuste Hilfselfe im Team hatte natürlich sie den Mittwoch bekommen, und im Gegensatz zu ihren Kolleginnen und Kollegen machte ihr das nichts aus. So bekam wenigstens niemand mit, dass ein Teil von ihr immer noch diesen Traum hegte, mehr zu sein als die ungelernte Hilfskraft, die von Job zu Job tingelte.

Noch einmal prüfte sie das Foto, das sie von dem Flyer im Schaukasten gemacht hatte. Die Klinik für Kinder- und Jugendmedizin befand sich in einem Seitengebäude des riesigen Krankenhauskomplexes. Trotz diverser Wegweiser verlief sie sich auf dem Gelände und musste mehrfach nachfragen, ehe sie die richtige Station fand.

Hätte die junge Frau hinter der Rezeption sie nicht so freundlich angelächelt, hätte Charlotte wahrscheinlich den Mut verloren. Es war so lange her, dass sie regelmäßig mit Kindern und Jugendlichen zu tun gehabt hatte. Schon auf der Realschule hatte sie die Fachrichtung »sozial« gewählt und die auch später auf der Fachoberschule beibehalten. Damals war ihr gar nichts anderes in den Sinn gekommen, als später einmal mit Menschen zu arbeiten, die es nicht immer leicht im Leben hatten. Doch dann hatte sie Henning kennengelernt. Henning, der sie zuerst vergöttert und dann kleingemacht hatte, bis sie so sehr an sich zweifelte, dass sie nicht einmal mehr wagte zu träumen.

Wie aus dem Nichts kam ihr der Brief in den Sinn. Aus den Zeilen hatte so viel Mut gesprochen, sich trotz aller Rückschläge dem Leben zu stellen. Daran sollte sie sich ein Beispiel nehmen.

Sich einen Ruck gebend, aktivierte sie das Display ihres Handys und trat auf die Rezeption zu. Den Bildschirm hielt sie gegen die Glasscheibe, die die Rezeptionistin von den Klinikbesuchern trennte.

»Ich bin im Weihnachtsmanndorf auf diesen Aufruf gestoßen. Dort habe ich gelesen, dass sie Freiwillige suchen, die etwas mit den Kindern hier unternehmen.«

Das Lächeln der anderen verbreitete sich. »Ganz genau. Wie schön, dass du gekommen bist. Einen Moment, ja? Ich rufe Laila an. Sie ist die Leiterin des PED und kann dir alles erklären.«

»PED?«

»Pädagogischer Erziehungsdienst.« Die Krankenpflegerin hob einen Zeigefinger und begann ins Telefon zu sprechen. Ein paar erklärende Worte wurden gewechselt, dann legte sie auf. »Laila kommt dich gleich abholen. Dort drüben kannst du warten.« Aus einem Plastikfach angelte sie ein paar Blätter und schob sie unter dem Trennglas Charlotte zu. »Bis dahin kannst du schon mal anfangen, die hier auszufüllen. Für uns ist es wichtig zu wissen, wer mit den Kindern zu tun hat. Deshalb bitte ich dich, die Formulare wirklich ehrlich auszufüllen.«

»Sicher.« Sie bemühte sich, ihre Stimme so unbeschwert wie möglich klingen zu lassen, dabei fühlte sie auf einmal einen dicken Kloß im Hals. Was, wenn sie wieder einmal nicht genügte? Nicht einmal für eine freiwillige Tätigkeit? *Süße*, hörte sie Henning in ihrem Kopf, *ich habe nie behauptet, du darfst nicht an die Hochschule zurück. Ich sag nur, dass du dir gut überlegen sollst, ob du dir das wirklich zutraust. Denk doch mal nach. Wie oft beschwerst du dich über Gäste im Pub oder deinen Chef. Und der Stress ist nichts gegen die Anforderungen von einem richtigen Job. Wie willst du das schaffen? Ich mein es doch nur gut mit dir. Aber irgendwer muss dir doch die Augen öffnen. Das ist auch Liebe. Soll ich einfach dabei zusehen, wie du dich überforderst? Du hast selbst gesagt, dass du Zweifel hattest, ob du ein Studium überhaupt schaffst. Lotti, du bist einfach sensibel. Und jetzt lächel doch mal, wenn jemand einen Witz macht!*

Ihre Fingerknöchel traten auf einmal weiß hervor, so viel Kraft kostete es sie, die Hände davon abzuhalten zu zittern. Wie sollte sie jemals wieder an sich glauben, wenn sie nicht einmal mehr wusste, was sie konnte? Was war richtig? Was war falsch? Sie wusste es nicht mehr. Was, wenn Henning doch recht hatte? Immerhin hatte er ihr oft genug versichert, dass er es nur gut mit ihr meinte. Sogar die Trennung hatte er ihretwegen vorgeschlagen.

Nein! Henning hatte an diesem Ort nichts zu suchen. Sie hatte ihn nicht eingeladen. Energisch sperrte sie ihn aus ihren Gedanken und machte sich daran, die Formulare durchzulesen.

Hektisch schluckte Eljas gegen die aufsteigende Säure in der Kehle an. Dabei roch es auf den Fluren des Lappland Zentralkrankenhauses nicht einmal besonders intensiv nach Desinfektionsmitteln, Medikamenten und Tod. Unglücklicherweise ging es ihm mit Gerüchen, wie es anderen mit Musik ging. Manche Menschen hörten nur ein paar Takte eines Liedes, und schon stiegen der Person Bilder vor dem inneren Auge auf. Man fühlte sich zurückversetzt an einen anderen Ort und eine andere Zeit, wo man alles noch einmal genauso intensiv erlebte wie zu dem Zeitpunkt, als man das Lied zum ersten Mal gehört hatte. Denselben Effekt durchlitt er jetzt. Ein Hauch des Geruchscocktails, der zum Krankenhaus gehörte wie Elfen zum Weihnachtmann, und schon gingen die letzten fünf Jahre in Rauch auf. Er war nicht mehr hier, weil er es Lennja versprochen hatte, sondern weil er seiner Frau beim Sterben zusah, während ihre gemeinsame Tochter bei seiner Mutter Kinderlieder sang und Bilderbücher ansah, als wäre es das Normalste der Welt. Er spürte wieder die Zerrissenheit, weil er nie wusste, ob er sich wünschen sollte, dass ihm noch viele gemeinsame Stunden mit der Liebe seines Lebens blieben oder dass es möglichst schnell vorbei sein sollte. Dies war der Ort all seiner Träume. Der guten wie der bitterbösen. Hier hatte er seine neugeborene Tochter zum ersten Mal im Arm gehalten und ihr geschworen, für immer für sie da zu sein, und hier hatte er Lennja aus dem Leben verabschiedet. Hier hatte er auf Ärzte gehört, die ihnen Hoffnung machten, ganz am Anfang, und hier hatte er erlebt, wie dieselben Ärzte die eigens geschürten Hoffnungen zertraten. Hier hatte er gemerkt, wie sein Glaube an so etwas wie Gerechtigkeit gemeinsam mit seiner Frau schwächer und schwächer wurde und schließlich starb. Wenn er heute überlegte, wann er endgültig erwachsen geworden war, dann waren es die Jahre gewesen, die eng mit diesem Krankenhaus verknüpft waren. Nichts lehrte einen die eigene Machtlosigkeit nachhaltiger als das Sterben. Solange es ging, hatte er sich an den guten Momenten festgehalten. Jedes Lachen, das er mit Lennja teilte, war ein kostbares Geschenk. Immer schwang das Wissen mit, dass die Anzahl der noch kommenden Glücksmomente begrenzt sein würde. Zweieinhalb Jahre lang hatte Lennja der Krankheit die Stirn geboten. Zweieinhalb Jahre lang hatten sie gemeinsam versucht, ein Übermaß an Leben in jede Sekunde gemeinsamer Zeit zu packen. Zweieinhalb Jahre, um Erinnerungen anzusammeln, die für die Ewigkeit genügen mussten. Weil das auch anderen Familien gegönnt sein sollte, war er hier.

Er straffte die Schultern und atmete durch den Mund. Es war so lächerlich, dass er ausgerechnet jetzt die Nerven verlor. Das Schlimmste hatte er hinter sich, er war bereits wieder auf dem Heimweg. Alles Weitere konnte er mit den Verantwortlichen in der Klinik per Mail besprechen. Wahrscheinlich hätte es selbst diesen persönlichen Besuch nicht gebraucht, aber egal wie ätzend er das alles hier fand, er wusste, was sich gehörte. Einmal vor dem großen Tag sein Gesicht zu zeigen, damit die Menschen wussten, mit wem sie es zu tun hatten, gehörte dazu. In seinen schlimmsten Stunden zeigte man sich nicht jedem. Krankheit machte verletzlich, deshalb war Vertrauen so wichtig, und deshalb war er heute hierhergekommen.

Zum Glück war es ja jetzt fast vorbei. Nur noch durch die Lobby und …

»Uff.«

Er taumelte zurück. War er wirklich so in Gedanken vertieft gewesen, dass er ein Hindernis übersehen hatte? Sein Blick ruckte nach unten.

Das war kein Hindernis. Das war eine Frau. Und auch nicht er war in sie hineingelaufen, sondern sie in ihn.

»Das … Oh mein Gott, Entschuldigung!« Sie fiel auf die Knie. Bei ihrem Zusammenprall waren ihr alle möglichen

Papiere aus der Hand gerutscht. »Ich hab dich nicht gesehen. Ich meine, nicht, dass du irgendwie unsichtbar wärst, aber ich war ganz in Gedanken. Dieser Ort …«, sie klaubte das letzte Blatt auf und schob es mit den anderen zu einem Stapel zusammen, »… macht mich ganz dusselig.«

»Das ist die Luft. Geht mir auch so.« Auch er bückte sich, um ihr beim Einfangen der geflüchteten Papiere zu helfen. Ein paar Blätter erwischte er, hob sie auf und reichte sie ihr, sobald sie beide wieder standen. Seine Fingerspitzen berührten ihre Handflächen. Nur ganz kurz, aber lang genug, um den elektrischen Impuls zu fühlen, der von ihrer Haut ausging und geradewegs hinter sein Brustbein jagte.

Auch sie schien es zu spüren. Zischend sog sie die Luft ein, ihr Blick hob sich, fiel in seinen. Von unten herauf sah sie ihn an. Sein Herz stolperte. Noch nie hatte er so blaue Augen gesehen – rein und klar wie der Himmel an einem sonnigen Wintertag, und die silbernen Lichtreflexe waren die Wolken. Und doch kam sie ihm irgendwie bekannt vor. Als hätten sie sich schon einmal gesehen. Oder nein, das stimmte nicht. Als würde ein Teil von ihm einen Teil von ihr erkennen, obwohl sie sich noch nie gesehen hatten. Ging das mit den Wünschen ans Universum so schnell? Seinen Brief an Lennja hatte er gerade erst vor ein paar Tagen geschrieben. Er war strikt davon ausgegangen, dass die Briefe an Santa im Weihnachtsmanndorf ungelesen archiviert und schließlich vernichtet werden würden. Ganz sicher hätte er sich sonst nicht die Seele in diesen Zeilen aus dem Leib geschrieben und all seine Einsamkeit, all seine Sehnsucht und Unsicherheit auf Papier gebannt. Das Ganze hatte er aus einer Laune heraus getan, für sich. Keine Millisekunde lang hatte er geglaubt, dass es irgendwo im Universum tatsächlich jemanden gab, der ihn erhörte. Aber jetzt …

»D… danke«, stotterte sie. Lächelnd trat sie einen Schritt zurück, weit genug, damit er auch den Rest von ihr sehen konnte, ihre braunen Haare, die rosigen Wangen und die kleine, leicht nach oben gerichtete Nase. Über einer weißen Bluse und einem rosafarbenen Rock trug sie einen kamelhaarfarbenen Mantel, dazu dicke Moonboots. »Das ist sehr nett.«

Für die Dauer eines Wimpernschlags raubte ihr Lächeln ihm den Atem. Sie hatte gerade, weiße Zähne, nur zwischen den oberen Schneidezähnen war eine winzige Lücke. Dass sie ihn mit diesem Lächeln verzaubert hatte, musste der Grund sein, warum ihm erst mit etwas Verspätung der deutsche Akzent auffiel. Kaum hatte er den registriert, fiel es ihm wie Schuppen von den Augen. Dieses irrationale Gefühl von Bekanntheit? Das war keine Seelenverwandtschaft oder sonst ein Quatsch, den es nur in Filmen oder Teenie-Liebesromanen gab. Ein Zeichen des Universums, pah! Er hatte die Frau vor ihm tatsächlich schon einmal gesehen, und zwar in einer reichlich peinlichen Situation. Auch da hatte sie ihn überrumpelt. Was für ein riesiger Idiot musste er sein, in eine Zufallsbegegnung weiß Gott was hineinzuinterpretieren. Ihm liefen ständig die immer gleichen Frauen über den Weg. Das blieb nun mal nicht aus, wenn sich das gesamte Leben in einem relativ kleinen Radius abspielte.

Diesmal war er es, der einen Schritt zurücktrat. »Stalkst du mich jetzt?« Okay, das war ihm harscher herausgerutscht als beabsichtigt. Aber immerhin wäre es nicht das erste Mal, dass Touristinnen sich an seine Fersen hefteten, nur weil sie glaubten, in ihm irgendwas zu erkennen, das sie unbedingt auf ihrer Bucket-List abhaken wollten.

Das Lächeln verschwand von ihrem Gesicht. »So toll bist du nicht.«

»Aber toll genug, damit du mir gleich mehrmals *rein zufällig* über den Weg läufst?«

»Was glaubst du eigentlich, wer du bist?« In einer abwehrenden Geste hob sie beide Hände vor die Brust. Hätte nicht viel gefehlt, und ihr wären die Papiere erneut aus der Hand gerutscht. »Ich bin dir doch keine Rechenschaft schuldig, warum ich hier bin. Wir kennen uns noch nicht einmal! Nur ein gut gemeinter Rat von mir an dich: Es gibt da einen Unterschied zwischen frecher Großspurigkeit und abstoßender Arroganz, und du, mein Lieber«, mit dem Zeigefinger deutete sie direkt auf seine Brust, »hast die Grenze weit überschritten. Da kannst du tausendmal der Hottie vom Nordpol sein, so ein Verhalten macht von innen hässlich.«

Ihre Lippen zitterten, sie ballte die Hände so fest zu Fäusten, dass die Knöchel weiß hervortraten, und auch ihre Stimme bebte. Ganz offensichtlich fiel es ihr nicht leicht, ihm die Stirn zu bieten, doch sie hörte nicht eher auf, bis sie ihm die letzte unangenehme Wahrheit entgegengespuckt hatte. Erst dann verschränkte sie die Arme vor der Brust, machte auf dem Absatz kehrt und stapfte davon.

Aus den Lautsprechern der Krankenhauslobby ertönte Chuck Berrys »Run Rudolph Run«.

»Scheiße!« Er fuhr sich mit der Hand durch die Haare.

Selten in seinem Leben hatte er sich so dermaßen zusammengestutzt gefühlt, dass er gar nicht wusste, wohin mit seiner Scham. Sie hatte recht. Mit jedem einzelnen ihrer Worte. Er hatte es versaut.

5

Seit knapp vier Tagen verhöhnten Charlotte die Formulare des Pädagogischen Erziehungsdienstes zur Freiwilligenarbeit im Lappland Zentralkrankenhaus von ihrem winzigen Esstisch aus. Durchgelesen hatte sie den Papierkram schon mehrfach. Es war eine Mischung aus Selbstauskunft und Information. Welche Möglichkeiten gab es für Freiwillige, sich ehrenamtlich im Krankenhaus zu engagieren? Welche Voraussetzungen mussten sie erfüllen? Welche Risiken war man als Freiwillige oder Freiwilliger bereit einzugehen, aber auch, wie konnte man selbst sicherstellen, nicht von dem, was man im Krankenhaus mitbekommen würde, übermannt zu werden? Die enthaltenen Informationen waren aufschlussreich und gleichzeitig unterhaltsam. Sie motivierten zum Aktivwerden, romantisierten die Arbeit, die einen als Ehrenamtlicher erwartete, aber nicht. Ein Team, das solche Unterlagen zusammengestellt hatte, musste einiges draufhaben. Allein das kurze Gespräch mit Laila am Mittwoch hatte Charlotte inspiriert und daran erinnert, warum sie sich damals entschieden hatte, das Studium der sozialen Arbeit aufzunehmen. Charlotte war schon immer ein Teamplayer gewesen. Sie war nicht dazu geboren, sich in den Vordergrund zu drängen, und am allermeisten hasste sie es, anderen zu sagen, was sie zu tun und zu lassen hatten. Dagegen blühte sie auf, wenn sie als Teil eines Teams an einem gemeinsamen Ziel arbeiten konnte. Wenn sie sah, dass ihr Einfühlungsvermögen und ihre Zuwendung wirklich etwas erreichten, und sei es nur, einen anderen Menschen zum Lächeln zu bringen. »In einer Welt, in der du alles sein kannst«, hatte sie einmal auf einem Kalenderblatt im Altersheim ihres Opas gelesen, »sei gutherzig«, und die Worte hatten etwas in ihr berührt. So sehr, dass sie den Spruch zu ihrem Motto gemacht hatte. Gutherzig zu sein – ein gutes Herz zu haben und zu versuchen, es auch in anderen zu sehen – hätte niemals ein Fehler sein dürfen. Wäre es auch nicht gewesen, hätte es Henning nicht gegeben.

Doch selbst nach allem, was passiert war, wollte sie nicht aufhören, daran zu glauben. Das Problem war nicht, ein gutes Herz zu haben. Das Problem waren die Menschen, die Wohlwollen mit Ahnungslosigkeit verwechselten und ihre Gutmütigkeit als Einladung auffassten, sie auszunutzen und ihr wehzutun.

Dramatisch ließ sie den Kopf auf die Tischplatte fallen. Sie konnte die Formulare nicht ausfüllen und damit den Prozess in Gang setzen, der sie in das Freiwilligenprogramm des Zentralkrankenhauses aufnahm. Sie konnte einfach nicht. Denn so gern sie es auch tun würde, jedes Mal, wenn sie so weit war, einen Kuli zur Hand zu nehmen, musste sie wieder an den Hottie vom Nordpol denken und ihren mehr als peinlichen Zusammenprall in der Krankenhauslobby. Konnte man vor Scham sterben? Wenn ja, würde es sie nicht wundern, wenn sie demnächst spontan in Flammen aufging, so sehr glühten ihre Wangen jedes Mal, wenn sie an die unrühmliche Situation dachte.

Ein Klopfen an der Tür erlöste sie von ihren Gedanken. Es war Sonntagabend. Das Santapostamt und die anderen Attraktionen im Weihnachtsmanndorf hatten vor rund zwei Stunden die Türen geschlossen, das *Silver Barman* hatte Ruhetag. Es war der perfekte Abend, um gar nichts zu tun, dennoch erhob sie sich von ihrem Stuhl, um dem unerwarteten Besuch die Tür zu öffnen.

Mit einem Schwall eisiger Luft wehte Karlīna in die kleine Hütte.

»Huhhh, ist das windig da draußen.« Direkt hinter der Tür stapfte sich die Kollegin den Schnee von den Stiefeln. »Gut, dass ich jetzt gekommen bin. Wer weiß, ob man in einer Stunde überhaupt noch einen Fuß vor die Tür setzen kann.« Sie öffnete den Reißverschluss ihrer Jacke, schlüpfte aus den Ärmeln und drückte das Kleidungsstück Charlotte in die Hand.

Die nahm es entgegen und hängte es auf einen Garderobenbügel. »Nicht, dass ich mich nicht über deinen Besuch freue. Aber würdest du mir sagen, was du hier machst?«

»Dich mit einem Mädelsabend überraschen.« Mit dem Kinn nickte sie zu ihrem Rucksack, den sie neben der Tür abgestellt hatte. »Ich habe alles dabei, was wir brauchen.«

»Was wir brauchen? Wofür brauchen wir irgendwas? Es ist Sonntagabend.«

»Du weißt, was ein Mädelsabend ist, oder? Wir machen es uns in deinem Bett bequem, essen Popcorn und Schoki und im Hintergrund läuft eine romantische Komödie auf Netflix, während wir uns unsere bestgehüteten Geheimnisse anvertrauen und am Ende mit vollem Bauch unter einer Decke einschlafen. Wenn wir dann am nächsten Morgen aufwachen, hat sich zwischen uns diese Art von Verbindung geknüpft, die nur dann entsteht, wenn man sich schon einmal richtig nah war, und von da an wird unsere Freundschaft jede Hürde überstehen.«

»Ah«, meinte Charlotte. Ihr Kopf drehte sich ein wenig von Karlīnas Monolog. »Jetzt verstehe ich, was du meinst.«

»Sag nicht, du hast so was noch nie gemacht?«

»Nope. Popcorn-Komödien-beste-Freundinnen-Jungfrau hier.«

»Das ist …« Ein bisschen amüsierte es Charlotte, Karlīna sprachlos zu erleben. »Echt jetzt?«

»Absolut echt jetzt.«

»Aber …« Sie warf die Hände in die Luft. »Nein, warte. Das ist etwas für den Geheimnisse-verraten-Tagesordnungspunkt auf unserer To-do-Liste. Eins nach dem anderen. Erst das Popcorn.«

Und so kam es, dass sie sich eine Stunde später zum ersten Mal in ihrem Leben mit einer anderen Frau im Bett befand. Draußen fauchte der Wind um die Häuser, als wäre er ein Raubtier auf der Suche nach Beute. Jede von ihnen hatte sich ein Kissen in den Rücken gestopft, um gemütlicher sitzen zu können. Auf ihren Knien balancierten sie einen Laptop und zwischen ihnen stand eine riesige Salatschüssel voll mit selbst gemachtem Popcorn. Auf dem Bildschirm fanden zwei beste Freunde während eines Familienbesuchs über die Weihnachtsfeiertage endlich den Mut, sich gegenseitig ihre Liebe zu gestehen. Die Einmischungen der Familienmitglieder, um die beiden sehnsuchtsvoll Verliebten in die richtige Richtung zu schubsen, waren witzig, die romantischen Szenen rührend und die Ausstattung des Films gerade so kitschig, dass sich die nostalgische Festtagsstimmung auf Charlotte übertrug.

Als sich die beiden Turteltäubchen unter dem goldenen Funkeln einer Lichterkette zum ersten Mal küssten, ließ Charlotte sich mit einem Seufzen in das Kissen in ihrem Rücken fallen.

»So eine Liebe wie die beiden da wollte ich auch immer erleben.« Sie hatte keine Ahnung, wo der plötzliche Drang herkam, sich Karlīna anzuvertrauen. Vielleicht war es der Film, vielleicht war es die Nähe, die sie beide unter der Bettdecke verband, und Karlīnas Versprechen, sie würden ab morgen eine ganz besondere Verbindung teilen. Vielleicht war es die Scham über die Art, wie sie sich von Henning hatte ausnutzen lassen, oder die Masse anderer Gefühle, die sie seit Hennings Verrat in sich verschlossen hielt und die nun an die Oberfläche drängten. Aber sie wünschte sich so sehr, dass jemand sie verstand. Dass jemand sie in den Arm nahm und ihr versicherte, dass nicht sie falsch war, sondern die Art und Weise, wie Henning sie behandelt hatte.

Karlīna streckte die Hand aus, pausierte mit einem Klick auf das Touchpad den Film. Auf dem Bildschirm hielten sich die beiden Liebenden eng umschlungen im Arm.

Von der Seite her sah Karlīna sie an, und dass sie nichts sagte, sondern Charlotte die Zeit gab, in ihrer eigenen Geschwindigkeit den Gesprächsfaden wieder aufzunehmen, verlieh ihr den Mut, genau das zu tun.

»Als ich Henning kennengelernt habe, dachte ich, dieser Traum würde Wirklichkeit werden.«

»Henning ist dein Ex?«

Sie nickte. »Wir haben uns auf meiner Erstsemesterparty kennengelernt. Ich war neu in der Stadt, zum ersten Mal weg von zu Hause, alles war so schrecklich aufregend und wundervoll, und dann hat mich auch noch dieser unglaublich charmante, attraktive Typ angesprochen.«

»Wart ihr Kommilitonen?«

»Nein, ich habe soziale Arbeit studiert, er BWL. Er war ein bisschen älter als ich, aber das hat keine Rolle gespielt. Wir haben die Party früh verlassen und sind zusammen spazieren gegangen. Wir haben geredet und geredet und geredet. Stundenlang. Ich hatte am nächsten Morgen Muskelkater in den Wangen vom vielen Reden und Lachen, aber es war nicht anstrengend, verstehst du? Es war wunderbar. Wir haben von unseren Träumen gesprochen und unseren Zielen. Wir haben einander nach unseren Lieblingsfarben gefragt und unseren Lieblingsspeisen und den wichtigsten Punkten auf unseren Bucket-Lists, und am Ende des Abends war ich überzeugt davon gewesen, meinen Seelenverwandten getroffen zu haben.«

»Das klingt fast zu gut, um wahr zu sein.« Karlīna seufzte. »Die meisten Märchenprinzen entwickeln sich ja doch irgendwann zu einem Frosch zurück.«

»Anfangs war alles perfekt.« Selbst jetzt, mit dem Wissen darüber, wie alles geendet hatte, brachte sie es nicht fertig, die Anfangszeit mit Henning anders zu beschreiben. »Zu gut, um wahr zu sein, meine ich. Henning war wahnsinnig aufmerksam. Er hat mir die gedankenvollsten Geschenke gemacht, hat mich innerhalb der ersten Woche unserer Beziehung seinen Freunden vorgestellt und am Telefon seinen Eltern von mir erzählt. Es war, als wüsste er immer genau, was ich mir gerade wünsche, als könnte er direkt in meine Seele schauen oder so.« Damals wäre es Charlotte niemals in den Sinn gekommen, dass seine gute Beobachtungsgabe auch ein Fluch sein konnte. Dass ein Mensch, der einem genau das schenken konnte, was man sich wünschte, auch die Macht hatte, dieses Wissen gegen einen zu verwenden.

Sie fuhr fort. »Nach drei Wochen gab es in seiner WG einen Fall von Bettwanzen, und er musste überstürzt ausziehen, und natürlich habe ich ihm da angeboten, bei mir einzuziehen. Vorübergehend. Aber was hätte ich denn machen sollen? Ich wollte ihn schließlich um mich haben. Mittlerweile bin ich mir nicht einmal mehr sicher, ob es die Bettwanzen überhaupt gegeben hat.«

»Popcorn?« Auf der flachen Hand hielt ihr Karlīna ihr ein paar gepuffte Körner direkt unter die Nase.

»Was?«

»Du wirkst, als ob du eine kurze Atempause brauchst. Hier, iss.«

Charlotte tat, was Karlīna ihr vorschlug. Das Knistern, mit dem das Popcorn zwischen ihren Zähnen zerfiel, schenkte ihr eine absurde Befriedigung. Mitten in den süßen Aromanebel, der sich auf Charlottes Gaumen ausbreitete, meinte Karlīna:

»Du musst dich nicht rechtfertigen, weißt du?«

»Hm?«

»Dass du dich volle Fahrt voraus in die Sache mit deinem Ex gestürzt hast. Es gibt nicht *die* richtige Geschwindigkeit für eine glückliche Beziehung. Keinen Fahrplan ins Glück. Was für dich funktioniert, muss nicht für mich auch funktionieren, und umgekehrt. Wenn jemand nicht versteht, dass du verliebt und glücklich warst, ist er oder sie dein Vertrauen gar nicht wert.« Sie legte eine Hand auf Charlottes Schulter, drückte sie kurz. »Ich nehme an, es ist nicht bei einem vorübergehenden Wohnarrangement geblieben?«

Sie schüttelte den Kopf. »Sobald wir so eng beieinander gewohnt haben, wurde ziemlich schnell klar, dass Henning ziemlich knapp bei Kasse war. Seine Eltern konnten ihn finanziell nicht unterstützen, und arbeiten konnte er auch nicht richtig, weil das Studium ihm viel abverlangt hat. Bei ihm standen wichtige Prüfungen an, und für seine beruflichen Pläne war klar, dass er die nicht nur bestehen, sondern darin brillieren musste.«

»Was für Pläne hatte er denn?«

»Er wollte schon immer Unternehmensberater werden. Bei einer der ganz großen internationalen Kanzleien.«

Karlīna stieß einen Pfiff aus. »Nicht schlecht, Herr Specht.«

»Diese Beratungsfirmen sind Haifischbecken, Karlīna. Die nehmen nur die Besten der Besten. Und ich war ja noch ganz am Anfang des Studiums. Ich verlor so gut wie nichts, indem ich ein Semester aussetzte und arbeitete und ihm finanziell den Rücken freihielt, während er sich auf die Prüfungen vorbereitete. Zumindest hat er mich das glauben lassen. Er war so verdammt gut darin, Dinge zu sagen und es so klingen zu lassen, als wäre es nur meine eigene Meinung, die er aussprach. Manchmal habe ich versucht, mich zu wehren und ihm zu widersprechen, aber dann haben wir uns so in einen Streit verwickelt, dass ich am Ende gar nicht mehr wusste, was ich eigentlich wollte.« Sie drückte kurz die Finger auf die Augen. Wann immer sie an diese Streits zurückdachte, drohte ihr Kopf zu platzen. Bis heute wusste sie nicht, welche ihrer Erinnerungen wirklich echt waren und welche nicht. Welche von Hennings Manipulationen sie sich nur eingebildet und welche tatsächlich stattgefunden hatten. »Wie auch immer. Weil in meinem Mini-Wohnheimzimmer nicht genug Platz für seine Bücher und so war, sind wir in eine größere Wohnung gezogen. Wir haben uns dann ziemlich schnell zusammengesetzt und überlegt, wie wir unser Leben am besten weiter organisieren, und Henning war so selbstsicher und vernünftig, als er meinte, dass es im Grunde nur einen sinnvollen Plan gibt.«

»Dass du dein Studium auf Eis legst, bis er mit seinem fertig ist?« Hätte in Karlīnas Stimme nur der winzigste Funken von Unglauben oder Spott geklungen, hätte Charlotte das Gespräch an diesem Punkt abgebrochen. Sie schämte sich so sehr. Immer noch. Aber damals hatte es sich nicht falsch angefühlt. Im Gegenteil. Sie war stolz gewesen auf das, was Henning erreichte. Auch sie war unter der Fürsorge aufgeblüht, die sie ihm geschenkt hatte. Wenn er Dinge gesagt hatte wie »Ohne dich hätte ich dieses Praktikum nie durchgehalten«, dann hatte sich ihr Herz geöffnet, und sie hatte sich geliebt gefühlt. Und später dann, als sein Stolz sich in Abwertung gewandelt hatte, war das so langsam geschehen, so vorsichtig dosiert, dass sie es zunächst nicht einmal bemerkt hatte. Wenn sie in späteren Jahren ihr Studium noch mal angesprochen hatte, hatte er sich besorgt gegeben. »Bist du sicher, dass du das schaffst, Charlotte?«, »Du siehst müde aus. Dabei stehst du nur in einer Bar rum und spülst ein paar Gläser. Kannst du dir überhaupt vorstellen, wie anstrengend es ist, geistig zu arbeiten? Bist du dir sicher, dass du das willst? Ich mach mir doch nur Sorgen um dich«, »Jetzt bist du wütend, und ich verstehe dich, wirklich. Aber meinst du nicht, es ist eine gute Idee, mal kurz die Luft anzuhalten und zu überlegen, ob du wirklich wütend auf mich bist? Ich glaube nämlich, in Wahrheit bist du wütend auf dich selbst. Weil du dich einfach überschätzt hast. Das kann jedem passieren. Du musst dir das nicht übel nehmen. Aber ich kann auch nichts dafür«.

Immer schneller drehten sich die Erinnerungen in Charlottes Kopf. Sie wollte nicht daran denken, wollte Hennings Gift keine Gelegenheit geben, sich weiter in ihrem Inneren auszubreiten. Ihre Augen brannten. Ein ganzes Meer aus Tränen wartete darauf, geweint zu werden, aber sie ließ sie nicht. Diesen Sieg wollte sie ihrem Ex nicht auch noch gönnen.

»Ich habe nicht nur mein Studium auf Eis gelegt, sondern mein ganzes Leben, Karlīna. Mein Selbstbewusstsein, alles, was mich mal ausgemacht hat. Ich habe zugelassen, dass er mich kleinmacht und benutzt und manipuliert, und ich habe es nicht einmal bemerkt. Ich habe mir eingeredet, ich würde es aus Liebe tun. Dass die Liebe langmütig ist und geduldig und eben Opfer erfordert. Und als mir endlich ein Licht aufgegangen ist, da war es zu spät. Da hatte ich schon angefangen, ihm zu glauben. Da wusste ich schon nicht mehr, wer ich bin und was ich will, und konnte nicht glauben, dass ich ohne ihn irgendwas schaffen würde.«

»Aber du bist hier. Du hast den Absprung geschafft, du –«

»Weil er mich abserviert hat! Ich habe nicht den Absprung geschafft, weil mir selbst ein Licht aufgegangen ist, sondern weil er, nachdem er alles erreicht hatte, was er erreichen wollte – Studium, Promotion, einfach alles – mich zur Seite genommen und mir eröffnet hat, dass er der Meinung ist, wir hätten uns zu sehr auseinanderentwickelt und würden uns nur noch gegenseitig zurückhalten. Er habe ein Jobangebot in Frankfurt, das er angenommen hat, und er plane nicht, mit mir gemeinsam dorthin zu ziehen. Ach ja, und außerdem sei er der Meinung, uns beiden würde ein echter Neuanfang guttun, deshalb habe er schon die Wohnung gekündigt, weil er ja weiß, wie schwer es mir fällt, Entscheidungen zu treffen. Ich soll mir aber keine Sorgen machen. Natürlich könnte ich mich in aller Ruhe umorientieren und dürfte die sechs Monate bis die Miete ausläuft noch bleiben.«

»So ein Arschloch!« Karlīna sprach aus, woran Charlottes Anstand sie viel zu lange gehindert hatte. »Hoffentlich hast du das nicht gemacht. Dort zu bleiben, meine ich.«

»Nein.« Sie wischte sich mit dem Handrücken über die Augen. »Ich bin noch am selben Abend zu meinen Eltern gezogen. Die konnten das alles nicht verstehen, weil Henning doch immer so ein netter Kerl war. Sie wollten immer wieder wissen, was ich bloß angestellt hätte, um ihn so zu verärgern. Als ich die Stellenanzeige für den Elfenjob gesehen habe, konnte ich mich gar nicht schnell genug bewerben. Der Nordpol war gerade weit genug weg von meinem alten Leben, um es halbwegs zu ertragen. Nur, dass ich unseren alten Kater bei meinem Ex zurücklassen musste, tut mir leid. Aber für ihn wäre ein Umzug sicher nicht das Beste gewesen. Schon idiotisch, dass ich von allem, was ich verloren habe, am meisten über eine Katze trauern kann.« Sie schüttelte den Kopf. »Aber das ist wenigstens etwas Greifbares. Alles andere ist so … ich weiß nicht, so verwischt.«

»Hm.« Eine Weile sagten sie nichts. Der Wind rüttelte an den Fensterläden, fauchte und heulte. Als wäre er ein Spiegel von Charlottes Innenleben, als würde er ihrer Wut und Verzweiflung und Enttäuschung eine Stimme verleihen, weil sie es nicht konnte. Charlotte hatte niemals gelernt, laut zu sein. Sie hatte niemals gelernt, mit dem Fuß aufzustampfen, zu brüllen und zu kreischen, und das wurde ihr jetzt zum Verhängnis. Denn in ihr war so vieles, das rausmusste, und sie wusste einfach nicht, wie sie damit umgehen sollte.

»Wie lange ist das alles jetzt her?«, wollte Karlīna schließlich wissen.

Charlotte zuckte mit den Schultern. »Elf Wochen, drei Tage und …« Sie warf einen Blick auf die Zeitanzeige, unten rechts am Bildschirmrand des Laptops, »etwa vier Stunden.«

»Und in der Zeit hattet ihr gar keinen Kontakt?«

»Er schreibt mir ständig. Oder spricht mir auf die Mailbox. Fragt, wie es mir geht, und sagt, dass er sich Sorgen um mich mache und wir die Trennung doch wie Erwachsene regeln können. Schließlich wollte er mir nie etwas Böses, sondern sei wirklich der Meinung, es sei für uns beide das

Beste so. Dass wir uns nur gegenseitig zurückgehalten hätten, ich aber nie den Absprung gefunden hätte, wenn er nicht die Zügel in die Hand genommen hätte.« Dass er damit recht hatte, war womöglich das Allerschlimmste an der ganzen Trennung. »Aber ich antworte ihm nie. Eigentlich nehme ich mir jedes Mal vor, seine Nachrichten ungelesen zu löschen, aber das halte ich dann doch nicht durch.« *Weil du schwach bist. Weil Henning dich nur wie einen Fußabstreifer behandeln konnte, weil du es zugelassen hast.* Was hatte sie nur an sich, dass Männer sie ansahen und glaubten, sie könnten sie wie Dreck behandeln? Der Hottie vom Nordpol fiel ihr wieder ein. Auch bei ihm hatte es nur zwei sekundenkurze Begegnungen gebraucht, und schon hatte er es auf sie abgesehen. Aber gegen ihn hast du dich gewehrt, erinnerte sie eine leise, kaum wahrnehmbare Stimme in ihrem Hinterkopf. Ja, und wozu? Trotzdem schob sie es seit Tagen auf, die Formulare auszufüllen und sich für das Freiwilligenprogramm anzumelden, aus Angst, ihm dann wieder über den Weg zu laufen und damit seiner Vermutung, sie würde ihm nachstellen, neues Futter zu geben.

In ihre Überlegungen hinein hörte sie Karlīnas Stimme. »Es tut immer noch weh, hm?«

»Das ist es nicht.« Sie schnaubte, nahm sich noch eine Handvoll Popcorn, spielte dann aber nur mit den Körnern in der Hand herum. »In Wahrheit ist es noch viel schlimmer. Ich fühle gar nichts mehr. Ich weiß, ich sollte etwas fühlen, die Emotionen sind da, ich spüre, wie sie unter der Oberfläche brodeln, aber weil ich mir selbst nicht mehr trauen kann, komme ich nicht an sie ran.« Kopfschüttelnd lachte sie bitter auf. »Ich ergebe absolut keinen Sinn, oder?«

In einer einzigen fließenden Bewegung ließ Karlīna den Laptop von ihren Beinen rutschen, stellte die Popcornschüssel auf den Boden und zog Charlotte in die Arme. »Und ob das Sinn ergibt!«, versicherte sie mit Nachdruck. »Du musst erst mal wieder lernen, dir selbst zu vertrauen. Das, was dieser Kerl da mit dir abgezogen hat, ist nicht okay. Hörst du?« Sie drückte Charlotte auf Armlänge von sich, sah ihr tief in die Augen. »Es ist nicht okay«, wiederholte sie. »Und ich wette, wenn du dich mal ein bisschen unter deinen Freunden umhörst, werden dir einige sagen, dass sie es gesehen, aber aus irgendeinem Grund die Klappe gehalten haben. Such dir Verbündete, Süße. In mir hast du eine. Such dir Leute, die dir wirklich helfen, wieder die Füße auf den Boden zu bringen und zu heilen. Und vor allem, hör auf dein Bauchgefühl. Wenn es dir sagt, dass dieser Scheißkerl ein verdammter Narzisst ist, der dich volle Kanne gegaslightet hat, dann hat dein Bauchgefühl recht. Sag es mit mir: Das, was er getan hat, ist nicht okay.«

Charlotte zögerte kurz, dann fasste sie den Mut und flüsterte: »Es ist nicht okay.«

»Noch mal«, forderte Karlīna sie auf. »Lauter.«

»Es ist nicht okay.«

»Noch mal.«

»Es ist nicht okay!«

Zum letzten Mal riefen sie es gemeinsam, laut genug, damit es durchs Fenster hinausdringen und vom Wind in die Nacht getragen werden konnte: »Es ist nicht okay!«

»Gut! Schön, dass wir das geklärt haben«, stellte Karlīna in die anschließende Stille fest.

Charlotte war auf einmal ziemlich müde. Ihr Geständnis

hatte sie Kraft gekostet. Sie rutschte mit dem Rücken an der Wand hinab, zog sich die Decke bis zum Kinn, machte sich ganz klein. Der Duft von Weichspüler stieg ihr in die Nase, vermischt mit dem Aroma des Popcorns. Karlīna tat es ihr gleich. Ihre Gesichter waren ganz nah, als die Jüngere noch einmal das Wort ergriff.

»Weißt du, wie du solchen Typen wie deinem Ex am besten den Mittelfinger zeigen kannst?«, fragte sie.

»Du wirst es mir gleich sagen, nehme ich an.« Sie schloss die Augen. Karlīna hatte recht behalten. Dieser Mädelsabend hatte sich als eine wirklich gute Idee herausgestellt.

»Indem du deinen Weg gehst und keine Kompromisse mehr schließt. Wenn du etwas machen willst, dann frag dich nicht, was andere darüber denken, sondern ob *du* es tun willst. Werde glücklich und sei zufrieden mit dir selbst. Damit ärgerst du ihn am meisten.«

»Meinst du?«

Karlīna nickte. »Ganz sicher.«

»Okay. Ich denke, ich … Ich werde es mir mal durch den Kopf gehen lassen.«

»In Ordnung.« Über Charlottes Schultern hinweg griff Karlīna nach dem Schalter der Nachttischlampe und knipste das Licht aus. Sie beide mussten morgen fit sein und dem Weihnachtsmann dabei helfen, den Besuchern des Santa Claus Village einen märchenhaften Tag zu bereiten. War diese Arbeit das, wovon Karlīna gesprochen hatte? Ihr Weg zu sich selbst? Wahrscheinlich nicht. Die Stellenanzeige für den Job als Weihnachtselfe hatte sie weg von den missbilligen Blicken ihrer Eltern gebracht und ganz weit weg von

Henning, aber wie ein Ankommen fühlte er sich nicht an. Die ehrenamtliche Arbeit im Kreiskrankenhaus dagegen …

Wenn du etwas machen willst, dann frag dich nicht, was andere darüber denken, sondern ob du es tun willst, hörte sie, während sie in den Schlaf glitt, wieder und wieder in Karlīnas Stimme in ihrem Ohr. Bevor sie richtig einschlief, fasste sie einen Entschluss.

6

Eljas überprüfte, dass in den Schlitten genug Decken, Felle und Kissen lagen. Für fünf Familien, die in den vergangenen Monaten oder gar Jahren viel zu wenig Freude erlebt hatten, sollte dieser Tag das Highlight des Jahres werden.

»Alles klar, Boss. Gerade kam der Anruf. Der Bus ist in fünf Minuten da.« Mit einem Klemmbrett unterm Arm kam Hannes aus dem Haus. Zum Glück war Eljas nicht allein für das Gelingen des Tages verantwortlich. Sein ganzes Team stand bereit, um ihm zu helfen. Außerdem schickte das Krankenhaus eine Ehrenamtlerin, die ihn bei den organisatorischen Dingen unterstützen würde. Dabei, den Kindern beim An- und Ausziehen der Schneeanzüge zu helfen, beim Herumreichen von Geschirr und Besteck während der Pause, beim Durchzählen der Teilnehmer und als Ansprechperson für alle möglichen Fragen.

Zum vierten Mal nun veranstaltete Eljas die Weihnachtsfamiliensafari in Zusammenarbeit mit der Onkologie des Kreiskrankenhauses. Man sollte meinen, mittlerweile hätte er eine gewisse Routine, doch dem war nicht so. Jedes Jahr war er wieder genauso nervös wie beim ersten Mal.

Viel Zeit, darüber nachzugrübeln, was alles schiefgehen konnte, blieb ihm nicht. Am Ende der Zufahrtsstraße leuchteten die Zwillingsscheinwerfer eines Fahrzeugs auf. Wenig später schälten sich die Umrisse des Kleintransporters aus dem Dämmerlicht des Vormittags.

Eljas und Hannes gingen auf Position. Jon trat vor, in voller samischer Tracht, und stimmte zur Begrüßung ihrer Gäste ein Joik an. Zuerst wurde der Gesang noch vom Motorengebrumm des Busses übertönt, doch dann schaltete der Fahrer den Motor aus, und Jons Stimme erhob sich klar wie ein Wintermorgen über den Hof. »Joiken liegt mir im Blut«, hatte sein Hofhelfer einmal gesagt, und jedes Mal, wenn Eljas ihn den traditionellen Gesang der Sami anstimmen hörte, wurde er daran erinnert. Joik folgte keinen Regeln, hielt sich nicht an Worte, Takte oder Rhythmus. Der Legende nach bekamen die arktischen Völker den Joik als Geschenk von den Elfen und Feen. Ein Joik musste aus der Seele des Sängers kommen, aus der Verbundenheit mit der Natur und allem, was darin lebte. Joiks passten sich der Stimmung des Sängers an, dem Wetter und der Landschaft. Jons heutiger Joik klang hoffnungsvoll und sehnsüchtig nach Tatendrang und Wehmut.

Einer nach dem anderen stiegen die Gäste aus dem Bus. Die Kinder machten große Augen, auf den Mienen der Erwachsenen zeichnete sich jetzt schon ein Lächeln ab. Dennoch erkannte er stets sofort, welches Elternteil krank war. Die tiefen Augenringe, die fahle Gesichtsfarbe, die vom Kortison geschwollenen Wangen und die von der Last der

Krankheit zusammengedrückten Schultern. Mit dem Ärzte- und Pflegeteam der Onkologie hatten sie genau abgewogen, welche Familien für das heutige Abenteuer infrage kamen. Die Patienten mussten sich zwischen Behandlungszyklen befinden, kräftig und vor allem stabil genug sein, um die Aufregung sowie den mehrstündigen Aufenthalt im Freien wegzustecken. Alle, die heute mit ihm den Tag verbringen würden, durchlebten gerade eine eher gute Phase in ihrem Tanz mit der Krankheit, und dennoch schmerzte ihr Anblick ihn tief im Herzen.

Genug! Er verbannte jeden Gedanken an Lennja in die allerhinterste Ecke seines Bewusstseins. Hier und heute ging es nicht um ihn. Es ging nicht mal um Lennja, sondern um diese fünf tapferen Familien, die es so sehr verdienten, einen Tag lang glücklich zu sein.

Jeden einzelnen Gast begrüßte er. Die Erwachsenen mit Handschlag, den Kindern gab er ein High five. Immer noch begleitet von Jons Gesang fanden sie sich in einem lockeren Halbkreis auf dem Parkplatz zusammen. Nach den Gästen kamen die Betreuer. Eine Krankenschwester, die sich mit dem Namen Sonja vorstellte und im Namen der gesamten Belegschaft für Eljas Engagement bedankte, ein Pfleger namens Frederik und schließlich … sie.

Eljas' Herz machte einen Salto. Nein!, dachte er. Nein, das konnte nicht sein. Seit Tagen hatte er nach ihr Ausschau gehalten. Nicht, weil er glaubte, dass sie ihm tatsächlich nachstellte. Natürlich nicht! Er wusste sehr wohl, dass er sich verhalten hatte wie das letzte Arschloch, und das war eine Rolle, die ihm nicht gefiel. Er hatte nach ihr Ausschau gehalten, weil er etwas geradezurücken hatte.

Doch nirgends hatte er sie gesehen. Er hatte sich schon mit dem Gedanken abgefunden, dass sie abgereist sein musste. Sicher war sie eine Touristin gewesen, und das machte die Obsession, die er ihr gegenüber entwickelt hatte, umso dämlicher. Wie oft hatte er sich geschworen, dass Touristinnen für ihn tabu waren? Tausende Male. Er hatte keinen Bock darauf, sich auf diese Weise benutzen zu lassen. Da war es nur gut, dass ihre Wege sich nicht noch einmal gekreuzt hatten. Auch wenn das bedeutete, dass er seine Entschuldigung niemals loswerden würde. Und gerade, als er sich mit den Tatsachen abgefunden hatte, tauchte sie auf.

Im Gegensatz zu ihm schien sie ihr erneutes Zusammentreffen nicht aus der Bahn zu werfen. Nur für den Bruchteil einer Sekunde weiteten sich ihre Pupillen, dann verhärtete sich ihre Miene. Seine zum Gruß ausgestreckte Hand ignorierte sie.

»Willkommen auf der Jalonen Rentierfarm«, sagte er trotzdem. »Schön, dass du da bist.« Und dann leiser, sodass nur sie ihn hören konnte: »Ich habe dich gesucht.«

»Fremden Menschen hinterherzustellen nennt man Stalking.« Auch sie sprach leise. Das Eis in ihrer Stimme verdeckte das nicht. »Letztens klang es so, als würdest du dich damit auskennen.«

»Ich wollte mich entschuldigen.«

»Nicht nötig.« Die Arme vor der Brust verschränkt, schulterte sie sich an ihm vorbei hin zu den anderen, deren Namen Hannes gerade von seiner Liste abhakte.

»Bitte«, zischte er zurück. Das hier war weder die richtige Zeit noch der richtige Ort für dieses Gespräch, aber er musste seine Entschuldigung loswerden. Sie war mehr als überfällig.

Er griff sie am Arm. Sie hob die Augenbrauen, starrte auf den Punkt, wo seine Finger sich in den Stoff ihrer Schneejacke gruben. Hätten Blicke töten können, wäre er auf der Stelle umgefallen.

»Verdammt.« Er ließ sie los. »Tut mir leid. Auch das.«

»Passiert dir wohl öfter.«

»Eigentlich nicht.«

»Dann liegt Unverschämtheit dir also nicht im Blut, sondern du machst dir die Mühe extra für mich? Wie reizend.«

»Hör mir bitte zu, ich …«

»Der einzige Grund, warum ich hier bin, ist, diesen Familien«, mit dem Kinn nickte sie zu den Gästen, »einen wunderbaren Tag zu bereiten.«

»Da haben wir etwas gemeinsam.«

»Wir haben rein gar nichts gemeinsam«, stellte sie fest.

»Dürfte ich es dir erklären?«, fragte er, »bei einem Mittagessen?«

»Nein.«

»Bei einem Abendessen?«

»Auf keinen Fall.«

Jons Gesang verklang. Die Gäste klatschten.

»Und jetzt sagt Hallo zu dem Mann, der euch alles über Rentiere erzählen kann, was ihr wissen wollt. Eljas?« Er winkte in seine Richtung, »Wir sind so weit. Es kann losgehen!«

Nun, er würde sagen, das war alles andere als optimal gelaufen.

Der Hottie vom Nordpol hieß also Eljas. Natürlich musste er auch noch einen attraktiven Namen haben. Eljas – das klang wie die Figur aus einem Wintermärchen. Ein bisschen sanft, ein bisschen rau, mit dem S am Ende, das zischte wie der Nordwind. Das Leben war einfach nicht fair. Wäre es fair, hätte er Hans-Dieter geheißen oder Wilibald oder irgendein finnisches Äquivalent, das ähnlich unsexy klang.

Aus einigen Schritten Entfernung lauschte Charlotte auf die kurze Ansprache, mit der Eljas die Familien begrüßte. Er war ein guter Redner. Mit einer Geschichte über das traditionelle samische Erbschaftsrecht brachte er die Anwesenden zum Lachen. Wenn sich zwei Söhne nicht einigen konnten, wer den Hof erbte, erzählte er, wurde dieser Streit ganz pragmatisch gelöst. Man nahm eine große Säge und teilte das Haus in der Mitte. Eine Hälfte konnte bleiben, wo sie war, die andere wurde auf einem Schlitten zum anderen Ufer des nächstgelegenen Sees verfrachtet und dort wieder aufgebaut.

»Und was ist passiert, wenn es nur Töchter gab?«, wollte eines der Kinder wissen. Charlotte spitzte die Ohren. Das interessierte sie auch.

Eljas zuckte mit den Schultern. »Eine Tochter bekam eine Kuh und den umgerechneten Wert von fünfhundert Euro und musste den Hof verlassen.«

»Gemein!«, krakeelte das Mädchen mit in die Hüfte gestemmten Fäusten.

»Mit etwas Glück durfte sie dann später wo leben, wo es ein richtiges Badezimmer gab und nicht nur ein Plumpsklo.« Verschwörerisch zwinkerte die Mutter ihrer Tochter zu. »Und jetzt überleg, wer den besseren Deal gemacht hat.«

Das Mädchen grinste, ein zweites reckte die Faust in die Luft und rief: »Girlpower!«

Alle Anwesenden lachten. Nur Charlotte war nicht zum Lachen zumute. War ja klar, dass der Typ, der sich ihr gegenüber wie ein echtes Arschloch verhalten hatte, zu anderen echt nett sein konnte. Ganz gleichgültig, was sie von ihm hielt, das, was er hier auf die Beine stellte, war der Wahnsinn. Sie waren noch keine halbe Stunde auf seinem Hof, und schon konnte sie beobachten, wie die Last auf den Schultern der Familien nachließ. Wie ihre Mienen sich aufhellten und alle ein wenig näher zusammenrückten. Je länger sie ihm zuhörte, desto mehr geriet auch sie in den Bann seiner Geschichten. Das war nicht gut, gar nicht gut. Gerade sie sollte wissen, wie trügerisch schöne Worte sein konnten.

Auf dem Weg zur Koppel, wo die Tiere bereitstanden, die heute ihre Schlitten ziehen würden, erzählte er, dass es in Lappland mehr Rentiere gab als Menschen. Jedes Tier gehörte einem Züchter. Einmal im Jahr wurden die Tiere gezählt, den Rest der Zeit durften sie sich frei in den Wäldern bewegen. So konnte es mitunter passieren, dass ein Rentier sich über die Landesgrenze nach Schweden schummelte und umgekehrt. Sollte ein schwedisches Rentier in Finnland oder ein finnisches in Schweden aufgegriffen werden, musste der Besitzer zehn Euro für das Grasen bezahlen.

Auf einen Pfiff von Eljas hin kamen die Tiere an das Gatter. Neugierig streckten sie die Nasen über den Zaun. Oh, waren die niedlich. Ganz große, schwarze Teddyaugen und flauschiges Fell. An der feuchten Nase eines der Tiere klebte Schnee. Schnurpel hatte immer so ausgesehen, wenn sie ihm als besonderes Leckerli ein Schüsselchen Katzenmilch gegeben hatte. Gott, sie vermisste ihren Kater. Es war genau so, wie sie Karlīna gesagt hatte: Von allen Dingen, die sie in ihrem alten Leben zurückgelassen hatte, wünschte sie sich ihn vielleicht am meisten zurück. Egal, wie schlecht sie sich gefühlt hatte, sobald sein Katzenkörper unter ihren Streicheleinheiten zu vibrieren begann, war die Welt ein wenig besser. Auch wenn es sich gut anfühlte, Eljas gerade die Stirn geboten zu haben, ein Katzen-Wohlfühlboost würde ihr womöglich helfen, sich auch weiterhin nicht von seiner Erzählstimme einlullen zu lassen.

»Nicht streicheln.« Gerade noch rechtzeitig, ehe sie die schneeverkrustete Rentierschnauze erreichte, stieß Eljas die Warnung aus. »Obwohl die Schlittentiere an Menschen gewöhnt sind, sind sie sehr scheu. Rentiere sind und bleiben Wildtiere.«

Oh. Enttäuscht zog Charlotte ihre Hand zurück.

»Allerdings gilt auch bei Tieren, dass Liebe durch den Magen geht.« Zwinkernd holte Eljas aus einem niedrigen Unterstand neben dem Zaun einen Weidenkorb. »Hier drin sind Flechten. Für Rentiere ist das besser als Schokolade. Wenn ihr ihnen die Leckerbissen auf der flachen Hand anbietet, werden sie kaum widerstehen können.«

Gesagt, getan. Einer nach dem anderen griffen die Gäste in den Korb. Obwohl auch sie darauf brannte, die Tiere zu füttern, wartete Charlotte ab, bis alle anderen an der Reihe gewesen waren. Sie half hier, unterstützte dort. Gemeinsam mit Sonja verteilte sie desinfizierende Feuchttücher. Vor allem bei Patienten, die erst kürzlich eine Chemotherapie hinter sich hatten, war das Immunsystem oft nicht das beste.

Die ganze Zeit über spürte sie Eljas' Blick auf sich. Ob er das mit der Entschuldigung ernst gemeint hatte? Seinetwegen hatte sie tagelang gezögert, ob sie sich überhaupt als Freiwillige anmelden sollte, doch heute, als der Anruf gekommen war, ob sie einspringen konnte, hatte sie kein bisschen an ihn gedacht. Den Organisatoren der Weihnachtssafari war in letzter Sekunde eine Helferin ausgefallen, weil sie sich den Fuß gebrochen hatte, und alle anderen konnten sich so kurzfristig nicht freinehmen. Nur Charlotte hatte den ganzen Tag, mitten in der Woche, zur Verfügung, und so hatte das Krankenhaus beide Augen zugedrückt und sie mit an Bord geholt, obwohl die Verantwortlichen sie bisher kaum kannten.

Während sich jeder von Eljas' Mitarbeitern nun ein Rentier schnappte und zurück zum Parkplatz führte, wo Charlotte zuvor schon mehrere bunte Schlitten gesehen hatte, folgte sie mit den Familien Eljas in eines der Häuser, die die Jalonen Rentierfarm bildeten. Von innen bestand die Hütte aus einem einzigen Raum. An mehreren Kleiderstangen hingen dicke, blaue Schneeanzüge in allen möglichen Größen.

»Falls jemand seine Größe nicht findet, sagt mir Bescheid«, wies Eljas sie an. »Aber es ist wichtig, dass wirklich jeder einen Overall hat. Auf den Schlitten wird es eisig kalt, wenn der Fahrtwind dazukommt.«

Gut gelaunt kamen die Teilnehmer Eljas' Aufforderung nach. Charlotte knipste eifrig Fotos. In den Anzügen sahen alle aus wie Astronauten. Ungeschickt tapsend, mit weit vom Körper abgespreizten Armen und steifen Beinen machten sie sich auf den Weg zurück zum Parkplatz. Eljas und seine Leute hatten die Zeit genutzt, um die Rentiere anzuschirren. Die Tiere waren kleiner, als Charlotte ursprünglich erwartet hatte. Aus diesem Grund durften auch nie mehr als vier Personen in jedem Schlitten sitzen. Jede Familie bekam ihr eigenes Gefährt, während Charlotte auf dem Hof bleiben und beim Vorbereiten des Mittagessens helfen würde.

»Rentiere haben einen Automatikstart«, verkündete der Schlittenführer auf dem Bock des ersten Gefährts. »Wollt ihr wissen, wie der aktiviert wird?«

»Jaaa!« Begeisterter Jubel schallte ihm entgegen.

Zur Antwort schnalzte er mit der Zunge, gab den Zügeln einen Ruck, und schon ging es los. In einem Tempo, das Charlotte den knuffigen Tieren niemals zugetraut hatte, rasten die Tiere vom Hof und verschwanden in einer Wolke aus Pulverschnee.

Zurück blieben Eljas und sie. Niemand sonst. Trotz der winterlichen Weite um sie her, trotz des Hauchs von Abenteuer und Unternehmungslust, der mit dem leichten Nordwind über das Anwesen strich, fühlte sie sich auf einmal eingekesselt.

Natürlich nutzte Eljas das aus. »Als wir uns im Krankenhaus begegnet sind, hatte ich einen echt schlechten Tag.«

»Man hat mir gesagt, ich soll helfen, das Mittagessen vorzubereiten. Wo wird das stattfinden?«, versuchte sie abzulenken.

»Willst du mir ewig sauer sein?« Er lächelte schief und schaute zerknirscht. Ihr Handy rettete sie. Es vibrierte in der Hosentasche und verkündete so den Eingang einer neuen Nachricht.

»Telefon«, erklärte sie aus purer Gewohnheit. »Das kann was Wichtiges sein. Da muss ich drangehen.« Leichter gesagt als getan. Es bedarf eines halb artistischen Manövers, um an den diversen Kleiderschichten vorbei bis zu dem Telefon vorzudringen. Zumindest besaß Eljas den Anstand, sich ein paar Schritte zurückzuziehen und ihr so ein wenig Privatsphäre zu geben. Pantomimisch deutete er zu dem Bereich auf dem Hof, von dem sie annahm, dass dort später das Mittagessen stattfinden würde.

Sie nickte und entsperrte das Display. Die Nachricht war von Dr. Beckmüller, ihrer Tierärztin aus Lindau. Beziehungsweise: Hennings Tierärztin. So musste sie es jetzt wohl richtig ausdrücken. Was konnte die von ihr wollen? Sicher handelte es sich um einen Irrtum.

Mit einem Fingerklick öffnete Charlotte die Nachricht. Ein Bild war angehängt. Es dauerte einen Moment, bis es vollständig lud. Darauf war eine Brücke zu sehen, deren Steg ein Regenbogen war und in ein Meer aus Wolken führte. Tatzenabdrücke umschwirrten das Wolkenmeer, dazu der Spruch »Erinnerungen an eine geliebte Katze sind wie Pfotenabdrücke. Sie bleiben für immer in unseren Herzen und Seelen«.

Charlotte keuchte erschrocken. Unmöglich, dachte sie. Das durfte nicht sein! Atemlos las sie weiter, ahnend, dass die nächsten Worte ihr das Herz brechen würden.

»Sehr geehrte Frau Poll,

voller Anteilnahme über den Verlust Ihres geliebten Haustiers erlauben wir uns, folgende Leistungen in Rechnung zu stellen.«

Die darauffolgenden Zeilen überflog sie, bis ihr Blick sich an dem Wort »Euthanasie« festklammerte. Das bedeutete …

Der Knoten in ihrem Magen platzte, und heraus sprudelte Wut. Eine so unerträgliche, allumfassende, rot glühende Wut, wie Charlotte sie noch nie erlebt hatte. Ihr Herz raste, ihr Puls dröhnte. Sie sah rot. Wortwörtlich. Blutrote Nebel flimmerten vor ihren Augen.

Ihre Finger zitterten, als sie die Kontaktliste aufrief und die Nummer des Mannes wählte, von dem sie sich geschworen hatte, nie wieder auch nur ein einziges Wort mit ihm zu wechseln.

»Du Bastard!« Der Schrei zerschnitt die Stille auf der Farm. Eljas stockte. Zwar war sein Deutsch nicht das beste, aber »Bastard« verstand er doch. Nun, er hatte es verdient. Wahrscheinlich konnte er von Glück reden, dass sie ihm das, was sie von ihm hielt, nicht direkt ins Gesicht gebrüllt hatte. Er drehte sich um, wollte gerade etwas zur Beschwichtigung sagen, da polterte sie schon weiter. Eine Salve ihm unverständlicher Worte prasselte auf die Lichtung nieder. Dann erst erspähte er das Handy in ihrer Hand. Offenbar war er nicht der einzige Mensch, der sie in Rage bringen konnte.

Aus sicherer Entfernung musterte er sie. Sie war vollkommen außer sich. Gerade noch waren ihre Wangen rosig von der Kälte gewesen und ihre Augen von einem so strahlenden Blau, dass er sich am liebsten direkt hineingestürzt hätte. Jetzt blühten dunkle Zornesflecken auf ihren

Wangen. Der Rest ihres Teints hatte einen grünlichen Unterton angenommen. Sie hielt sich unnatürlich steif, selbst durch die vielen Kleidungsschichten erkannte er ihr Beben. Wild gestikulierend zischte sie Dinge ins Telefon, von denen er nur annehmen konnte, dass es weitere Beleidigungen waren.

Im Grunde wusste er nichts von dieser Frau, die ihm in den letzten Tagen eindeutig zu oft im Kopf herumging. Bis vorhin noch nicht einmal ihren Namen. Und doch sagte ihm seine Intuition, dass dieses Verhalten nicht zu ihr passte. Obwohl sie sich bisher ausschließlich in reichlich unangenehmen Situationen über den Weg gelaufen waren, hatte sie stets eine Wolke aus Sanftheit umgeben. Etwas an ihr – und er konnte nicht einmal genau sagen, was – erweckte Vertrauen. Er konnte sich vorstellen, wie sie mutterlose Kätzchen aufpäppelte oder mit dem Auto anhielt, um einer verirrten Kröte über die Straße zu helfen.

Und ausgerechnet diese Frau bebte jetzt vor Wut. Es stand ihr zu, fand er. Was immer die Person am anderen Ende ihr angetan hatte, sie sollte nicht damit durchkommen. Er selbst wusste zu gut, wie verzehrend Wut sein konnte, die kein Ventil bekam.

»Schluss!«, rief sie. »Ruf mich nie wieder an! Schreib mir nicht. Ich will nie wieder von dir hören!«, und obwohl er die Worte nicht verstand, erfasste er die Verzweiflung in ihnen. Sie warf das Handy von sich. Ein paar Meter weiter knallte es gegen einen Baumstamm und landete im Schnee. Sie ließ sich nach vorne fallen, stützte die Hände auf die Knie, rang nach Luft. Eljas sah es und spürte es, spürte den animalischen Kummer, der von ihr ausging und in einer gewaltigen Welle über die Lichtung brandete. So litt ein Wesen am Ende seiner Kräfte.

Geräusche kamen aus ihrer Kehle, gurgelnd und erstickt. Vorsichtig wie einem in die Falle geratenen Tier näherte er sich ihr.

Er ging zu der Stelle, an der ihr Telefon im Schnee versunken war, steckte es ein und ging zu ihr. Einen halben Schritt Abstand ließ er zwischen sich und ihr. Er zog sich den rechten Handschuh aus, legte seine Hand auf den schmalen Streifen Haut zwischen dem Rand ihrer Mütze und dem Kragen der Jacke. Noch immer rang sie um Atem.

»Hey.« Er ließ seine Stimme so sanft wie möglich klingen. »Hey, du musst atmen.« Er machte es ihr vor. Ein und aus, darauf achtend, dass mehr Luft seine Lunge verließ, als er einatmete. Sie versuchte, es ihm gleichzutun, scheiterte aber.

»Henning«, presste sie hervor, und dann passierte für die Dauer eines Herzschlags lang nichts. Die ganze Szene wirkte wie eingefroren, ehe sie in sich zusammenfiel. Wie ein Mikado-Turm, von dem man das unterste Stäbchen entfernte. Die Beine gaben unter ihr nach. Der Boden fing sie auf. Sie hielt sich die Hände vors Gesicht, weinte wie ein Kind, weinte, wie Menschen nur dann weinten, wenn sie etwas verloren hatten, das ihnen so wichtig war, dass der Verlust mehr schmerzte, als sie zu ertragen in der Lage waren.

Beruhigend streichelte Eljas über ihren Rücken. »Ist gut«, flüsterte er. »Alles wird gut.«

Es war nicht viel, was er ihr sagen konnte, und wahrscheinlich konnte sie ihm noch nicht glauben, aber so wie er nachempfinden konnte, wie sie sich fühlte, wusste er auch, dass er recht hatte. Er war da gewesen, wo sie sich gerade befand: am Ende. Sie kauerte im glitzernden Schnee, weinte und schluchzte. Sonnenstrahlen fingen sich in den Eiszapfen, die vom Dach der Kote hingen, wo sie gleich nach der Rückkehr der Familien über einem offenen Feuer Pannukhavi – Rauchkaffee – kochen und ein Mittagessen bereiten würden. Wie ein Geflecht aus reinweißen Seidenfäden umrankten die vereisten Kronen der Bäume sie. Ungeachtet all der menschlichen Dramen auf dieser Welt entfaltete der Winter seine Schönheit.

Es kam ihm vor, als wäre es erst gestern gewesen. Dieser Augenblick, als ihm klar geworden war, dass sein Leben, wie er es gekannt hatte, ein für alle Mal vorbei war.

»Regeln sie alles Nötige«, hatte der Arzt zu Lennja gesagt und damit auch seine Welt zerstört.

Ein paar Stunden noch war er für seine Frau stark gewesen. Hatte ihre Hand gehalten und an ihrem Bett gewartet, bis sie eingeschlafen war. Ihr hatten sie Medikamente gegeben, die es ihr leichter machen sollten, die Wahrheit zu ertragen. Er hatte nichts bekommen. Später dann, im Auto vor der Garage seines Elternhauses, hatte er im Rückspiegel sein Spiegelbild betrachtet, und da war ihm zum ersten Mal das Wort durch den Kopf geschossen, das bald für ihn gelten würde: »Witwer«.

Mit dieser neuen Realität lebte er nun seit fünf Jahren. Sein altes Leben war unwiederbringlich vorbei. Nie wieder würde er Lennjas Ehemann sein. Lennjas Tod hatte ein Davor geschaffen. Jetzt, als er die Fremde mit den wunderschönen blauen Augen vor sich im Schnee kauern und leiden sah, wurde ihm bewusst, dass es mittlerweile auch ein

Danach gab. Es war seine Tochter, die Farm, die jedes Jahr wuchs und bessere Erträge abwarf. Sein Danach waren die Rentiere, und ein Teil seines Danach würde sein, der Fremden mit den lichtblauen Augen dabei zu helfen, ihren Kummer zu ertragen.

Die Schluchzer verebbten. Wie jeder Sturm ließ auch dieser irgendwann von allein nach.

Er ließ die Hand zu ihrem Ellenbogen gleiten. »Du wirst noch ganz nass«, sagte er. »Ich mach dir in der Kote einen Kaffee.«

»Der ist doch für die Familien. Gott, eigentlich bin ich hier, um dir zu helfen, und jetzt … Himmel, das ist mir so peinlich.« Schniefend hob sie den Kopf. Tränenspuren glänzten auf ihren Wangen, zogen ein schimmerndes Rinnsal von ihrer Nase zu den Mundwinkeln. Er reichte ihr ein Taschentuch. Zum Glück hatte er immer welche bei sich.

»Danke«, sagte sie.

»Gern geschehen«, antwortete er. »Wirklich. Von Herzen.« Er meinte nicht nur das Taschentuch, und sie verstand. Er sah es an der Dankbarkeit in ihren Augen und an dem Lächeln, das an ihren Mundwinkeln zupfte. Kummer und Leid hatte aus Fremden Freunde gemacht. Es spielte keine Rolle, was genau ihr passiert war. Ob sie jemand Geliebten verloren hatte oder sich selbst, ob sie um etwas oder jemand Greifbaren trauerte oder ob es etwas ganz anderes war, das ihr den Boden unter den Füßen weggerissen hatte. Wichtig war nur, dass sie jetzt nicht allein war. Er legte einen Arm um ihre Schulter, zog sie kurz an sich, und für einen winzigen, wundervollen Moment schwieg auch die Trauer in seinem eigenen Herzen.

Kinderlachen echote über die Lichtung. Das offene Feuer knisterte. Der Geruch frisch gebrühten Kaffees legte sich tröstend über Charlottes Nerven.

Etwas abseits des Feuers zeigte einer der Farmmitarbeiter den Kindern, wie man mit einem Lasso Holzrentiere bändigte. Die Nachwuchsrentierhirten hatten einen Heidenspaß dabei, die Holztiere zu beklettern, zu streicheln und einzufangen.

Ein anderer Mitarbeiter erzählte den Erwachsenen etwas auf Finnisch. Ein Raunen ging durch die Menge, vor allem die Männer verzogen die Gesichter.

»Was hat er gesagt?« Den dampfenden Kaffeebecher vors Gesicht haltend, lehnte sich Charlotte ein wenig näher zu Eljas. Sie war zu sehr mit ihren eigenen Gedanken beschäftigt gewesen, um richtig zuzuhören.

»Er erzählt ihnen, dass früher die Rentierhirsche, die nicht für die Zucht gebraucht wurden, mit den Zähnen kastriert wurden.«

»Ihhhh! Ehrlich?«

»Ehrlich.« Er nickte. »Doch seit Finnland zur EU gehört, ist das verboten. Eigentlich eine echte Schande.«

»Du ziehst mich auf.« Spielerisch rammte sie ihm einen Ellenbogen in die Seite. »Das ist nicht sehr nett.«

»Gar nicht! Du kannst es nachlesen, es ist wirklich so. Die Rentierzucht ist die älteste Erwerbstätigkeit in Lappland. Wundert es dich da wirklich, dass manche Methoden ein bisschen … archaisch sind?«

Kopfschüttelnd rieb sie sich die Augen. »Nein, eigentlich nicht.«

Von da an schwiegen sie. Das hatten sie im Laufe der letzten zwei Stunden schon einige Male gemacht, und das Seltsamste an der ganzen Sache war: Es fühlte sich nicht falsch an. Sie schwiegen miteinander, statt aneinander vorbei, die Stille zwischen ihnen angefüllt von gegenseitigem Verständnis.

Sie hatte ihm nicht viel von dem erzählt, was ihren Ausbruch hervorgerufen hatte. Sie wusste es ja selbst nicht wirklich. Schnurpels Tod – natürlich. Aber das war nur ein winziger Teil des Ganzen. Schnurpel war alt gewesen und gebrechlich, trotzdem hätte sie sich gerne von ihm verabschiedet. Wäre gerne bei ihm gewesen, als er seinen letzten Atemzug getan hatte, und selbst wenn das nicht möglich gewesen wäre, so hätte sie wenigstens gerne die Wahl gehabt. Doch die hatte Henning ihr genommen. In all den pseudofreundlichen Mails und Nachrichten und Anrufen hatte er nicht ein einziges Mal erwähnt, wie schlecht es Schnurpel gegangen war, hatte nicht im Geringsten versucht, sie in seine Entscheidung miteinzubeziehen. Alle Beteuerungen, dass sie Freunde bleiben sollten, alle Liebesbekundungen der letzten zwölf Jahre hatten in dem Augenblick endgültig ihre Bedeutung verloren. Informationen ebenso wie Worte waren für Henning die Währung der Macht. Mit ihnen formte er sich die Welt, wie es ihm gefiel, spann ein Netz aus Halbwahrheiten und Lügen, bis man sich so sehr darin verfing, dass man Wahrheit nicht mehr von Lüge unterscheiden konnte. So, wie Henning sie behandelte, behandelte man niemanden, den man mochte. Himmel, so behandelte man nicht mal jemanden, den man respektierte! Er hatte es schon wieder versucht, gerade erst am Telefon. Hatte sie daran erinnert, dass sie Schnurpel schließlich zurückgelassen hatte. Warum war sie jetzt so wütend? Warum machte sie ihn mal wieder für etwas verantwortlich, was doch sie selbst gewollt hatte? Respekt fand auf Augenhöhe statt, und sie begriff jetzt, dass er sie nie als ihm ebenbürtig gesehen hatte. Mehr als jemals zuvor war ihr aufgegangen, dass ihr ganzes Leben auf einer Lüge basiert hatte. Wenn du gut zur Welt bist, hatte sie bisher immer geglaubt, dann ist die Welt auch gut zu dir. Was für ein Bullshit! Es gab keine universelle Gerechtigkeit im Leben, kein Gute-Taten-Konto, auf das man liebevolles Verhalten einzahlen und irgendwann einmal wieder abheben konnte. Karma war eine idiotische New-Age-Erfindung von Menschen, die nach einem Sinn für etwas suchten, das von Zufall und Willkür bestimmt war. Charlotte hatte es satt, lieb zu sein und zu hoffen. Es hatte weiß Gott lange genug gedauert, aber nun endlich begriff sie, dass es nur einen einzigen Menschen gab, der ihr Leben positiv verändern konnte, und das war sie selbst!

Ihrer Wut freien Lauf zu lassen, Henning anzuschreien und ihm endlich einmal ungefiltert vor den Latz zu knallen, was sie von ihm hielt, war zumindest ein Anfang gewesen.

Dass Eljas während des ganzen unschönen Theaters nicht das Weite gesucht, sondern an ihrer Seite verharrt hatte, hatte ihr zumindest ein wenig von ihrem Glauben an die Menschheit zurückgegeben.

Sie richtete ihre Konzentration zurück auf das Gespräch. »Wolltest du schon immer Rentierzüchter werden?« Sie ließ den Blick über das Gelände schweifen, über die verschneiten Koppeln, die Ställe und Bäume, das Wohnhaus, das etwas abseits der Wirtschaftsgebäude stand. »Bist du hier aufgewachsen?«

Er schüttelte den Kopf, nahm seinerseits einen Schluck Kaffee, als müsste er Zeit schinden, um abzuwägen, wie viel er preisgeben wollte. »Die Rentierzucht war der Traum meiner Frau.«

»Du bist verheiratet?« Warum schockierte sie das? Nichts, was sie von ihm bisher wusste, hätte darauf schließen lassen, dass er nicht verheiratet war.

»War. Meine Frau ist gestorben. Sie hatte Gebärmutterhalskrebs.«

»Das tut mir sehr leid.« Und das tat es wirklich. Auf einmal ergab so vieles einen Sinn. Warum er an jenem Tag im Krankenhaus gewesen war. Warum er sich als Organisator der heutigen Veranstaltung betätigte, um vom Krebs gebeutelten Familien einen ausgelassenen Tag fernab von Hospitälern und Ärzten zu ermöglichen. Warum er nicht vor ihrem Schmerz zurückgeschreckt war, sondern ihn stillschweigend akzeptiert hatte, nicht als etwas, das weggetröstet und negiert werden musste, sondern als etwas, das existierte. Ohne Grund, ohne Absicht, sondern als Teil des Lebens.

»Du kannst nichts dafür.«

»Das nicht. Aber ich kann mir wünschen, du hättest diesen Schmerz nicht ertragen müssen. Dass es leichter gewesen wäre.«

»Du hast gesagt, du willst für mein Verhalten in der Klinik letztens keine Entschuldigung hören. Aber das war der Grund. Ich habe …« Er leckte sich mit der Zunge über die

Lippen. »Ich habe jede Menge schlechte Erinnerungen an diesen Ort. Normalerweise bringt mich nichts so schnell aus der Fassung, aber dieser Ort raubt mir den Verstand. Da stand ich also«, er lachte bitter, rieb sich mit der Hand die Wangen, »und habe mit jedem Atemzug gerungen.«

»So wie ich vorhin.«

Obwohl es keine Frage gewesen war, nickte er. »Du hast mich überrumpelt. Schon wieder. So wie am See. Da wollte ich mir auf den gut gemeinten Rat meiner Mutter hin einmal ein wenig Zeit nur für mich nehmen, und dann tauchst du an meinem See auf.«

Sie lachte. »Und sehe dich splitterfasernackt.«

»Genau! Das war schon schlimm. Ich wäre am liebsten wieder in das Eiswasser eingetaucht. Aber dann da im Krankenhaus? Da habe ich mich noch viel nackter gefühlt.«

»Ich weiß, was du meinst.« Sie nickte mitfühlend. »Da war nicht nur dein Körper entblößt, sondern auch ... dein Innenleben.«

Vor ein paar Stunden hätte sie sich niemals ausmalen können, wie leicht es ihr auf einmal fiel, mit ihm zusammenzusein. Ob beim gemeinsamen Schweigen oder beim miteinander Reden. Seit sie einander beide an ihrem schlimmsten Punkt gesehen hatten, schien es nichts mehr zu verstecken zu geben, und plötzlich war da diese Verbindung zwischen ihnen. Selten, vielleicht nie zuvor, hatte sie sich einem Menschen auf eine so natürliche Weise nah gefühlt.

In Gedanken verloren streichelte sie das Tattoo auf der Innenseite ihres rechten Handgelenks. Hatte der Nordstern sie womöglich doch in die richtige Richtung gewiesen?

Einer nach dem anderen beendeten die Kinder ihr Lassospiel. Im Schein des Lagerfeuers zeichnete sich auf den ersten Gesichtern der Erwachsenen Erschöpfung ab. Fast alle hatten ihren Kaffee ausgetrunken, die Stöcke, auf die sie die Rentierwürste gespießt und in die Flammen gehalten hatten, lagen vergessen im Schnee. Wem es draußen am Lagerfeuer zu kalt geworden war, hatte sich in die Hütte zurückgezogen. Sonja gab Medikamente aus, und im Samtblau der nachmittäglichen Dämmerung funkelten die ersten Sterne. Nicht mehr lange und dieser Tag wäre zu Ende.

Als hätte er ihre Gedanken gelesen, meinte Eljas: »Ich würde dich gerne wiedersehen, Charlotte. Ohne Zeitdruck diesmal. Ohne das ganze Drumherum. Nur du und ich.«

»Das würde ich auch gerne.«

Sein Lächeln wärmte sie mehr als das Feuer. Zumindest so lange, bis die Realität sie wieder einholte.

»Verdammt, mein Handy! Ich hab es vorhin weggeschmissen. So ein Mist. Jetzt kann ich mir nicht mal deine Nummer speichern.«

Grinsend griff er in die Innentasche seines Mantels und holte ihr Telefon hervor. »Ich bin mir nicht sicher, ob es den Sturz überlebt hat.«

Sie nahm ihm das Gerät aus der Hand, entsperrte das Display. Augenblicklich tauchte ihr Homebildschirm auf. »Sieht aus, als ob der Schnee den Sturz gedämpft hat. Nur gut, dass die neueren Telefone alle wasserdicht sind.«

»Ein Hoch auf die Technik.« Er erwiderte ihr Grinsen. »Dann steht unserem Date wohl nichts mehr im Wege.«

»Ein Hoch auf die Technik.«

Erst später – viel später –, als sie wieder zu Hause war, in ihrer winzigen Mitarbeiterhütte im Weihnachtsmanndorf, ging ihr die volle Tragweite dessen auf, was er gesagt hatte. Er hatte ihre Verabredung ein »Date« genannt. Ein Date! Charlotte hatte in ihrem ganzen Leben noch kein einziges Date gehabt. Mit Henning war sie zusammengekommen, bevor sie die Gelegenheit gehabt hatten zu daten, und danach hatte es für sie immer nur ihn gegeben. Und wenn sie ab und zu das Gefühl eingeholt hatte, etwas verpasst zu haben, dann hatte sie es schnellstens verscheucht. Sie hatte Henning, das musste genügen.

Doch das würde sich jetzt ändern. Heute war der erste Tag ihres neuen Lebens: Charlotte Poll gab sich nicht mehr zufrieden. Sie hatte nicht nur ein Date. Sie hatte ein Date mit dem Hottie vom Nordpol.

7

Seit fünf Jahren hatte Eljas das *Silver Barman* nicht mehr betreten, da war ein bisschen Nervosität okay, oder nicht? Er legte die Hand auf den Türknauf, schulterte das Türblatt auf und rüstete sich für die Veränderung. Stattdessen begrüßte ihn Vertrautheit. Wie jedes Jahr im Winter hatte Mattias es richtig krachen lassen, was die Dekoration anging: Von jedem Balken hingen glitzernde Weihnachtskugeln, Türstürze und Fensterrahmen waren mit Ilex, Tannengirlanden und Mistelzweigen geschmückt. Der überlebensgroße, singende Plastikschneemann, den Lennja, er und einige andere Freunde aus der Schule dem Wirt vor Jahren geschenkt hatten, stand noch immer bei der Eingangstür und begrüßte jeden Gast mit einer blechernen Version von »Jingle Bells«.

Stärker als bisher machte sich seine Nervosität bemerkbar. Das hier war ganz und gar keine gute Idee. Was hatte ihn nur geritten, zuzustimmen, als Charlotte vorgeschlagen hatte, sie könnten sich ausgerechnet hier treffen? Das hier war sein und Lennjas Ort gewesen. Hier hatten sie zusammen ihr erstes illegales Bier getrunken, die ersten Partys gefeiert und gemeinsam Karaoke gesungen. Und jetzt sollte er diesen Ort mit jemand anderem teilen? Ihn mit neuen Erinnerungen füllen?

Ein Knoten wuchs in seiner Kehle. Er schluckte ihn hinunter.

Ja! Ja, verdammt noch mal, es war Zeit, sein Leben mit neuen Erinnerungen zu füllen. Auf der Farm, hier in der Bar, überall! Nicht er war gestorben, sondern Lennja, und er verdiente es, zu leben. Mehr zu tun, als nur zu existieren. Sie würde es ihm nicht übelnehmen, das wusste er. Im Gegenteil. Lennja hätte längst die Geduld mit ihm verloren, wenn sie wüsste, wie sehr er sich seit ihrem Tod eingeigelt hatte.

Er sah sich nach Charlotte um. Damit sie nicht auf ihn würde warten müssen, war er absichtlich ein paar Minuten zu früh gekommen.

Wie üblich fand sich in der Bar eine muntere Mischung aus Einheimischen und Touristen. Mattias bediente gerade eine Gruppe junger Leute in einer der Nischen. Als wäre er niemals weggewesen, hielt sich Taavi Hämäläinen am hintersten Ende der Bar am Tresen fest und blickte in sein Bier. Ein Kleinkind stand auf der Sitzfläche der Bank und schwang den dicken Windelpo im selben Rhythmus wie der singende Plastikschneemann, während seine Mutter ihr Bestes gab, das Kind vor dem Absturz zu bewahren.

Auf dem Rückweg von seinen Gästen kam Mattias an ihm vorbei. Den Moment, als sein alter Kumpel ihn erkannte, konnte Eljas genau benennen. Seine Augen weiteten sich beinah comichaft, dann riss er sich zusammen. Kameradschaftlich schlug er Eljas auf die Schulter, doch der versteifte sich. Nicht wegen des Schlags, sondern weil er ein bisschen zu kumpelhaft gewesen war, Mattias ein wenig zu bemüht, so zu tun, als ob alles ganz normal wäre.

»Mann, so eine Überraschung, dich hier zu sehen!« Trotz des linkischen Gehabes klang zumindest Mattias' Freude echt. »Komm mit an die Bar, da habe ich noch ein Plätzchen für dich. Du musst mir unbedingt erzählen, wie es dir geht. Das Geschäft mit den Rentieren brummt, hört man.«

»Ich kann nicht klagen.« Eljas stopfte die Hände in die Hosentaschen. Über die Schulter hinweg sah er zur Eingangstür. Jetzt wäre genau der richtige Moment für Charlotte, um ihn zu retten. Das hatte er nun davon, extra zu früh gekommen zu sein. Im Nu hatte Mattias ihn zu dem leeren Barstuhl neben Taavi manövriert. Selbst daran, dass Eljas am liebsten ein helles Ale trank, erinnerte sich Mattias noch. Eine Flasche landete auf dem Tresen vor ihm.

»Zum Wohl.« Mattias hob sein eigenes Getränk. »Würde mich wirklich freuen, wenn ich dich künftig wieder öfter hier sehen würde.«

Schon früher war ihm Small Talk nicht leichtgefallen. Entweder erinnerte Mattias sich auch daran, oder seine Antennen waren fein genug, jedenfalls schien ihm Eljas Unbehagen aufzufallen. Wenn er nicht gerade seine Gäste bediente, verfiel der Wirt in einen lockeren Schwatz mit Taavi. Der alte Griesgram erzählte, dass er letztens gelesen hätte, die finnische Bevölkerung sei im Schnitt die drittälteste der Welt. Das sei ein Problem, denn wer sollte all die Arbeit erledigen, wenn die ganzen Alten noch älter wurden und die jungen Flausen im Kopf hatten und weiß Gott wohin zogen?

Eljas ließ Taavis Lamentiererei über sich hinwegbranden. Der singende Schneemann verkündete die Ankunft neuer

Besucher. Eljas richtete sich auf und stellte enttäuscht fest, dass auch diesmal nicht Charlotte das Pub betreten hatte, sondern zwei Frauen etwa in seinem Alter.

Direkt hinter der Eingangstür blieben sie stehen. Allein die Art, wie sie sich umsahen, gab sie als Touristinnen zu erkennen. Toupierte Haare, glitzernder Lidschatten, hautenge Jeans und bunte Cowboystiefel. Amerikanerinnen, schätzte er. Nicht aus einer der Großstädte, sondern irgendwo aus dem Hinterland, wo man Line Dance tanzte und zum Rodeo ging. Die beiden so abzuschätzen, hatte nichts mit Schubladendenken zu tun. Über die Jahre in der Tourismusbranche hatte Eljas ein gewisses Gespür entwickelt, und es täuschte ihn selten.

Die Blicke der beiden Frauen streiften durch die Bar wie auf der Suche nach etwas Bestimmtem. Nah beieinanderstehend hatte sich die eine bei der anderen untergehakt. Immer wieder tuschelten sie einander etwas zu.

Den Moment, als der Blick der Größeren, Blonden ihn erfasste, konnte er genau festmachen. Ihre Augen weiteten sich, sie stupste ihre Freundin an, nickte in seine Richtung.

Oh weia, das fehlte ihm gerade noch. Krampfhaft überlegte er, wie er nun doch in Taavis Monolog einsteigen könnte, aber da war es schon zu spät. Die Blonde pirschte sich von links an ihn heran, während die andere ihm den Fluchtweg abschnitt.

»Hiiiii«, säuselte Blondie. Jepp, auch diesmal hatte sein Instinkt ihn nicht getäuscht. Sie war eindeutig Amerikanerin. »Ich bin Karen.«

»Und ich bin Paige«, ergänzte die andere. Ihr Akzent war ebenso breit wie der von Karen. Die einzelnen Laute verschmolzen in seinen Ohren zu einem undefinierbaren Brei.

»Wir sind seit heute offizielle Elfenbotschafter. Wir haben alle Kurse in der Elfenakademie erfolgreich abgeschlossen. Mit einem A+.« Paige warf sich mächtig ins Zeug. Stolz schwellte ihre Brust so sehr, dass ihre Brüste beinah den Pulli sprengten. Womöglich war das Kleidungsstück aber auch nur eine Nummer zu klein.

Ob er ihnen sagen sollte, dass alle Besucher der Elfenakademie die Kurse mit A+ abschlossen? Lieber nicht.

»Jetzt sind wir hierhergekommen, um zu feiern. Man hat uns gesagt, hier verstecken sich die *echten* Nordlichter.« Das Wort »echt« untermalte Karen mit einem vielsagenden Augenaufschlag. Ihre Hand landete auf seinem Bizeps. Unwillkürlich versteiften sich seine Muskeln. Er hasste es, ungefragt betatscht zu werden. Nicht einmal bei Ausstellungsstücken im Weihnachtsmanndorf war das erlaubt. Karen interpretierte seine Reaktion allerdings falsch. Aus der bloßen Berührung wurde ein Streicheln.

Auf ein Grinsen ihrer Freundin hin rückte nun auch Paige näher. Geschickt schob sie ihren Körper zwischen seine Schenkel. Unwillkürlich rutschte er auf dem Barhocker nach hinten und presste die Beine zusammen.

»Wir müssten auch gar nicht ewig hier bleiben«, gurrte Karen in sein Ohr. »Wo so viele Menschen sind.«

»So eine Feier im Privaten«, Paige machte eine vielsagende Pause, »ist doch viel –«

»Stör ich?« Charlottes Stimme zerschnitt die unangenehme Szenerie in fein säuberliche Scheiben aus Unbehagen, Erleichterung, Freude und Scham.

»Nein!« Grober, als er sich noch vor Sekunden getraut hätte, schob er die beiden Amerikanerinnen beiseite und stand auf. Jetzt nichts wie weg hier. Am Arm lenkte er Charlotte ein paar Schritte in die Bar hinein, weg von Karen und Paige. Überdeutlich war er sich dabei seiner Hand auf ihrem Oberarm bewusst. Genauso hatte ihn Karen gerade betatscht. Ohne Einladung, ohne zu fragen, und es hatte sich unangenehm und übergriffig angefühlt, und jetzt, nur wenige Sekunden später, machte er das Gleiche?

Augenblicklich ließ er Charlotte los. Puh, war das alles schon immer so schwierig gewesen?

Fragend sah sie ihn an. Sie hatte ja recht, sie verdiente eine Erklärung. Zu gut konnte er sich vorstellen, wie die ganze Situation auf sie wirken musste. Da kam sie nur ein paar Minuten zu spät, und schon hatte er sich Ersatz gesucht? Schlimmer konnte eine Verabredung kaum beginnen. Dass es in Wahrheit ganz anders gewesen war, konnte er ihr aber schlecht sagen. Nicht nach seinem bescheuerten Stalking-Kommentar im Krankenhaus. Sie müsste denken, er sei mehr als nur ein bisschen zu sehr von sich eingenommen.

Verlegen kratzte er sich am Bart.

Charlotte biss sich auf die Unterlippe.

Schweigen stand zwischen ihnen wie ein ungebetener Gast in einer geschlossenen Gesellschaft.

»Wir können weg…«

»Passiert dir das oft?«

Gleichzeitig begannen sie zu sprechen. Dann lachten sie, immer noch verlegen, aber jetzt auf eine andere Art, auf eine, die sich ein wenig anfühlte wie Sehnsucht nach etwas, das vielleicht einmal würde sein können.

Er zuckte mit den Schultern. »Es geht dabei nicht um mich.«

»Wollt ihr zwei jetzt einen Tisch?« Mattias' Stimme erhob sich über dem Pubgebrumm. Er war gerade dabei, einen Platz abzuräumen, den andere Gäste freigemacht hatten.

Fragend sah Eljas Charlotte an.

»Von mir aus gerne«, sagte sie. Diesmal war sie es, die eine Berührung initiierte, indem sie so nah neben ihm ging, dass ihre Arme aneinanderrieben – bei jedem Schritt eine kleine Erinnerung an die Anwesenheit des anderen.

Bei der Tischnische angekommen, überließ er ihr die Sitzplatzwahl. Sie schob sich auf die Bank, streifte sich im Hinsetzen den Mantel von den Schultern und legte ihn neben sich. Darunter trug sie einen schlichten, lindgrünen Strickpulli. Kein tiefer Ausschnitt, nicht zu eng, nicht zu weit. Nur ein dünnes Goldkettchen mit einem Medaillon addierte einen Touch Glamour zu ihrem Outfit. Wenn das Licht richtig fiel, spiegelte sich das Gold der Kette auf ihrer Haut und malte Sommersprossen aus Licht auf ihre Wangen.

Noch ehe Eljas beschließen konnte, wie er den Gesprächsfaden wiederaufnehmen sollte, nahm Mattias ihre Bestellung auf. Weder Charlotte noch er entschieden sich für Alkohol. Offenbar wollte nicht nur er einen kühlen Kopf bewahren. Nichts an dem heutigen Abend sollte verfälscht wirken, nichts aufgezwungen.

»War das auch ein Grund, warum du gedacht hast, ich stelle dir nach? Im Krankenhaus?«

»Von Small Talk hältst du wohl nicht so viel?« Ihm wäre lieber gewesen, nie wieder über diesen unrühmlichen Augenblick in seinem Leben sprechen zu müssen. Aber ausweichen galt nicht. Sie waren hier, um sich kennenzulernen, und das hieß dann wohl Ehrlichkeit.

»Ich sehe selten Grund dafür.« Sie schnappte sich eine Serviette aus dem Spender, trennte die einzelnen Lagen voneinander. Bald schon bedeckte ein flaumiger Zellstoffberg die Tischplatte. »Das Leben ist zu kurz für aufgesetzte Belanglosigkeiten.«

Wie wahr, wie wahr. »Um ehrlich zu sein, habe ich da im Krankenhaus gar nichts gedacht. Du hast mich im falschen Moment erwischt, und die Worte hatten sich in meinem Kopf nicht halb so doof angefühlt, wie sie dann rausgekommen sind.«

Sie lachte. »Das kenne ich.«

»Aber vielleicht …« Er stockte kurz, überlegte, wie er es ausdrücken konnte, ohne wie der arroganteste Chauvi aller Zeiten zu wirken. »… vielleicht hab ich dir unbewusst wirklich etwas unterstellt.«

»Dass ich eine Trophäenjägerin bin? So wie Karen und Paige?«

»Du kennst die beiden?« Jetzt war es an ihm, die Augen ungläubig aufzureißen.

»Jeder im Santa Claus Village kennt sie! Mich haben sie auch schon gestellt. Um ein Haar hätten sie mich in einen Streit um die Verwandtschaftsverhältnisse zwischen Elfen und Feen verwickelt.«

»Die beiden sind echt eine Marke.« Jetzt musste auch er lachen.

»Allerdings.« Sie wurde wieder ernst. »Für sie ist das alles ein riesiges Abenteuer. Nur die Grenzen zwischen Realität und Fantasie …«

»… können dabei schon mal verwischen«, beendete er den Satz für sie.

»Es muss sich ziemlich ernüchternd anfühlen, ständig als Touristenattraktion herzuhalten. Ich meine, nicht, dass ich es nicht verstehen kann.« Sie zwinkerte ihm zu. »Du bist schon eine Augenweide, wenn du mit deinen Rentieren umgehst und dabei schwerblütig in die Gegend guckst.«

»Schwerblütig?« Ein grollendes Lachen schwabbte aus seinem Bauch. »Das habe ich ja noch nie gehört.«

»Doch, total. Du schaust dann so.« Sie ahmte ihn mit einer Grimasse nach. Die Stirn in Falten gelegt, die Augenbrauen zusammengekniffen, den Blick starr und ernst, und er musste immer weiter lachen.

»Nie im Leben sehe ich so aus.«

»Und wie!«

»Na gut. Du bist eine kluge Frau, du wirst schon recht haben.« Er wurde wieder ernst. »Außerdem bist du die Erste, die von sich aus anspricht, dass diese Art von Aufmerksamkeit sich nicht gut anfühlt. Nicht wie ein Kompliment, sondern eher wie das Gegenteil.«

»Weil es nichts Schlimmeres gibt, als die Blaupause für die Bedürfnisse eines anderen zu sein.«

Er erinnerte sich, was sie ihm über ihren Ex erzählt hatte. Es war nicht viel gewesen, aber genug, um zu erahnen, wie viel dieser Mann kaputt gemacht hatte. Kein Wunder, dass sie ihn verstand.

»Dein Ex ist also ein Arschloch«, konstatierte er, und ehe sie ihm widersprechen oder seine Aussage relativieren konnte, kam Mattias mit ihrem Essen.

Der Abend verging auf dieselbe Weise, wie alle wirklich guten Momente im Leben vergingen. Zeitlos. Unendlich. Die Minuten verstrichen wie im Flug und dehnten sich gleichzeitig bis zur Ewigkeit. Nachdem sie die ersten plumpen Versuche, in ein Gespräch zu finden, überwunden hatten, ging es ganz einfach. Sie sprachen über dies und jenes. Über samisches Essen, Äpfel vom Bodensee, Musik und Theater. Er erzählte ihr von seiner Frau und sie ihm von den vergangenen zwölf Jahren. Am meisten verblüffte Charlotte, wie viel sie – ausgerechnet sie – mit Eljas gemeinsam hatte. Sie beide hatten sich früh verliebt und ihre Zukunft und ihr Herz in die Hände eines einzigen Menschen gelegt. Sie beide waren an einem Ort aufgewachsen, den viele Menschen für eine Art Paradies hielten. Doch wo die Natur am Bodensee lieblich war, die Luft süß vom Duft der Apfelblüten und das Licht im Sommer so hell und weich wie eine Wolke, bot Lappland seinen Besuchern wilde Ursprünglichkeit und raue Weite.

Ihre Gemeinsamkeiten überraschten Charlotte, doch es waren die Unterschiede im Ähnlichen, die sie faszinierten. Wie sicher Eljas sich in allem schien, das er tat, obwohl er nie vorgab, weltmännisch zu sein. Er stand mit beiden Beinen fest auf dem Boden, sie meinte förmlich die Wurzeln zu spüren, die ihn in seiner Heimat verankerten. Dennoch wirkte er zu keinem Augenblick starr oder in seinen Meinungen und Routinen festgefahren.

Was immer sie zu sagen hatte, er hörte ihr aufmerksam zu, stellte Rückfragen und drängte sich nicht in den Vordergrund, scheute sich aber auch nicht davor, Dinge über sich preiszugeben. Er berichtete ihr von den Schwierigkeiten, als Außenseiter eine Rentierfarm zu gründen. Die meisten Gehöfte wurden seit Jahrhunderten von Generation zu Generation weitergegeben, und obwohl er nur wenige Kilometer von seinem jetzigen Zuhause entfernt aufgewachsen war, trennten Rovaniemi und die Jalonen-Farm Welten. Besonders schwer war es nach Lennjas Tod gewesen. Sie war sein Ticket in die traditionelle Welt der Rentierzucht gewesen, und nachdem er sie verloren hatte, hatte er nicht nur lernen müssen, mit dem Verlust umzugehen, sondern auch mit dem Argwohn anderer Züchter, die nur darauf zu warten schienen, dass er scheiterte.

Am allermeisten berührte sie sein Geständnis, dass er als Jugendlicher von ganz anderen Dingen geträumt hatte. Er hatte reisen wollen, die Welt entdecken, unabhängig sein. Wie sie hatte er für die Liebe seine Träume neu erfunden, doch ihm war es gelungen, sich eine Realität zu schaffen, in der neue Träume alten Platz machten. So weit war sie noch nicht.

»Es ist, wie wenn man einen Berg besteigt«, sagte er ihr. »Der Berg, das sind die Blockaden, die das Leben einem in den Weg legt. Wenn man sie erklommen hat, dann verändert sich der Horizont. Man hat einen ganz neuen Blick, erkennt Dinge, die zuvor nicht dagewesen waren. Ich habe meine alten Träume nicht verraten. Ich habe sie hinter mir gelassen auf dem Weg in eine andere Zukunft.«

»Ich schon.« Das Geständnis verließ in einer Wolke weißen Nebels ihre Lippen.

Nach einem köstlichen Essen und dem ein oder anderen Glas Cola waren sie nun auf dem Weg zu ihrer Unterkunft. Eljas hatte darauf bestanden, sie einzuladen, und der Versuch, es ihm auszureden, war ebenso sinnlos gewesen wie die Versuche, ihm zu versichern, dass sie auch alleine den Weg zu ihrer Hütte finden würde. »Wenigstens kommt es mir so vor.«

Auf einmal spürte sie den Druck seiner Hand an ihrer. Seine Finger, die ihre umschlossen. Trost drang durch die Lagen von Stoff, Ermutigung. Ihr Herz machte einen Satz, und plötzlich war da ein Gefühl. Ein blubberndes, heißkaltes Gefühl, das ihr Hitze in die winternachtkalten Wangen trieb und ihr Herz dazu brachte, wie wild gegen ihre Rippen zu klopfen. Im Stillen suchte sie nach einem Wort für dieses Gefühl und erkannte erschrocken, dass es Glück war. Wie war das möglich? Wie konnte es sein, dass die Charlotte, die sich ganz klein und unbedeutend und dumm fühlte, weil sie Henning so lange so viel Macht über ihr Leben zugestanden hatte, dieselbe war wie die, die den Moment genoss, weil ein toller Mann ihre Hand hielt? Dass sie sich einerseits wünschen konnte, sie wäre niemals hier gelandet, auf den Trümmern ihres alten Lebens, und gleichzeitig an keinem anderen Ort der Welt sein wollte? Wie konnte ihr Herz gleichzeitig vor Glück summen und vor Unsicherheit zittern? Wie konnte ein Augenblick gleichzeitig so wahnsinnig bitter sein und so wahnsinnig süß?

Eljas' Finger drückten ihre. »Vielleicht bist du nur noch nicht am Gipfel des Berges angekommen. Vielleicht dauert es einfach noch ein bisschen, bis du den neuen Horizont siehst.«

»Ja«, flüsterte sie in die Sternennacht. »Ja, vielleicht.« Und mit ihm neben ihr und ihrer Hand in seiner und dem Nordstern am Himmelszelt weit über ihr, da konnte sie daran glauben. An den Horizont hinter dem Berg. An die neue Aussicht auf ein neues, besseres Leben.

Sie küssten sich nicht an diesem Abend. Eljas machte keine Anstalten, und sie hätte niemals den Mut besessen, den ersten Schritt zu gehen. Sie standen nur da, als sie ihre Haustür erreichten, sahen einander an, und Eljas nahm auch noch ihre zweite Hand in seine.

»Ich hatte einen sehr schönen Abend«, sagte er.

»Ja.« Sie lächelte schief. »Ich auch.«

Von ein paar Hütten rechts von ihnen drang das bläuliche Flackern eines Fernsehbildschirms nach draußen. Jemand anderes hörte Musik. Nur die Bässe und ein paar hohe Noten waren zu hören, dazu ab und zu das Singen einer Frauenstimme.

»Wollen wir das wiederholen? Oder du zeigst mir mal deine Lieblingsecken abseits des Weihnachtsmanndorfs? Lappland hat doch sicher noch mehr zu bieten.«

Er ließ ihre Hände los, trat einen halben Schritt zurück. Ein kalter Blitz fuhr ihr in einen Punkt zwischen dem Magen und ihrer Brust. Das hatte sie also davon, mutig zu sein. Wenn sie jemals jemand fragen würde, welche Superkraft sie gerne hätte, dann stünde die Antwort fest. Mehr als alles andere wünschte sie sich die Fähigkeit, die Zeit zurückzudrehen. Zurück zu dieser Party, als sie Henning kennengelernt hatte. Oder auch nur zurück zu dem Moment, bevor sie geglaubt hatte, mutig zu sein würde sich jemals auszahlen.

»Ich –«

»Weißt du was, vergiss es«, unterbrach sie ihn. »Du musst dir keine Ausrede einfallen lassen. Das Letzte, was ich will, ist, dir genauso auf die Nerven zu gehen wie Karen und Paige vorhin.«

»Ich will dich noch mal treffen.« Er hob den Blick, sah ihr direkt in die Augen. Offen und ehrlich sah er sie an und versteckte nichts. »Es ist nur nicht einfach.«

»Ich arbeite auch, Eljas.« Komm mir nicht mit Ausreden, hieß das.

»Es ist nicht nur die Arbeit.« Er presste die Lippen aufeinander, bis sie zwischen seinen Bartstoppeln beinah komplett verschwanden. »Ich habe auch andere Verpflichtungen. Ich –«

»Wir schulden einander nichts. Der Abend war nicht weniger schön, nur weil er ein einmaliges Erlebnis bleibt. Nur Lügen würden ihn im Nachhinein verderben. Falsche Versprechungen. Davon hatte ich wirklich genug in meinem Leben.«

Er nickte. »Ich verstehe.«

Ob er das wirklich tat? Sie würde es wahrscheinlich nie erfahren. »Gute Nacht, Eljas.«

»Gute Nacht, Charlotte.«

Sie drehte sich um und schloss die Tür zu ihrer Hütte auf. Sie sah nicht über die Schulter zu ihm zurück, als sie die Tür hinter sich zufallen ließ, und verbot sich, einen Blick aus dem Fenster zu werfen, um ihm dabei zuzusehen, wie er aus ihrem Leben hinaus in die Dunkelheit der Nacht verschwand. Sie ging ihrer Abendroutine nach und verbot sich jede Frage danach, was hätte sein können, wenn sie ihm seine Erklärungen nicht verboten hätte.

Hätte, wollte, würde – keine Worte waren unnützer als diese. Sie hatte einen schönen Abend gehabt, mehr durfte nicht wichtig sein.

»Mutter, ich bin wieder da.« Er kickte sich die Schuhe von den Füßen, seine Stimme diese laute Art von Flüstern, die Menschen benutzten, die sich Gehör verschaffen und gleichzeitig leise sein wollten. Wie fast alle Kinder in Finnland hatte er seine Mutter früher auch *Muumio* genannt. Wann hatte er damit aufgehört und sich stattdessen »Mutter« angewöhnt? Als er in die Pubertät gekommen und sich plötzlich zu erwachsen für eine Muumio gefühlt hatte? Als er selbst Vater und Lennja zu der Muumio in der Familie geworden war? Er wusste es nicht mehr. Was er wusste, war, dass er sie in diesem Augenblick gerne wieder Muumio genannt hätte. Nur ein paar Sekunden lang wollte er sich fühlen wie früher, wenn er als Teenager zu spät von einer Party heimgekommen war und seine Mutter auf dem Sofa auf ihn gewartet hatte, weil sie immer wieder geschworen hatte, sie könne nicht schlafen, wenn sie nicht wüsste, dass er gesund und heil im Bett liege. Damals hatte er darüber die Augen verdreht. Wenn sie nicht schlafen konnte, warum nickte sie dann so oft beim Warten auf ihn ein? Wenn er dann an ihr vorbeigeschlichen war, auf leisen Sohlen und in der Hoffnung, dass sie ihn nicht bemerkte, war sie aufgeschreckt, hatte einen kurzen Blick auf die Wohnzimmeruhr geworfen und auf diese ganz bestimmte Art die Stirn gerunzelt, wie es nur Mütter konnten. Diese Art, die sagte: *Wir hatten eine andere Zeit ausgemacht, mein Lieber. Ich hatte mich auf dich verlassen, und du hast mich enttäuscht.*

Sie hatte ihn nie bei Vater verpetzt. Das musste sie auch gar nicht. Nach so einem Blick war er wochenlang nicht mehr zu spät gekommen. Bis die Erinnerung an ihre Enttäuschung verblasst war und er erneut irgendetwas angestellt hatte, das ihr nicht gefiel.

Dass ihre Dramatik, ihre übertriebene Sorge ebenso wie seine trotzige Rebellion und genervte Abgrenzung Zeichen von Liebe gewesen waren, hatte er erst viel später begriffen. Als er selbst Vater geworden war und Eveliina nächtelang durchschrie, bis er mit seinen Kräften am Ende gewesen war und sich dieses kleine, brüllende Etwas vom Hals gewünscht hatte, während er im selben Moment gewusst hatte, dass sie das Kostbarste war, das er im Leben je haben würde. Damals hatte er gelernt, dass Liebe keinen Sinn ergeben musste – ja, dass sie allzu oft widersprüchlich war und grausam und erschöpfend. Nur in den allerseltensten Augenblicken machte Liebe wirklich glücklich. Viel öfter forderte sie heraus, führte an Grenzen, verunsicherte oder machte Angst. Nur eines tat Liebe niemals: Sie ließ dich niemals kalt. Und mittlerweile wusste er, dass das Beste an ihr war.

»Schläft sie?« Wie früher war seine Mutter auf dem Sofa eingenickt. Ihr Kopf war zur Seite gerollt, auf ihrem Schoß lag eine Strickarbeit. Den Fernseher hatte sie so leise gestellt, dass man kaum ein Wort von dem verstand, was auf dem Bildschirm gesprochen wurde. Ein Krimi, schätzte Eljas. Auf jeden Fall lief ein grimmig dreinblickender Mittdreißiger in Lederjacke und schlecht sitzender Jeans gemeinsam mit einer jüngeren Frau mit blonden Dreadlocks emsig redend durch eine Stadt, die auf den ersten Blick wie Oslo wirkte.

Seine Frage, womöglich auch nur seine Anwesenheit, weckte seine Mutter. Sie schlug blinzelnd die Augen auf. »Habe ich geschlafen?«

Er küsste sie zur Begrüßung auf die Stirn. »Wie immer, wenn ich weg bin. Ist Eveliina im Bett?«

»Ich musste sie fünfmal erinnern, das Licht auszumachen, bis sie eingeschlafen ist, aber ja, ins Bett ist sie brav gegangen. Komm, setzt dich zu mir. Wie war dein Date?« Sie richtete sich weiter auf, rutschte auf dem Sofa ein wenig zur Seite. Nicht, weil er zuvor keinen Platz neben ihr gehabt hätte, sondern als Einladung.

Seufzend ließ er sich neben sie fallen. Er war seit kurz vor sechs in der Früh auf den Beinen. Langsam spürte er den langen Tag in den Knochen. »Ja, es war sehr schön. Charlotte ist eine …« Er suchte nach den richtigen Worten. Wie sollte er das, was Charlotte für ihn so interessant machte, beschreiben? Sie war schön, natürlich. Schlank, aber nicht dünn. Mit Kurven an den richtigen Stellen, einer zwanglosen Natürlichkeit und diesen unglaublich großen, blauen Augen. Aber es war nicht nur ihr Körper, der ihm gefiel. Das Leben hatte sie geprüft, aber sie kämpfte darum, wieder aufzustehen. Sie war nicht ganz heil, aber auch nicht zerbrochen. In ihr brodelten Wut und Verzweiflung, aber auch Gutherzigkeit und Sturheit. Alles Eigenschaften, die er auch von sich kannte, die bei ihr jedoch ein anderes Gewand trugen. Ein liebevolleres, weicheres, und diese Mischung war es, die ihn anzog und von innen an ihm riss, als wären da Stränge, die ihn an seinem Herzen zu ihr zogen.

»… interessante Frau«, endete er schließlich wenig aussagekräftig.

Seine Nervosität musste auch Mutter aufgefallen sein, denn sie hob grienend eine Augenbraue. »*Interessant*? So wie man bei scheußlichem Essen sagt, dass es interessant schmeckt?«

»Nein!« Reingefallen. Die Heftigkeit, mit der er Mutter widersprach, sagte alles. Sie lachte. Trotzdem schob er noch hinterher: »Wirklich interessant. Interessant interessant.« Wow, Jalonen, das machte es jetzt echt besser. Er redete wie ein Teenager. Innerlich verdrehte er die Augen.

Statt ihn weiter zu necken, fragte sie ernst: »Dann siehst du sie wieder?«

»Nein.« Er kratzte sich den Bart, seufzte. Vor seinem inneren Auge sah er sich wieder mit ihr vor ihrer Haustür stehen. Er war so nah dran gewesen, sie zu küssen. So nah! Doch dann hatte die Vernunft ihn zurückgehalten. Er wollte keine Versprechungen machen, die er nicht einhalten konnte. Bevor irgendetwas zwischen ihnen entstehen konnte, musste er ihr gestehen, dass er nicht ungebunden war, und obwohl er nie vorgehabt hatte, ihr Eveliina zu verschweigen, hatte er den ganzen Abend über nicht den richtigen Moment gefunden, ihr von seiner Tochter zu erzählen. »Es würde doch sowieso nirgendwo hinführen.«

»Und warum nicht?« Seine Mutter richtete sich so heftig auf, dass ihr das Strickzeug vom Schoß rutschte. Es kümmerte sie nicht. »Mag sie dich nicht? Was für eine Frau wäre so dumm, dich nicht zu mögen?«

»Das ist es nicht.«

»Aber was …«

»Ich habe ihr nicht von Eveliina erzählt.«

»Meinst du, sie hat etwas gegen Kinder?« Stück für Stück konnte er sehen, wie seine Mutter jedes bisschen Vorschusssympathie, das sie bis soeben noch für Charlotte empfunden hatte, verlor.

Er beeilte sich mit einer Erklärung. »Überhaupt nicht. Ich bin mir sicher, sie liebt Kinder. Die Frage ist doch aber auch viel weniger, was sie über Eveliina denken würde, sondern eher, was Eveliina über sie denken würde. Wenn das zwischen mir und Charlotte eine Chance haben soll, dann kann ich sie nicht von Eveliina fernhalten. Was hätte das für Auswirkungen auf Eveliina? Sie soll nicht denken, ich hätte ihre Mutter vergessen. Du warst doch letztens dabei. Sie vermisst ihre Mutter noch so sehr.«

»Ach, Eljas.« Sie schüttelte ein wenig den Kopf. »Eveliina ist ein schlaues Mädchen.«

»Aber …«

»Nichts aber. Weißt du, was deine Tochter heute zu mir beim Abendessen gesagt hat?«

Er schüttelte den Kopf.

»›Mummo‹, hat sie gesagt, ›ist dir eigentlich schon mal aufgefallen, dass man von fast allem immer zwei braucht? Zwei Arme, zwei Beine, zwei Schultern.‹ Ich wollte sie aufziehen und meinte: ›Aber nur eine Nase‹, und deine Tochter hat gelacht und den Kopf geschüttelt und gesagt: ›Aber zwei Nasenlöcher, Mummo! Wir haben zwei Nasenlöcher.‹«

Eljas lachte. Ja, das klang nach Eveliina. Seine Mutter gab ihm einen Moment Zeit, sich an der Geschichte seines klugen, kleinen Mädchens zu freuen, dann fuhr sie fort.

»›Auch Menschen müssen zu zweit sein, oder, Mummo?‹, hat sie dann weitergefragt. ›So wie du und Opa. Nur Isä ist allein, und ich glaube, das macht ihn traurig. So, wie Menschen traurig sind, wenn sie nur noch einen Arm haben, oder ein Bein.‹«

Eljas stöhnte auf, so heftig war der Schmerz, den die Geschichte seiner Mutter hervorrief. »Was soll ich denn machen, Mutter? Ich kann Lennja nicht zurückzaubern. Stünde es in meiner Macht, hätte ich es tausendmal getan.«

Seine Mutter legte ihre Hand auf seine. Die Berührung beruhigte, den Schmerz löschte sie nicht.

»Hast du dir mal überlegt, dass du Eveliina vielleicht missverstehst? Ich glaube, deine Tochter will dir in Wahrheit etwas anderes sagen.«

»Und zwar?« Jetzt war er wirklich gespannt.

»Dass sie bereit ist, Eljas. Dass sie nicht will, dass du einsam bleibst. Sie versteht so viel mehr, als du ihr zutraust. Ich bin sicher, sie würde verstehen, dass du eine neue Frau mögen kannst, ohne Lennja weniger zu lieben. Vertrau ihr, Eljas. Und vertrau auch dir.«

Leichter gesagt als getan. »Wenn das so einfach wäre! Wie soll ich Charlotte denn erklären, warum ich so ein Hasenfuß war und einen Rückzieher gemacht habe? Sie hält mich bestimmt für einen totalen Idioten.«

Lachend stand seine Mutter vom Sofa auf. »Das, mein Lieber, wirst du dir schon selbst überlegen müssen. Blumen könnten helfen, kann ich mir vorstellen. Und eine gute, alte Entschuldigung.«

Nun, damit konnte er arbeiten.

Er brachte seine Mutter zur Tür. Statt sich ein Glas Wein zu gönnen, ging er direkt ins Bett. Er hatte einen Plan zu schmieden, und dafür musste er morgen ausgeschlafen sein.

8

Charlotte starrte auf die Tastatur ihres Laptops. Sie wollte es tun. Sie musste es tun. Warum war es dann so schwer, diese verdammte Mail zu tippen? Den Entschluss hatte sie gefasst, jetzt musste sie es nur noch durchziehen.

Liebe Britta.

Nun, die ersten Worte waren geschafft. Wie weiter? Wie nahm man Kontakt mit alten Freunden auf, von denen man nicht einmal mehr wirklich sicher sein konnte, ob sie immer noch Freunde waren? Als Karlīna es bei ihrem Popcorn-und-Netflix-Gelage vorgeschlagen hatte, hatte es so simpel geklungen. *Nimm Kontakt mit alten Freunden auf, such dir Verbündete und finde raus, was sie über deine Zeit mit Henning gedacht haben*. Bisher hatte sie den Rat ihrer Kollegin nicht in die Tat umgesetzt, weil ihr der letzte Anstoß gefehlt hatte, doch das war jetzt anders. Seit gestern Abend war alles anders. Seit sie mit Eljas vor ihrer Haustür gestanden hatte und so sicher gewesen war, dass er sie küssen würde.

Nur, um sich eine Abfuhr einzuhandeln. Arrrrgh! Sie vergrub das Gesicht in den Händen. War sie wirklich so schlecht darin, Menschen einzuschätzen? Hatte Henning in all den Jahren eben doch recht gehabt, und sie verstand immer alles falsch? Das hier war ihr Leben, verdammt noch mal, und es konnte doch nicht sein, dass ein einziger nicht stattgefundener Kuss sie schon wieder an sich zweifeln ließ.

Ein nicht stattgefundener Kuss. Sie hätte Eljas nur einfach so gerne geküsst. Den ganzen Abend über war er ihr nicht vorgekommen wie ein Player. Nicht wie ein Kerl, der Spielchen spielte und Sympathie vortäuschte, nur um seinen Marktwert zu testen und sich anschließend besser zu fühlen. Und doch hatte er sie abgewiesen, und das Schlimmste daran war: Ihr Bauchgefühl hatte ihr sogar während der Abfuhr einflüstern wollen, dass er es nicht gerne getan hatte. Dass da noch irgendwas im Busch war, das ihn hinderte. Außer einer toten Ehefrau, der Tatsache, dass sie absolut keine Ahnung hatte, wie ihre Zukunft aussehen würde, und sie nur eine kleine Hilfselfe war, während er ein erfolgreiches Unternehmen führte.

»Schluss.« Sie stand auf. In der Küche machte sie sich einen Tee, das beruhigte angeblich die Nerven. Am ersten Schluck verbrannte sie sich die Zunge, der zweite sorgte schon eher für den gewünschten Effekt. Sie fühlte sich gerüstet.

Mit neuer Entschlossenheit trat sie dem leeren Bildschirm entgegen. Einfach tippen, sagte sie sich. Nicht drüber nachdenken und einfach loslegen. Das hier war ein Anfang. Ein erster Schritt, ihr Leben selbst in die Hand zu nehmen und es nicht mehr von anderen bestimmen zu lassen. Sie hatte Zweifel? Wollte etwas wissen? Nun, dann musste sie eben fragen.

Sie legte die Finger auf die Tastatur und begann zu schreiben, und siehe da, nach den ersten Zeilen war es gar nicht mehr so schwer. Sie schrieb ein paar Grußworte, berichtete von ihrer Trennung von Henning und dass sie sich ganz spontan für einen Job in Lappland beworben hatte und nun die einmalige Gelegenheit genießen konnte, einen Advent mit dem Weihnachtsmann persönlich zu verleben. Sie kam ins Erzählen und schwärmte von der Landschaft hier, den netten Leuten, die sie kennengelernt hatte, und dass sie nun endlich verstand, was ihren Opa an diesem Land im Norden so sehr fasziniert hatte. Auch, dass sie ein Ehrenamt im Krankenhaus angefangen hatte, berichtete sie, von der kommenden Weihnachtsfeier auf der Kinderonkologie und dass, während ihr der Job als Weihnachtselfe Spaß machte, sie die Tätigkeit im Krankenhaus auf eine Weise erfüllte, die sie seit ihrem Studium nicht mehr gekannt hatte.

»Ich weiß, ich habe mich in den letzten Jahren rar gemacht, aber du fehlst mir wirklich. Es war nur nicht leicht für mich, euch entgegenzutreten. Ich habe mich oft sehr unsicher und überflüssig gefühlt.« Dass Henning dazu beigetragen hatte, sie vollkommen zu isolieren, schrieb sie nicht. Keine Ausreden mehr. Das hier tat sie nur für sich. »Doch das ist jetzt vorbei. Ich würde mich sehr freuen, bald von dir zu hören.

Ganz liebe Grüße,

Charlotte«

Ehe sie es sich anders überlegen konnte, drückte sie auf Senden und öffnete direkt die nächste Mail. Nicht nur Britta hatte sie in den letzten Jahren vernachlässigt. Die erste Mail war nur der Anfang.

»Das ist ganz leicht. Ich verspreche es dir, und wir haben auch alles da.« Das hatte Eljas also davon, eine Achtjährige um Rat gefragt zu haben. Wobei »um Rat fragen« eigentlich ohnehin nicht der richtige Ausdruck war. Nach einer schlaflosen Nacht und einem nicht enden wollenden Tag hatte er sich beim Abendessen ein Herz gefasst und Eveliina vorsichtig gefragt, was sie davon halten würde, wenn er ihr einmal eine Freundin vorstellen würde. In weiser Voraussicht hatte er Perunarieska gekocht. Die Kartoffelfladen mit Eierbutter gehörten zu Eveliinas Lieblingsspeisen und den wenigen Dingen, die er wirklich gut zubereiten konnte. Normalerweise wurden sie zum Frühstück gegessen, aber heute war er bereit, eine Ausnahme zu machen. Er konnte jede Unterstützung gebrauchen.

»Die Freundin, mit der du gestern aus warst?« Mit leuchtenden Augen griff Eveliina nach einem der Fladen. Ein paar Krümel landeten dabei neben dem Teller, aber Eljas beachtete sie nicht. Er selbst hatte einen Kloß im Hals. An Essen war nicht zu denken – was eine Schande war, denn in der ganzen Küche duftete es nach den Fladen.

»Zum Beispiel. Wäre das in Ordnung für dich?«

Eveliina ließ ihr Essen fallen und rieb sich die Hände. »Dann magst du sie? Sie ist nett, und sie findet dich auch nett, und bald zieht sie hier ein, und du bist nie mehr allein, und wenn ich einen schönen Zopf haben will, dann flechtet sie mir die Haare?«

»Wow, schalt mal einen Gang zurück, Häschen! Bis zum

Haareflechten und Zusammenziehen ist es noch ein ganz schön weiter Weg. Wir müssen uns erst richtig kennenlernen, und es gibt ganz viele Dinge, die dann dazu führen können, dass man sich nach einer Weile vielleicht auch nicht mehr trifft.« Wie zum Beispiel, dass er keine Ahnung hatte, wie lange sie plante in Lappland zu bleiben. Charlotte hatte sehr deutlich gemacht, dass sie vor ihrem eigentlichen Leben davongelaufen war. Wer wusste schon, wohin ihre Flucht sie am Ende führen würde? Wahrscheinlich sollte ihn das viel mehr stören. Frauen auf der Durchreise waren für ihn immer ein rotes Tuch gewesen, und doch war es bei ihr anders. Sie hatten einander etwas zu geben. Immer dann, wenn er bei ihrem Date nicht zu sehr mit seinem schlechten Gewissen Lennja gegenüber beschäftigt gewesen war, hatte er das ganz deutlich gespürt.

Den Kopf schief gelegt, musterte seine Tochter ihn mit dem ganzen prüfenden Missfallen, das eine Achtjährige aufbringen konnte. »Hast du es versaut? Warst du gemein zu ihr?«

»He!« Er stupste sie in die Seite. »Wie kommst du darauf, dass ich gemein war? Vielleicht war sie ja auch gemein zu mir.«

»Isäää!« Schwer seufzend verdrehte sie die Augen. »Ich kenn dich doch.«

Um ein Haar hätte Eljas einen Mund voll Wasser quer über den Esstisch gespuckt, so sehr musste er über Eveliinas altkluge Bemerkung lachen. Das Lachen verging ihm, als ihm bewusst wurde, dass seine Tochter keinesfalls plante, ihn vom Haken zu lassen. Sie wollte genaustens wissen, was am Abend zuvor mit Charlotte passiert war.

So waren sie schließlich an diesen Punkt gekommen. Ausgerüstet mit jeder Menge bunter Muffinförmchen in verschiedenen Größen, Schaschlikspießen, Weinkorken und kleinen Papierkugeln.

»Gekaufte Blumen sind doof«, hatte Eveliina konstatiert. »Die verwelken nur und riechen komisch. Außerdem mögen Mädchen Selbstgebasteltes viel lieber. Und wir können auch ein paar mehr Blumen basteln und die gemeinsam mit den Geschenken ins Krankenhaus bringen. Sicher freuen sich die kranken Kinder. Du hast doch diese Einladung zu dem Weihnachtsfest bekommen.«

»Ich kann nicht basteln, und das weißt du. Warum meinst du, dass ich sonst immer Mummo bei solchen Sachen vorschicke? Und das mit dem Weihnachtsfest hatten wir schon besprochen. Ich hatte dir versprochen, dorthin zu gehen. Wir können deine alten Spielsachen aussortieren und die, die noch gut sind, dorthin bringen. Aber beim Basteln bin ich raus. Das sind Farmer-Hände, keine Bastelhände.«

»Dafür hast du ja mich.« Problem gelöst. Zumindest in den Augen einer Achtjährigen. »Ich erklär es dir auch ganz einfach. Immerhin ist es für einen guten Zweck.« Sie deutete auf die arrangierten Bastelutensilien, und er wusste nicht mehr, ob sie noch immer von den Blumen sprach, die sie für die Kinder im Krankenhaus basteln wollte, oder von seinem Wiedergutmachungsgeschenk für Charlotte.

»Zuerst musst du die Muffinförmchen falten. Siehst du, so?« Sie machte es ihm vor, faltete eines der Papierförmchen erst einmal in der Hälfte, dann noch einmal und so lange weiter, bis ein schmaler Kegel mit gewelltem Rand entstand.

»Jetzt mach schon, Isä! Sollen das meine Entschuldigungsblumen werden oder deine, hm? Wenn du mich die ganze Arbeit machen lässt, gilt es nicht.«

Dann mal los. Er schnappte sich eine andere Muffinform und bemühte sich redlich, Eveliinas Handgriffe nachzuahmen. Nach dem Falten schnitten sie die obere Kante rund ab. Das ganze Prozedere wiederholten sie, bis sie keine Muffinförmchen mehr hatten.

»Das mit dem Korken machst am besten gleich du«, wies Eveliina ihn an. »Du musst ihn mit einem Messer in dünne Scheiben schneiden. Wie eine Wurst. Verstehst du, was ich meine?«

»Ich kann dir gerade noch folgen.« So unauffällig wie möglich warf er einen Blick zur Uhr. Wenn Charlotte wüsste, was er hier für sie machte, müsste sie ihm auf der Stelle vergeben, oder nicht? Nicht, dass er die Zeit mit seiner Tochter nicht genoss. Es war ihm die reinste Freude, Eveliina dabei zuzusehen, wie sie die Zügel in die Hand nahm. Außerdem staunte er nicht schlecht über die Geschicklichkeit, mit der sie faltete, schnitt und arrangierte. Wo war die Zeit nur hin? Ihm kam es vor wie gestern, dass sie gelernt hatte, selbstständig einen Reißverschluss zu schließen, und jetzt zeigte sie ihm, wie man Papierblumen aus Muffinförmchen bastelte, und stellte sich dabei weitaus geschickter an als er.

Nachdem er einen der Korken in dünne Scheiben geschnitten hatte, stießen sie von unten einen Schaschlikspieß durch den Kork. Eveliina lachte sich kringelig, als ihm ein Holzstäbchen nach dem anderen abbrach, ehe er aufgab und sie das für ihn machen ließ. Vollendet wurden die Blumen, indem sie erst die größeren Blütenblätter, rund ausgeschnittene Muffinförmchen, auf die Spitze des Schaschlikspießes schoben, dann die kleineren und schließlich alles mit einer Papierkugel fixierten.

Stolz drehte Eveliina eine der fertigen Blumen zwischen den Fingern hin und her. Sie schnupperte an der Blüte, inhalierte tief und hörbar und verdrehte in gespielter Verzückung die Augen. »Mmmmmhhh«, machte sie. »So gut.«

Wärme durchflutete ihn. Ein Gefühl solch unbändiger Liebe, dass er nicht anders konnte, als sie auf seinen Schoß zu ziehen und sie spielerisch in die Wange zu beißen. »Du Clown«, neckte er sie, »die Blumen können gar nicht riechen.«

Sie quietschte und drückte ihm eine kleine Faust gegen die Brust, um ihn auf Abstand zu halten, während ihr anderer Arm ihn zu sich heranzog. »Isääää«, protestierte sie, »hör auf!«

»Aber du bist so süß!« Er biss in ihr Ohr, kitzelte ihre Seite, schnüffelte an ihrem Hals, und sie lachte noch mehr. Lachte, bis ihr Tränen über die Wangen liefen und sie Schluckauf bekam und er von ihr abließ, damit sie sich in seinen Arm kuscheln und wieder zu Atem kommen konnte.

Er vergrub seine Nase in ihren Haaren, inhalierte diesen ganz besonderen Duft aus Kinderschweiß und Süße und wünschte sich einen kurzen Augenblick lang, dass dieser Moment nie vorbeigehen würde. Sie auf seinem Schoß, glücklich und müde und stolz. Dann fiel ihm ein, wie schön es gewesen war, auf dem Heimweg vom *Silver Barman* Charlottes Hand zu halten oder mit ihr am Feuer zu sitzen und ihr dabei zuzusehen, wie einfühlsam und natürlich sie mit den Familien von der Schlittenfahrt umgegangen war, und in sein Glück mischte sich Sehnsucht.

»Meinst du, ihr werden die Blumen gefallen?«, fragte er Eveliina.

Seine Tochter rutschte auf seinem Schoß herum, sodass sie ihn ansehen konnte, legte ihm beide kleine Hände an die Wangen und sah ihm ernst in die Augen. »Ganz sicher, Isä. Und wenn nicht, verdient sie dich nicht.«

Wann war seine Tochter bloß so klug geworden? Er hoffte nur, sie würde recht behalten.

Die Elfenbande saß im *Lappland Restaurant Kotahovi* beisammen und genoss ein Mittagessen der Extraklasse. Lilou hatte das alles für sie organisiert – offenbar hatte sie sich mit einem der Beiköche näher angefreundet. Zwischen dem Andrang fürs Mittagsessen und dem fürs Abendessen gab es im *Kotahovi* immer auch eine Mitarbeitermahlzeit. Das war die Gelegenheit, zu der neue Kreationen der Köche erstmals fremden Gaumen vorgestellt wurden. Aleksi, Lilous neuer Lover, hatte zum ersten Mal selbst ein Gericht kreiert, und heute war der Tag der Tage, an dem er es seinen Kollegen vorstellte. Um auch Meinungen von Nicht-Profis zu bekommen, hatte er ein paar Freunde einladen dürfen, und Lilou hatte ihn überredet, die gesamte Elfenbande mit ins Boot zu holen.

Gemeinsam mit dem Team des Restaurants saßen Charlotte und die anderen nun in der typisch lappischen Hütte, die das Etablissement beherbergte. Für Außenstehende würde die Tür erst wieder in zwei Stunden öffnen, so hatten sie den gesamten Innenraum des Restaurants für sich. In der Mitte des runden Zimmers prasselte ein gemütliches Feuer, um das kreisförmig die Tische angeordnet waren. Die komplette Einrichtung bestand aus Holz, durch das Fenster hatte Charlotte freien Blick auf weite, verschneite Weiden. Ab und zu trottete ein Rentier an der Kote vorbei, warf einen schnaubenden Blick durch das Fenster zu den Menschen und ging dann weiter seiner Wege. Jedes Mal, wenn das passierte, zog sich etwas in ihr zusammen.

Seit ihrem Date vor drei Tagen hatte Eljas sich nicht mehr bei ihr gemeldet. Irgendwo dort draußen, auf der anderen Seite der Weide, ging er seinem Alltag nach und verschwendete mit Sicherheit keinen einzigen Gedanken an sie. Es war gut, dass sie ihm keine Gelegenheit gegeben hatte, sie mit Ausflüchten und Erklärungen abzuspeisen. Wenn er sie wirklich gewollt hätte, hätte er ihr Nein nicht so einfach hingenommen. Dass sie seit ihrer Verabschiedung nichts mehr von ihm gehört hatte, sprach eine eindeutige Sprache..

Das Essen vor ihr auf dem Teller sah köstlich aus: Es gab eine Salatvariation aus verschiedenen Kräutern und Wurzelgemüsen, getoppt mit in Wacholdergelee mariniertem Käse, Preiselbeervinaigrette und krokettenartigen Talern aus Karottenmus. Doch sosehr sie die erlesene Kreation auch genießen wollte, echte Begeisterung kam nicht auf. Lustlos schob sie die einzelnen Kräuterblätter auseinander, stocherte im Käse herum.

»Aleksi wird uns nie wieder einladen, wenn du sein Essen nicht schätzt!«, beschwerte sich Lilou. »Und ich dachte, dass ihr Deutschen keinen Sinn für Kulinarik habt, sei ein

Gerücht.« Sie runzelte auf so entzückende Weise ihr französisches Näschen, dass Charlotte direkt lachen musste. Im Gegensatz zu ihr genoss die Französin jeden Bissen des Festmahls. Obwohl sie alle am Abend noch mal arbeiten mussten, gönnten sie sich auch einen Schluck Wein zu dem Essen.

»Oh, ich glaube nicht, dass es an ihrer Nationalität liegt«, mischte sich Karlīna ein. Über den Tisch hinweg warf sie Lilou einen Verschwörerblick zu. »Unsere Charlotte hier knabbert nicht am Salat, sondern an ihrem Date mit dem Hottie vom Nordpol.«

»Könnt ihr endlich aufhören, ihn so zu nennen?« Bei dem Versuch, eine Preiselbeere aufzuspießen, entkam die Frucht und titschte über den Tellerrand hinaus auf die Tischplatte. Das hatte sie davon, beim Essen an Eljas zu denken.

»Was? Ist er doch gar nicht so hot, wie die Ladys immer meinen?« Obwohl sie nicht laut gesprochen hatte, hatte offenbar auch Lachlan ihr Gespräch mit Lilou und Karlīna mitbekommen.

»Natürlich ist der genauso hot, wie wir es uns immer vorgestellt haben. Und selbst wenn nicht, sag es uns bitte nicht.« Gespielt dramatisch fächelte sich Valentina Luft zu. »Raub mir nicht meine Illusion. Ohne heiße Naturburschenfantasien frieren mir allein im Bett abends die Eierstöcke ab.«

»Musst dir halt einen echten Kerl organisieren statt einer Fantasie.« Joost ließ seine Augenbrauen tanzen.

Die Mädels lachten, und Lachlan meinte: »Lass mich raten: Du würdest dich freiwillig zur Verfügung stellen?«

»Und wie ich das würde!«

Das Lachen wurde lauter, nur Charlotte war nicht danach, mit einzustimmen. »Er ist kein …« Sie suchte nach Worten, »… kein Sexobjekt!«, beendete sie schließlich wenig eloquent. »Es ist doch Mist. Da kämpfen Frauen jahrzehntelang für Gleichberechtigung und alles, und die Lösung soll dann sein, dass wir anfangen, Männer genauso zu objektifizieren, wie sie es mit Frauen machen? Eine miese Aktion wird nicht besser, weil man sie wiederholt. Eljas ist kein markiger Naturbursche. Er ist ein ganz normaler Mann, der schon echt viel mitgemacht hat.« Sie legte ihr Besteck weg, hob eine Hand. »Und ja, bevor irgendwer was sagt: Ich weiß, dass das alles nur ein Witz war, ein bisschen harmlose Neckerei, aber so fängt es immer an. Es ist immer nur ein Witz. Ein Scherz, nicht ernst gemeint, aber der trotzdem trifft. Hier drinnen.« Sie deutete sich auf die Brust. »Jeder degradierende Witz, jeder nicht ernst gemeinte Kommentar hinterlässt eine Wunde, und am Schluss fragst du dich, was von alledem wahr ist. Wer du bist und ob überhaupt noch was von dir übrig ist.« Nun, das war wohl ein klassischer Fall von übers Ziel hinausschießen, aber jetzt, wo sie einmal angefangen hatte, konnte sie nicht mehr aufhören. Genau so hatte es mit Henning auch angefangen. Mit angeblich gut gemeinten Scherzen, mit scheinheiligen Fragen und zweideutigen Bemerkungen. Jede für sich genommen harmlos genug, damit sie sich schlecht gefühlt hätte, wenn sie sich gewehrt hätte, aber gewichtig genug, um nach und nach das Fundament ihres Selbstbewusstseins vollkommen zu untergraben.

»Scusa, Süße, tut mir leid!« Um genau zu sein, wirkte Valentina kein bisschen reuevoll. »Aber meinst du nicht, du bist da ein bisschen dünnhäutig?«

»Nein!« Resolut schüttelte Charlotte den Kopf. »Früher hätte ich das geglaubt. Da habe ich meinem Ex und den ganzen Typen wie ihm abgenommen, dass ich zu empfindlich bin, wenn ich mich verletzt oder vor den Kopf gestoßen gefühlt habe. Aber das stimmt nicht! Ich bin nicht dünnhäutiger geworden, ich habe mir Rückgrat zugelegt. So zu tun, als sei alles in Ordnung, um nur ja nicht aufzufallen, ist ein Teil des Problems. Solange wir alle immer so tun, als wäre es okay, von anderen niedergemacht oder in eine Ecke gedrängt zu werden, nur damit sie sich besser fühlen, werden die, die unter solchem Verhalten leiden, immer glauben, sie seien die Ausnahme.«

»Es ist echt bloß ein doofer Spitzname«, gab nun auch Karlīna zu Bedenken. »Du hast doch selbst drüber gelacht.«

»Aber jetzt weiß ich es besser.« Sie verschränkte die Arme vor der Brust. Zu gut erinnerte sie sich an Eljas' offensichtliches Unwohlsein während Karens und Paiges Anmache.

»Wir wissen doch gar nicht, ob es ihm nicht sogar gefallen würde.« Valentina sah es eher wie Karlīna. »Komm schon, sag mir einen Mann, der sich von so einem Spitznamen nicht gebauchpinselt fühlen würde.«

Sie wollte gerade etwas darauf antworten, als Lachlan ihr zuvorkam. »Ähhhhm, Ladys?«

Sie alle verstummten.

»Kriegt euch mal nicht in die Haare deswegen. Ihr müsst gar nicht weiter spekulieren.« Er hob eine Augenbraue, nickte zu der Tür, die in den Speiseraum führte.

Als wäre er von ihrem Gespräch heraufbeschworen worden, stand dort der Mann, über den Charlotte gerade noch gesprochen hatte und der seit Tagen beinah jeden ihrer Gedanken dominierte. Und auch wenn sie sich gerade noch darüber geärgert hatte, dass die anderen ihn immer nur als den Hottie vom Nordpol sahen, kam sie nicht umhin zuzugeben, dass der Name wie für ihn gemacht war.

In dem langen, braunen Ledermantel und der dicken Mütze sah er aus, als hätte der Nordwind persönlich ihn ins Haus geweht. Er trug den Winter im Haar, die Spitzen der wenigen Haare, die unter der Mütze hervorlugten, mit winzigen Eiskristallen verziert. Mit ihm war ein Schwall kalter Luft ins Innere des Restaurants gerauscht, mischte sich mit den Aromen der Speisen. Wo er stand, bildete sich beinah augenblicklich eine Pfütze Schmelzwasser um seine Stiefel. Das Einzige, was nicht zu seinem Auftreten passte, war der Strauß Papierblumen, den er in der Hand hielt.

Ein kollektives Luftschnappen ging durch den Raum, als auch die anderen ihn bemerkten. Eljas' Blick wanderte über die Anwesenden, bis er an ihr hängen blieb.

Er setzte sich in Bewegung. Ohne zu zögern, ohne sich von der geballten Aufmerksamkeit verunsichern zu lassen. Sein Blick fing ihren, seine Augen schimmerten heute mehr grün als blau – und die Welt verschwand. Es gab nur noch ihn und sie.

Instinktiv erhob sie sich von ihrem Stuhl. Wie von einem unsichtbaren Band gezogen, kam sie ihm entgegen.

Er hielt ihr den Papierblumenstrauß hin.

»Für mich?«

Er nickte. »Können wir kurz rausgehen?«

Sie warf einen kurzen Blick über die Schulter. Im Gastraum war es so ruhig, dass man eine Stecknadel zu Boden hätte fallen hören können. Jemand kicherte leise. Karlīna, schätzte Charlotte, die das Spektakel deutlich mehr genoss, als angemessen gewesen wäre.

Okay. Sie riss sich zusammen, gab sich innerlich einen Schubs. Egal was Eljas ihr zu sagen hatte, er verdiente, dass sie ihn anhörte. Das hier hatte nichts mit den nachträglichen Beschwichtigungsversuchen von Henning zu tun, wenn er ihr jedes Wort im Mund verdreht und es irgendwie immer geschafft hatte, dass sie sich hinterher dumm fühlte. Eljas war nicht gekommen, um ihr weiszumachen, dass ihr Verhalten unangemessen gewesen und sie eine vollkommen normale Situation überdramatisiert hatte. Indem er mit Papierblumen hier auftauchte, vor ihren Kollegen, vor der gesamten Belegschaft des *Kotahovi*, machte er sich verletzlich. Er streckte symbolisch die Hand nach ihr aus. Alles, was sie nun tun musste, war zuzugreifen.

Sie verschränkte ihre Finger mit seinen. Ihr Herz hämmerte von innen gegen die Rippen. »Gehen wir.«

Laternen markierten im Santa Claus Village den Polarkreis. Irgendwann in den letzten Tagen hatte Charlotte sich die Infotafel dazu durchgelesen. »Der Polarkreis«, stand da, »ist eine gedachte Linie, die einmal um die Erde reicht, und die Grenze zwischen einem Polargebiet und der restlichen Welt markiert. Sie verläuft bei rund 66,57 ° nördlicher beziehungsweise südlicher Breite. Jenseits dieser Linie gibt es Tage, an denen die Sonne im Winter nicht mehr auf- und im Sommer nicht mehr untergeht.«

Eine Linie zwischen Licht und Schatten. Golden schickten die Laternen ihr Licht in den dämmernden Tag. Besucher schlenderten umher. Eljas führte sie in den kleinen Zwischenraum zwischen einer der Laternen und einem Tannenbaum, dessen Äste unter dem Gewicht des Schnees nach unten hingen. Sie waren nicht wirklich abgeschirmt von dem Rest der Welt, und doch schuf die Natur hier einen winzigen Rückzugsort nur für sie beide. Schützend drückte Charlotte den Papierblumenstrauß an die Brust. Sie wollte nicht, dass Schnee auf die Blüten rieselte und die Feuchtigkeit das Papier zerstörte.

»Atme«, forderte Eljas sie auf. »Ich will dich nicht fressen.«

Erst jetzt fiel ihr auf, dass sie die Luft angehalten hatte. Das Licht der Polarlaternen beleuchtete nur die eine Seite von Eljas' Gesicht, die andere Hälfte blieb im Dunkeln. Eine Grenze von Licht und Schatten, ein atemloses Gefühl tief in ihrer Brust ließ sie ahnen, dass das nicht nur für den sechsundsechzigsten Breitengrad galt. Auch sie war im Begriff, Dinge zu erfahren, die Licht in die Dunkelheit, Antworten auf eine Menge Fragen bringen würden. Blieb nur abzuwarten, ob ihr das, was sie dann sah, gefiel.

»Du hast mich gesucht?«

»Ich trage nicht immer einen Strauß Papierblumen mit mir rum.«

Sie blickte auf die Bastelarbeit in ihren Händen, versenkte die Nase darin. Die Blumen rochen nach Klebstoff, Papier und ganz viel Liebe. »Wer hat sie gemacht?«

»Ich.«

Skeptisch hob sie die Augenbrauen.

Ein grummelndes Lachen verließ seine Brust. »Ist das so offensichtlich?«

»Was? Dass du nicht gerade der Basteltyp bist?« Sie zuckte mit den Schultern. »Ziemlich offensichtlich.«

»Eveliina hat mir geholfen.« Und dann, als sie nicht nachfragte: »Meine Tochter. Sie … Sie ist der Grund, warum ich gezögert habe, mich noch mal mit dir zu treffen. Mich überhaupt mit irgendwem zu treffen, seit Lennja nicht mehr bei uns ist.«

»Du hast eine Tochter?«

Etwas an ihrem Tonfall, Himmel, womöglich an der Frage an und für sich, musste er missverstanden haben, denn er ließ ihre Hand los, machte einen halben Schritt vor ihr zurück. Mit der Schulter stieß er gegen einen Ast des Tannenbaums. Schnee rieselte von den Nadeln auf seine Schultern. Er schien es gar nicht zu bemerken. »Ist das ein Problem?«

»Nein!« Sie griff nach ihm, doch weil er die Arme defensiv vor der Brust verschränkt hielt, blieb ihr nichts anderes übrig, als nur seine Schulter zu berühren.

»Eveliina wird immer an erster Stelle kommen.«

»Natürlich. Du hättest es mir nur zu sagen brauchen.« Sie machte eine kurze Pause, dann fasste sie sich ein Herz und sagte: »Ich würde die junge Dame, die so tolle Papierblumen basteln kann, gerne kennenlernen.«

Für die Dauer eines Herzschlags fiel sein Blick zu Boden, dann gab er sich einen Ruck und sah ihr wieder in die Augen. Eljas war nicht die Art von Mann, der den leichten Ausweg suchte und sich hinter Ausreden versteckte. Egal, was er tat, immer wirkte er dabei ehrlich. Selbst dann, wenn es einfacher gewesen wäre, zu lügen. »Ich dachte, sie wäre nicht bereit für eine … für eine neue Frau in meinem Leben. Dass es sie verwirren würde, wenn sie miterleben müsste, dass mir eine andere Frau als ihre Mutter gefällt. Ich dachte, es würde sich für sie anfühlen wie Verrat.«

Charlotte betrachtete die Papierblumen in ihrer Hand. »Deine Tochter heißt Eveliina?«

Eljas nickte.

»In Wahrheit war es aber gar nicht sie, für die sich deine Verabredung mit mir angefühlt hat wie ein Verrat, oder?«

»Es …« Er stockte, suchte nach Worten. »Ja«, gab er schließlich so leise zu, dass sie es beinah nicht gehört hätte. »Das heißt nicht, dass mir die Zeit mit dir nicht gefallen hat. Dass sie mir nicht gefällt«, berichtigte er sich schnell.

Sie kam ihm zu Hilfe. »Es heißt nur, dass du deine Frau liebst. Ihr Tod ändert das nicht.«

Mit dem nächsten Atemzug verließ eine gewaltige Welle Anspannung seinen Körper. Seine Schultern sackten ein wenig nach vorne, die Linien in seinem Gesicht wurden weicher.

»Ich verstehe es nicht«, gab er zu. »Ich denke an dich. Die ganze Zeit. Ich will dich kennenlernen und mir dir Zeit verbringen. Nicht einmal, dass ich nicht weiß, wie lange du überhaupt in Lappland bleiben willst, ändert das. Ich will, dass Eveliina dich kennenlernt und du sie, obwohl mir klar ist, dass es höchstwahrscheinlich nur eine Bekanntschaft auf Zeit sein kann. Ihr würdet euch sicher verstehen. Doch wenn wir zusammen sind, dann …«

»Fühlt es sich falsch an?«

»Nicht falsch«, widersprach er, »nur … anders. Es fühlt sich falsch an, dass es sich nicht falsch anfühlt. Es fühlt sich falsch an, dass ich mich wieder fühle wie ein Junge, der keine Ahnung hat, wie man ein Mädchen küsst. Es fühlt sich falsch an, nicht zu wissen, wie es weitergehen soll, und keine Garantien zu haben. Wenn ich zulasse, dass das mit uns weitergeht, dass wir uns besser kennenlernen, dann … ich glaube, ich könnte dich wirklich liebgewinnen.« Wie konnte ein solcher Bär von einem Mann so süß sein? So … ehrlich? Es ging nicht in Charlottes Kopf, aber es war auch nicht ihr Kopf, der es verstehen musste. Vertrauen und Mut wurden im Herzen geboren.

Sie machte noch einen Schritt auf ihn zu, hob die Hand von seiner Schulter, legte sie an seine Wange. »Ist es okay, wenn ich dich küsse? Auch wenn es vielleicht nur auf Zeit ist?«

»Ich sollte …« Er schüttelte den Kopf, seine Bartstoppeln rieben über ihre Handinnenfläche, entzündeten ein Feuerwerk, das als Funkenregen durch ihren ganzen Körper prickelte.

Sie ließ ihn nicht ausreden. Sie ging auf die Zehenspitzen, legte ihren Kopf in den Nacken und küsste ihn. Nicht wild, nicht fordernd. Nur ihre Lippen auf seinen, tastend und lockend. Warme Atemluft streifte ihre Wange, schmeckte nach Kaffee und Unsicherheit. Ihre Lippen bebten vor Aufregung und Scheu. Sie musste lachen, steckte ihn an. Er grinste in den Kuss hinein.

»Was ist so lustig?«, fragte er.

»Ich fühl mich auch wie ein Teenager. Genau wie du es beschrieben hast. Total unsicher und aufgeregt. Ich habe das so lange nicht mehr gemacht, und es ist mir total egal, wenn es nur auf Zeit ist.« Es stimmte, fiel ihr auf. Zwar war die

Trennung von Henning noch nicht so lange her, aber geküsst hatten sie einander schon viel früher nicht mehr. Nicht mehr richtig zumindest. Mit Herzklopfen und Bauchkribbeln und ganz viel Hoffnung auf mehr.

»Ich auch nicht«, gab er zu. »Wir sind ein komisches Paar, oder?«

»Nicht komisch«, protestierte sie. »Nur …«

»Einzigartig«, vollendete er ihren Satz, und diese Beschreibung gefiel ihr viel besser als jedes andere Adjektiv, mit dem sie je beschrieben worden war.

9

Poppige Weihnachtsmusik schallte aus versteckten Lautsprechern. Von der Decke hingen selbst gebastelte Weihnachtssterne aus Goldfolie sowie Schneeflocken aus Wollkugeln. Wer auch immer geglaubt hatte, ein bisschen Deko würde genügen, um der Kinderstation des Lappland-Zentralkrankenhauses das Grauen zu nehmen, musste selbst unter Drogen gestanden haben.

Sie hatten sich angekündigt, jetzt gab es kein Zurück mehr, und schließlich hatte er es Eveliina versprochen.

Zum Schutz der Patienten trugen sie beide Masken über Nase und Mund. Eveliina drückte sich an ihn. Das alles war ihre Idee gewesen, doch jetzt holte sie die Realität ein. Die Hand, in der sie den Strauß Papierblumen hielt, zitterte.

»Soll ich die für dich nehmen?«, bot er an. »Dann kannst du auf den Knopf drücken. Siehst du, dort?« Mit dem Zeigefinger deutete er auf den Klingelknopf rechts neben der Milchglasscheibe, die zu der Station führte.

»Warum sind die Türen verschlossen? Sind die kranken

Kinder eingesperrt?« Obwohl niemand in ihrer Nähe war, der sie hätte hören können, flüsterte sie.

»Es ist zu ihrem Schutz. Jeder Mensch trägt Bazillen mit sich herum, deshalb sollen so wenige Fremde wie möglich hier ein und aus gehen.«

Eveliina senkte den Kopf, vergrub die Nase in ihrer Schulter, schnüffelte und brachte ihn damit zum Lächeln. »Haben wir auch Bazillen?«

»Du, ich, Muumo, Hannes, alle Menschen und Tiere auf der Welt.«

Sie runzelte die Stirn. »Vielleicht sollten wir dann doch lieber gehen. Wir können die Blumen und Geschenke einfach abgeben und …«

»Oh nein, Häschen. Du liegst mir seit Tagen damit in den Ohren, dass du den kranken Kindern, die nicht mit ihren Familien Weihnachten feiern können, Geschenke vorbeibringen willst. Wir haben stundenlang dein Zimmer und den Keller ausgemistet. Jetzt ziehst du das auch durch.« Sein Tonfall machte klar, dass sein Tadel nicht ernst gemeint war. Wenn Eveliina wirklich Zweifel bekam, wäre er der Erste, der sie aus der Situation holte. Für eine Achtjährige hatte seine Tochter deutlich zu viel Zeit in einem Krankenhaus verbracht. Doch manchmal brauchte es einen kleinen Schubs, um über sich hinauszuwachsen. So genau wusste er nicht einmal, woher sie die Idee genommen hatte, aber seit dem Tag der Charity-Schlittenfahrt hatte sie immer wieder davon angefangen, dass auch sie etwas Gutes tun und kranken Menschen helfen wollte. Jetzt standen sie hier, beladen mit einem Strauß selbst gebastelter Winterblumen und einer großen Tüte voll alter Puzzles und Kuscheltiere. Während andere Achtjährige hauptsächlich darüber grübelten, was sie sich vom Weihnachtsmann wünschten, hatte Eveliina sich den Kopf darüber zerbrochen, wie sie andere beschenken konnte. Wenn das kein Grund für Vaterstolz war, wusste er es auch nicht.

Die Tür schwang automatisch auf. Eine Krankenpflegerin stand auf der anderen Seite. »Ja?« Ihr Blick huschte von ihm zu Eveliina und wieder zurück.

»Eljas Jalonen. Ich habe mit Laila vom Sozialdienst gesprochen. Eveliina und ich kommen, um ein paar Sachspenden abzugeben.« Er lüpfte die Tüte mit den Geschenken.

»Und Blumen!«, ergänzte Eveliina.

»Auf die freuen wir uns ganz besonders.« Eveliinas kindliche Freundlichkeit ließ jede Vorsicht von der Miene der Pflegerin verschwinden. Sie hielt die Tür weiter auf. »Dann mal hereinspaziert. Ihr kommt genau zur richtigen Zeit. Fast alle, die aufstehen können, sind gerade im Spielzimmer.« Vertraulich lehnte sie sich zu Eveliina hinunter und flüsterte ihr laut genug zu, damit es auch Eljas hören konnte: »Wir basteln Geschenke für die Mamas und Papas. Wenn du willst, kannst du auch mitmachen, während dein Papa eure Spenden ins Stationszimmer bringt. Den Blumen nach zu urteilen bist du eine richtig tolle Bastelfee.«

Eveliina runzelte die Stirn. »Die Geschenke sind aber für die Kinder, nicht für die Pflegerinnen und Pfleger.«

Ihre Begleiterin lachte. »Natürlich. Aber sie müssen erst desinfiziert werden, bevor jemand damit spielen darf.«

»Wegen der Bazillen?« Eveliina nickte, offenbar froh, dass alles seine Richtigkeit hatte.

»Ganz genau.« Die Pflegerin nahm ihre Hand. »Du bist ja schlau. Eljas?« Sie stockte in ihrem Schritt, wies mit dem Kinn zu einem halbrunden Glaskasten gegenüber der Stationstür, von dem sternförmig mehrere Flure abgingen. »Das ist der Stützpunkt. Sag Meeri, dass du die Spenden bringst. Wir sind so lange im Spielzimmer. Hier den Gang runter, die zweite Tür auf der linken Seite. Lausch einfach auf die Musik«, sie hob einen Zeigefinger in die Luft, »die weist dir im Zweifelsfall den Weg.«

Daher also das Gedudel. Er nickte. Was er von Weihnachtsballaden hielt, musste er nicht mit anderen teilen. Schließlich arbeitete nicht jeder im offiziellen Dorf des Weihnachtsmannes und wurde tagein, tagaus mit denselben schnulzigen Festtagsklassikern traktiert.

Die Spielsachen im Pflegestützpunkt abzugeben war eine Sache von wenigen Minuten. Dennoch ertappte er sich dabei, wie er hoffte, Eveliina hätte nicht zu viel Spaß beim Basteln. Die kurze Zeit, die sie bisher in der Klinik verbrachten, genügte ihm schon. Wie bei seinem letzten Besuch umhüllte ihn dieser Geruch, dieses fürchterliche Aroma, das es nur in Krankenhäusern gab. Seine Kehle wurde eng. Wenn er diesen Tag hinter sich gebracht hatte, verdiente er den Ausflug mit Charlotte und Eveliina morgen allemal. Über eine Woche war seit ihrem Kuss vergangen. Doch sie beide hatten viel zu tun, und es war beinah unmöglich, einen Tag zu finden, an dem sie alle drei mehrere Stunden am Stück freihatten. Morgen, sagte er sich. Er musste nur noch diesen Tag überstehen, und der morgige Ausflug wäre seine Belohnung.

Er machte sich auf den Weg zum Spielzimmer. Bei jedem Schritt wurde die Musik lauter. Kinderlachen drang durch die angelehnte Tür, dazwischen immer wieder die ruhige Stimme einer Frau.

Sein Herz machte einen Satz. Er schimpfte sich selbst einen Idioten. Freute er sich so sehr auf das Wiedersehen mit Charlotte, dass er sich nun schon einbildete, ihre Stimme zu hören?

Er schob die Tür weiter auf, und da war sie. Ins Gespräch mit Eveliina vertieft. Gemeinsam mit vier anderen Kindern fädelten sie Perlen auf dünne Fäden. Eines der Mädchen hatte einen kahlen Schädel, alle außer Eveliina waren durch einen dünnen Schlauch mit einem Infusionsständer verbunden. Ein kleiner Junge, vier, vielleicht fünf Jahre alt, saß neben Charlotte auf der Bank vor dem Basteltisch und hatte den Kopf auf dem Tisch auf die Unterarme gelegt. Tiefe violette Augenringe verrieten seine Erschöpfung, aber auf seinem Gesicht strahlte ein kleines Lächeln. Diesem Jungen hatte sich Eveliina angenommen. Jedes Mal, bevor sie eine neue Perle aus dem Gefäß nahm, besprach sie sich kurz mit ihrem neuen Freund. Der nickte dann, wisperte etwas oder deutete auf eine andere Farbe. Wenn Eveliina selbst nicht weiterwusste, weil das Muster zu kompliziert wurde, oder es ihr nicht gelang, den Faden durch die winzige Öffnung an den Perlen zu fädeln, half Charlotte. Wie Sommersprossen tanzten kleine Lichtpunkte auf ihrem Gesicht, Reflexionen der bunten Glasperlen. Seidig glatt und glänzend fiel ihr Haar in langen Strähnen über die Schultern. Wenn eines der Kinder etwas von ihr wissen wollte, antwortete sie ernst und geduldig. Sie sprach mit ihnen nicht wie zu dummen Dreikäsehochs, sondern so, wie sie auch zu Erwachsenen gesprochen hätte. Das spiegelte sich auch in der Art, wie die

Kinder auf sie reagierten. Sie waren freudig bei der Sache, aber dennoch konzentriert. Eine ganze Reihe fertiger Bastelstücke lag bereits auf einer Kommode seitlich an der Wand bereit. Perlenanhänger in Form von Weihnachtsbäumen, Schneemännern, brennenden Kerzen oder Schneekristallen. An jedem Anhänger war ein Zettelchen mit dem Namen des Bastelkindes angebracht, damit auch jede oder jeder die eigenen Kunstwerke mit nach Hause nehmen konnte. Den ganzen Raum füllte eine Atmosphäre zufriedener Konzentration. Es war genau die Art von Spiel, die den kranken Kindern entgegenkam, erkannte Eljas. Es überforderte nicht ihre Kräfte, schenkte ihnen aber ein schnelles Erfolgserlebnis.

Tagelang hatten er und Charlotte überlegt, wie sie das Kennenlernen mit Eveliina am klügsten initiieren sollten. Eljas fürchtete nach wie vor, dass Eveliina sich zurückgestellt oder verunsichert fühlen könnte. Natürlich, sie hatte ihm geholfen, Charlotte nach dem missglückten Ende ihres ersten Dates zurückzugewinnen, aber einen Gedanken theoretisch aufregend zu finden und die gelebte Wirklichkeit vor Augen zu haben konnten zwei vollkommen unterschiedliche Dinge sein. Schlussendlich hatten sie sich auf einen gemeinsamen Ausflug geeinigt. Gemeinsame Erfahrungen schaffen, Spaß haben, das hatte sich angehört wie ein guter Plan für das erste Beschnüffeln. Doch jetzt war das Schicksal ihnen dazwischengekommen und hatte seine eigenen Fäden gesponnen. Warum hatte er nicht bedacht, dass genau das passieren könnte, wenn er heute mit Eveliina hierherkam? Er wusste doch, dass Charlotte im Krankenhaus aushalf. Vielleicht hatte aber ja auch sein Unterbewusstsein ihm einen Streich gespielt und sie absichtlich hierhergeführt. Denn so gut ihr Plan gewesen sein mag, so wohlüberlegt und ausgeklügelt, das hier war so viel besser.

Er schob die Tür weiter auf, trat gänzlich in den Raum. Erst jetzt bemerkten ihn die anderen.

»Isä!« Eveliina sprang so eilig auf, dass einige Perlen aus der Schale flogen, über den Tisch rollten und sich in einem bunten Regen auf dem Fußboden verteilten.

»Uhhh, lass mich helfen.« Auch Charlotte stand auf. »Die müssen wir zusammenfe…« Sie erstarrte mitten im Satz, mitten in der Bewegung. »Du … Was machst du denn hier?« Ein kleines Zittern in ihrer Stimme verriet, dass sie die Antwort bereits ahnte.

»Das ist mein Vater.« Eveliina sprang ein, ehe er antworten konnte. »Ich hab dir doch gesagt, er kommt gleich, wenn er unsere Geschenke abgegeben hat. Isä, komm, du kannst uns auch beim Basteln helfen. Charlotte kann noch besser basteln als Mummo. Wenn sie nicht im Krankenhaus hilft, ist sie eine von Santas Elfen.« Vor lauter Begeisterung stolperte Eveliinas Zunge über den fremd klingenden Namen.

»Ich weiß.« Bleib ruhig, beschwor er sich. Je selbstverständlicher diese Situation für dich ist, desto selbstverständlicher wird sie für Eveliina sein. »Ich kenne Charlotte und habe dir schon von ihr erzählt. Erinnerst du dich? Wir haben zusammen für sie Papierblumen gemacht.«

»Das ist … Du bist …« Staunend formte Eveliinas Mund ein O. »Wusstest du, dass wir kommen? Ich dachte, wir machen morgen einen Ausflug.«

»Ich muss Handfeger und Kehrblech holen. Damit ich

die Perlen auffegen kann« Charlotte schob sich an ihm und Eveliina vorbei, eilte aus dem Spielzimmer, als wäre sie auf der Flucht. Was tat sie da? Sicher, statt eines minutiös geplanten Kennenlernens trafen sie nun in einer spontanen Begegnung aufeinander. Ausgerechnet an dem Ort, den Eljas mehr als jeden anderen auf der Welt hasste. Aber hieß es nicht, Leben passierte dort, wo Pläne aufhörten? Dies war der Beweis, dass in so manchem Sprichwort eine Portion Wahrheit steckte.

»Isä, hilf mir.« Eveliina war auf die Knie gefallen, um mit den Händen die Perlen schon mal zu einem groben Haufen zusammenzuschieben. Die anderen Kinder beachtete sie kaum. Der Junge am Tisch war eingeschlafen, zwei Mädchen waren so vertieft in ihre Bastelarbeit, dass sie die Welt um sich herum vergessen zu haben schienen.

Charlotte kam mit Kehrblech und Feger zurück. Ihre Finger berührten sich, als Eljas ihr mit einer Geste anbot, die Utensilien abzunehmen, um unter der Bank zu kehren.

»Es ist okay«, flüsterte er ihr zu, leise genug, damit nur sie ihn hörte. »Lass uns gemeinsam einen Kaffee trinken gehen, wenn du hier fertig bist. Nur Eveliina, du und ich.«

Sie schüttelte den Kopf. Noch immer spiegelten ihre Augen Schock. »Ich kann nicht. Ich muss … Ich habe heute Abend noch einmal Schicht. Ich muss …« Sie verhaspelte sich.

»In Ordnung.« Er stoppte seine Bemühungen, reichte ihr das Kehrblech mit den Perlen darauf. Die ganze Situation war vollkommen absurd. Da hockten sie, zwei erwachsene Menschen, unter einem Basteltisch, kehrten Perlen zusammen und wisperten eine Unterhaltung, als wären sie zwei

Kinder und hätten Angst, von den Großen belauscht zu werden. »Dann sehen wir uns morgen, ja? Wie abgemacht.«

Sie hob ihren Blick, ihre Augen dunkel und feucht. Zweimal öffnete sie den Mund, als wollte sie etwas sagen, schloss ihn dann jedoch unverrichteter Dinge. Schließlich lächelte sie. Ein schüchternes, zitterndes Lächeln. »Morgen«, bestätigte sie.

Über ihnen, in der Außenwelt, wurde eine Tür geöffnet. Jemand klatschte in die Hände. »Ihr Lieben, es ist Zeit für die Nachmittagsvisite. Das heißt zusammenräumen und Schluss machen.« Es war die Stimme der Krankenschwester, die auch seine Spenden entgegengenommen hatte.

»Isä, Charlotte, habt ihr gehört? Ihr müsst da rauskommen. Genug gespielt.« Offensichtlich glaubte seine Tochter, sie bräuchten eine Souffleuse.

Er grinste Charlotte an. »Besser, wir zeigen uns wieder. Sonst kriegen wir noch Ärger.«

Sie grinste zurück, genauso süß und verspielt, wie er sie vor seinem inneren Auge sah, wenn er an sie dachte, und doch stimme etwas nicht. Da war eine Distanz, die vorher nicht dagewesen war. Als hätte sie eine unsichtbare Tür verschlossen und ihn damit ausgesperrt.

Charlotte stürmte in ihr Häuschen. Alles in ihr zitterte, bebte. Das Blut rauschte so laut in ihren Ohren, dass sie meinte, ihr Kopf müsste zerspringen. Sie nahm sich nicht einmal die Zeit, die Schuhe im Windfang auszuziehen, stürzte ins Schlafzimmer, wo unter der Nachttischlampe noch immer die Briefe lagen. Sie hätte sie längst ins Weihnachtsmannpostamt bringen müssen. Vor Wochen schon! Aber aus irgendeinem Grund hatte sie sich nicht trennen können. Das hatte sie davon.

Sie brauchte drei Anläufe, bis es ihr gelang, den Umschlag zu öffnen, so sehr zitterten ihre Finger. Vorsichtig zog sie die Blätter des Briefes aus dem Kuvert, begann sie auseinanderzufalten, ließ sie los.

Schwebend segelten sie auf ihr Bett. Nein, nein, nein! Es wäre nicht richtig, die Worte noch einmal zu lesen. Es würde sich anfühlen, als würde sie bewusst mit einem Messer in einer ohnehin schon schwelenden Wunde herumstochern. Sie kannte die Zeilen des Briefes auswendig, so oft hatte sie sie mittlerweile gelesen. Jedes einzelne Wort eine Mahnung an sich selbst, nicht aufzugeben. An sich selbst zu glauben, an die Liebe und daran, dass das Leben weiterging, immer weiter und weiter, selbst dann, wenn einem der Boden unter den Füßen weggerissen wurde. Sosehr sie der Brief auch berührt hatte, bisher hatte er keine Geschichte gehabt. Ein Teil von ihr hatte glauben können, das Mädchen, das ihr ihn an ihrem ersten Arbeitstag im Weihnachtsmanndorf in die Hand gedrückt hatte, sei ein wahrhaftiger Engel gewesen, vom Nordstern auf den Weg geschickt, um Charlotte Mut zu machen.

Jetzt hatte ihr Engel einen Namen: Eveliina. Und sie war Eljas' Tochter. E, wie sich der Verfasser des Briefes genannt hatte, war niemand anderer als der Mann, der ihr Herz zum Rasen brachte, der dafür sorgte, dass so viel Leben durch ihre Adern rann wie schon seit Jahren nicht mehr.

Mechanisch sammelte sie die Blätter wieder ein, faltete sie vorsichtig und schob sie zurück in den Umschlag. Sie ging ins Wohnzimmer, legte den Brief auf den Tisch, zog einen Stuhl zurück und ließ sich darauf fallen. Die Ellenbogen auf der Tischplatte, stützte sie den Kopf in die Handflächen. Da der Brief keinen Absender hatte, würde er ohnehin nicht weitergeleitet werden. Es machte keinen Unterschied, ob er offiziell entsorgt werden würde oder hier bei ihr blieb. Die Gelegenheit, das Richtige zu tun, hatte sie verpasst, jetzt musste sie mit den Konsequenzen leben. Dem schlechten Gewissen, den Vorwürfen, die sie sich machte. Weil sie Dinge über Eljas wusste, die sie nicht wissen sollte. Der Brief vor ihr auf der Tischplatte war nicht nur ein Abschied an die Frau, die die Liebe seines Lebens hätte sein sollen, sondern auch ein Ausdruck seiner Einsamkeit und der Wunsch nach neuer Hoffnung. In diesem Brief hatte er sich seine Verunsicherung von der Seele geschrieben, gegenüber Frauen, die ihn entweder nur als Naturburschenfantasie oder als Wohltätigkeitsprojekt sahen. Wie würde er sich fühlen, wenn er wüsste, dass sie diese intimen Geheimnisse kannte? Ehrlichkeit war wichtig, wenn sich zwei Menschen ineinander verliebten, ja, und doch sollte es auch Dinge geben, die einem ganz allein gehörten. Von denen man selbst entscheiden durfte, wem man sie anvertraute, wann und unter welchen Umständen.

Sie hob den Kopf von den Händen und nahm den Brief erneut in der Hand. Die Wahrheiten, die er enthielt, wogen tausend Tonnen. Die Schublade des klapprigen Tisches klemmte. Charlotte zog und zog, bis sie nachgab. Gemessen an dem Staub im Inneren hatte nicht nur sie die Lade noch nie aufgezogen, sondern auch ihre Vormieter nicht. Provisorisch wischte sie mit dem Jackenärmel den schlimmsten

Dreck weg, legte den Brief in die sonst leere Schublade und schob sie anschließend wieder zu. Begraben und vergessen. Wenn es doch nur so einfach wäre.

So, wie sie die Dinge einschätzte, hatte sie jetzt genau zwei Möglichkeiten. Möglichkeit eins: den Schwanz einziehen und sang- und klanglos aus Eljas Leben verschwinden. Irgendeine Ausrede würde ihr schon einfallen, und er müsste niemals erfahren, dass sie unabsichtlich in seiner Vergangenheit geschnüffelt hatte. Solange sie in Finnland war, würde sie sich zwar immer fragen, was zwischen ihnen möglich gewesen wäre, aber wie groß war denn die Wahrscheinlichkeit, dass das mit ihnen wirklich funktionieren konnte? Schon ohne weitere Komplikationen zwischen ihnen war es ihm schwergefallen, den Gedanken zuzulassen, eine andere Frau in sein und Eveliinas Leben zu lassen. Und sie? Sie war unerfahren, was Männer anging, hatte keinen richtigen Job, keine echte Perspektive im Leben und ein gebrochenes Herz, sie wusste nicht einmal, wie lange sie nach der Weihnachtssaison überhaupt in Lappland bleiben würde. Lieber ein Ende mit Schrecken als ein Schrecken ohne Ende, das sagte man doch immer, und eine nörgelnde Stimme in ihrem Hinterkopf maulte, dass sie so, wie sie die Dinge ohnehin immer versaute, auch aufgeben konnte, ehe sie Eljas noch mehr verletzte.

Die zweite Möglichkeit war, ihren Mut zusammenzunehmen und Eljas reinen Wein einzuschenken. Wenn sie sich bemühte, würde er vielleicht verstehen, dass alles nur ein Versehen war. Ein Zufall dürfte keinesfalls enthüllen, was sie über Eljas wusste, und wenn sie wirklich eine Chance mit ihm haben wollte, durfte sie ihn nicht weiter im Unklaren lassen.

Sie horchte in sich hinein, wieder und wieder stellte sie sich die beiden Szenarien vor. Ihr getretenes, geschundenes Selbstbewusstsein gaukelte ihr immer wieder vor, wie dumm und naiv sie war, zu glauben, dass irgendwann einmal etwas für sie gut ausgehen würde. Noch einmal zu erleben, wie ein Mann, von dem sie geglaubt hatte, dass er sie achtete, ja womöglich sogar mochte, sie mit einem Mal ansah, als sei sie verabscheuungswürdig, könnte sie nicht ertragen. Da schien Flucht die deutlich sicherere Alternative.

Doch da war auch dieser andere Teil in ihr. Der, der begriffen hatte, wie systematisch Henning sie manipuliert und erniedrigt hatte. Dieser Teil in ihr wollte fliegen. Er wollte die Flügel ausbreiten und sich in den freien Fall stürzen und hoffen, dass es gut ausging. Er wollte vertrauen und sich anschließend auf die Schulter klopfen und sagen können: Das hast du gut gemacht. Dieser Teil von ihr wusste, dass es in Wahrheit nur eine Möglichkeit gab. Nur eine einzige, und sie musste nur den richtigen Augenblick abpassen, um Eljas zu gestehen, wann und unter welchen Umständen sie Eveliina zum ersten Mal gesehen hatte.

Vielleicht war ein Ausflug nach Kemi dafür ja der richtige Moment. Und vielleicht, ganz vielleicht, würde ihr sogar noch eine dritte Alternative einfallen. Eine, bei der sie ihre Integrität behalten konnte, aber Eljas nicht bloßstellen musste. Es wäre zu schön, um wahr zu sein.

10

Charlotte erwartete sie auf dem Parkplatz des Weihnachtsmanndorfs. Erst als er tief ausatmete, bemerkte er, dass er die Luft angehalten hatte. Hatte er tatsächlich damit gerechnet, dass sie ihn und Eveliina versetzte? Offenbar. Dabei hatte er sich gestern Abend nach ihrem seltsamen Zusammentreffen in der Klinik noch einmal per Textnachricht versichert, dass ihre Verabredung stand. Was wäre Charlotte für eine Frau, nicht nur ihn, sondern auch Eveliina auflaufen zu lassen? Mit Sicherheit keine, die ihm seit Wochen nicht aus dem Kopf ging, eine, die er wirklich kennenlernen wollte, obwohl dieser Wunsch zu gleichen Teilen wehtat und beseelte.

Er drosselte das Tempo. Im Rückspiegel sah er, wie Eveliina sich im Kindersitz auf der Rückbank reckte. »Siehst du sie schon? Hast du ihr gesagt, dass sie Schneesachen mitnehmen muss? War sie schon mal in Kemi? Meinst du, sie spielt mit mir auf der Fahrt *Ich sehe was, was du nicht siehst*? Oder hört sie lieber Musik? Welche Art von Musik mag sie, meinst du?«

»Das sind ziemlich viele Fragen und die meisten kann dir nur Charlotte beantworten.« Obwohl es noch früher Vormittag war, drängten sich jede Menge Autos auf dem Parkplatz. Zwischen dem ganzen Blech und den dick eingemummelten Touristen wäre es gar nicht so leicht, Charlotte … Da! Etwas abseits stand sie direkt neben der Einfahrt, zu ihren Füßen ein dicker Rucksack. Sie trug enge Thermoleggings und einen flauschigen Strickpullover. In der Hand hielt sie eine kleine Tüte mit dem Logo des Weihnachtsmanndorfs.

Er brachte den Wagen zum Halten, schaltete den Motor aus, löste den Sicherheitsgurt und stieg aus.

Eveliina rief ihm etwas nach, doch er hörte es nicht mehr. Bei Charlotte angekommen blieb er stehen. Sie sah ihn an, ein wenig unsicher, aber sehr niedlich. Sein Herz setzte für einen Schlag aus, ganz von allein verzogen sich seine Mundwinkel zu einem breiten Lächeln.

So gerne hätte er sie in den Arm genommen und richtig begrüßt. Vor all ihren Kollegen, vor Santa und der Mrs. Santa und Gott und der Welt, damit auch ja alle sahen, auf wen diese Frau wartete, doch er riss sich zusammen. Das hier war nicht der richtige Moment, Eveliina wartete im Wagen, und er spürte ihre Neugier förmlich auf sich.

»Hey«, sagte er stattdessen. Seine Hand nach ihrer auszustrecken und sie wenigstens kurz zu berühren, konnte er sich nicht verkneifen.

»Hey«, antwortete sie.

»Darf ich deinen Rucksack …«

»Ich habe Eveliina eine Kleinigkeit …«

Gleichzeitig begannen sie zu sprechen, gleichzeitig stoppten sich. Charlotte lachte, er schüttelte den Kopf und rieb sich den Bart.

»Ich verstaue deinen Rucksack im Kofferraum«, erklärte er schließlich. »Setz du dich doch schon mal in den Wagen. Drinnen ist es wärmer.«

»Die Schneesachen sind im Rucksack. Ich dachte, auf der Autofahrt wird mir sonst zu warm und …« Sie biss sich auf die Unterlippe, ließ den Satz im Nichts verlaufen, dann straffte sie ihre Schultern und marschierte auf die Beifahrertür zu.

Er atmete einmal tief durch, nahm ihren Rucksack und öffnete den Kofferraum.

»Man nennt es String Art«, erklärte Charlotte gerade Eveliina ihr Geschenk. Sie lehnte sich zwischen den beiden Vordersitzen nach hinten. Von Eveliina sah er nur den Hinterkopf. »Man kann damit auf dunklem Karton mit Stecknadeln, bunten Drähten und Garnen Bilder gestalten. In der Klinik hattest du so viel Spaß beim Basteln, da dachte ich mir, vielleicht können wir es einmal zusammen probieren.«

»Wow! Ist das schon ein Geburtstagsgeschenk?«

»Hast du etwa heute Geburtstag?«

»Nicht heute. Aber bald. Ich bin am vierundzwanzigsten geboren. Du musst unbedingt zu meiner Feier kommen!« Und dann, als hätte sie ein Floh gepiekt, sprang Eveliina von ihrem Sitz auf, drehte sich nach hinten, wo er gerade stand, und hielt ihr die Schachtel mit dem Bastelset entgegen. »Schau mal, das hat Charlotte mir geschenkt. Können wir das machen? Jetzt sofort? Ich will das gerne mit Charlotte machen. Und ich habe sie zu meiner Geburtstagsfeier eingeladen. Das ist doch in Ordnung, oder? Ich will, dass Charlotte dieses Jahr mit uns meinen Geburtstag feiert.«

»Das Basteln muss warten, okay?« Er verbiss sich ein Grinsen. »Jetzt haben wir erst mal was anderes vor. Aber das mit deiner Geburtstagsfeier lässt sich sicher einrichten.«

»Okay.« Eveliina ließ sich zurück auf ihren Sitz fallen. Er schloss den Kofferraum. Der Knall, mit dem der Kofferraumdeckel ins Schloss fiel, übertönte das Krachen des Steins, der ihm soeben vom Herzen fiel. Die erste Hürde schien geschafft. Besser hätte das Aufeinandertreffen von Charlotte und Eveliina gar nicht laufen können. Jetzt konnte auch er endlich damit beginnen, diesen Tag zu genießen.

Die Fahrt von Rovaniemi nach Kemi dauerte etwas über eineinhalb Stunden und verlief ohne Aufregung. Charlotte und Eveliina plapperten die ganze Zeit vor sich hin. Eveliina erzählte von der Schule und ihren Freundinnen, von ihrer Mummo und ihrem Opa und dass er ihr im Garten ein Baumhaus wiederhergerichtet hatte, in dem schon Eljas als Kind gespielt hatte.

»Ich hatte auch einen Opa, den ich ganz besonders lieb gehabt habe«, berichtete Charlotte. »Seine Frau – meine Oma – kam aus Finnland, und die beiden haben mir immer ganz viel von Omas Heimat erzählt. Deshalb wollte ich schon immer unbedingt einmal hierher. Mein Opa war Hobby-Astronom, er hat mit mir immer die Sterne angeschaut.«

»Einfach so?« Eveliina wirkte wenig beeindruckt.

Charlotte lachte. »Nicht einfach so, mit einem Teleskop! Da kann man die Sterne und den Mond ganz von Nahem sehen. Schau mal«, sie schob den Ärmel ihres Pullovers ein Stückchen nach oben und hielt die Innenseite ihres entblößten Handgelenks zwischen den Vordersitzen so nach hinten, dass Eveliina es sehen konnte. »Ich habe mir sogar ein Sternentattoo stechen lassen. Als Erinnerung an meinen Opa und an die vielen klugen Worte, die er mir gesagt hat.«

»Was hat er denn gesagt?«

»Hmmm, na zum Beispiel, dass, falls ich mal meinen Weg verliere, ich einfach dem Nordstern folgen soll. Er führt mich immer ans Ziel.«

»Und hast du das schon mal ausprobiert?«

Charlotte senkte den Kopf, und als sie ihn wieder hob, sah sie Eljas an und nicht mehr seine Tochter. »Ja, einmal.«

»Hat es denn funktioniert? Hat dich der Stern ans Ziel geführt.«

»Ich weiß es noch nicht, aber ich denke …«, sie unterbrach sich, befeuchtete die Lippen mit der Zunge. »Ich denke: vielleicht schon.«

Schon wieder stolperte sein Herz. Im selben Moment brach ein Elch aus dem Unterholz und schlug sich auf die Straße. Der Schock brach den Bann, den Charlotte mit ihrer Geschichte über ihn gelegt hatte. Er stieg auf die Bremse, das Auto schlingerte ein wenig, fing sich aber wieder. Der Elch widmete ihnen und dem Drama, das er beinah verursacht hätte, nicht einmal einen Seitenblick. In majestätisch langsamem Tempo trottete er an ihnen vorbei über die Straße, ehe er zurück im Wald verschwand.

»Das darf doch nicht wahr sein!« Charlotte staunte dem Tier mit offenem Mund hinterher. »Passiert so etwas öfter hier? Der war ja riesig! Solche Tiere sieht man bei uns nur im Zoo!«

Eljas machte eine gleichgültige Geste mit den Schultern. »Mehr als zwei Drittel von Finnland sind mit Bäumen bedeckt. Das ist der höchste Waldanteil in Europa. Da bleiben Wildbegegnungen nicht aus.«

»Du meinst, es gibt mehr Bäume als Autos?«

»Worauf du wetten kannst. Staus gibt es hier so gut wie nie. Höchstens ab und zu im Sommer, wenn das halbe Land sich auf den Weg zu den Sommerhäuschen macht. Darin sind wir Finnen nämlich auch Rekordhalter. In keinem anderen Land der Welt existieren so viele Zweitwohnsitze. Klar, im Santa Claus Village ist der Winter die Hauptsaison, aber auch im Sommer verdoppelt sich die Einwohnerzahl in der Gegend hier. Dann sind es mehr Einheimische als Touristen aus anderen Ländern, die der Weißen Nächte wegen ganz in den Norden kommen.«

»Die kommen hierher und gehen auf Plumpsklos, weil sie das lustig finden.« Im Rückspiegel sah er, wie Eveliina die Nase rümpfte. »Dabei sind die so eklig. In den meisten wohnen Spinnen und Fliegen und Käfer. Also, ich gehe viel lieber im Haus aufs Klo. Im Sommer und im Winter.«

»Da bin ich ganz bei dir!«, pflichtete Charlotte Eveliina bei. Nur Eljas war nicht ganz so abgeneigt. Er würde für den Rest seines Lebens freiwillig auf ein Plumpsklo gehen, wenn er Eveliina dafür jeden Tag so begeistert erleben dürfte.

Ihr Glück steigerte sich noch, als sie Kemi erreichten. Schon von Weitem konnten sie die Zinnen der riesigen Schneeburg erkennen. Kaum zu glauben, dass dieses Schloss jedes Jahr von Neuem errichtet wurde. Reinweiß und glänzend reflektierten die Mauern das Sonnenlicht, die Wände so hoch wie bei einer echten Burg.

Auf dem Parkplatz zogen sie ihre Schneeanzüge über die normalen Klamotten, und schon konnte es losgehen. Wegweiser deuteten zur Schneekapelle, dem Skulpturengarten, dem Eishotel und der Riesenrutsche. Eveliina hätte sich am liebsten alles gleichzeitig angeschaut. Sie griff nach seiner Hand, zerrte ihn weiter. Lachend folgte Charlotte ihnen. In der Kapelle, die mit ihrer hohen Decke, dem kunstvoll aus glitzerndem Eis geschnitzten Altar und Deckengewölbe, den angedeuteten Spitzbogenfenstern und den zahlreichen Bankreihen aus gestampftem Schnee eher den Namen Kathedrale verdient hätte, zündeten sie eine Kerze für Lennja an. Für die Dauer eines Herzschlags tanzte die Flamme, dann beruhigte sie sich, erhellte den Raum aus Eis mit warmgoldenem Licht. Eveliina drückte sich an ihn. Sie legte den Kopf an seine Seite, schob ihre Hand in seine, während Charlotte sich im Hintergrund hielt. Instinktiv schien sie zu begreifen, dass das ein Moment war, den er allein mit Eveliina brauchte.

Gemeinsam blickten sie in die Flamme, jeder für sich sprach im Stillen ein paar Worte zu der Frau, die sie wohl beide für immer vermissen würden.

Schließlich war es Eveliina, die das Schweigen beendete. Sie ließ seine Hand los, brachte ein wenig Abstand zwischen ihn und sich und rieb sich die Hände.

»Und jetzt gehen wir zur Rutsche!«

Wer glaubte, mit acht Jahren sei Eveliina die älteste Benutzerin der Eisrutsche, täuschte sich gewaltig. Nicht nur

Kinder, auch jede Menge Jugendliche und Erwachsene hatten ihre helle Freude an dem Gebilde. Zwei Mal erklomm Eveliina die Stufen zur obersten Plattform allein, dann nahm sie Eljas an der einen und Charlotte an der anderen Hand und zog sie beide mit sich. In dicken Stiefeln und mehreren Schichten Funktionskleidung gerieten sie ganz schön außer Atem beim Aufstieg, aber dann waren sie oben und Eveliina bestand darauf, dass sie eine Raupe bildeten. Sie vorne zwischen den gespreizten Beinen von Charlotte, die wiederum zwischen den gespreizten Beinen von Eljas saß, und weil es so ein verrückter Tag war und er jede Sekunde genießen wollte, ließ er sich nicht lange bitten und machte den Spaß mit. Sie sausten die Rutsche hinab, immer schneller und schneller. Eveliina juchzte, Charlotte juchzte, und dann juchzte auch er. Unten angekommen, gelang es ihnen nicht schnell genug, ihre verschränkten Körper voneinander zu lösen. Sie landeten in einem Knäuel aus Armen und Beinen, Bäuchen und Köpfen auf dem Boden. Ein Ellenbogen bohrte sich schmerzhaft in seinen Bauch, sein Kinn stieß gegen etwas Hartes, und einen Moment lang hielt er die beiden anderen ganz fest im Arm, und es war wundervoll. Als sie wieder aufstanden, ließ Eveliina weder seine noch Charlottes Hand los. Zu dritt schlenderten sie weiter. Gemeinsam, als eine Einheit.

Nach dem Abenteuer auf der Rutsche knurrte ihnen allen der Magen. Im Eisrestaurant aßen sie dampfenden Quietschekäse mit Moltebeerenmarmelade aus Alufolienpäckchen und tranken heißen Kaffee, ehe sie die nächsten Stunden damit verbrachten, weiter das Gelände zu erkunden. Die unterschiedlichen Räume, die lebensechten Skulpturen, die so kunstvoll gearbeitet waren, dass man meinen konnte, sie würden jeden Augenblick zum Leben erwachen. Eveliina erfand Geschichten zu den Figuren, ersann das Märchen einer bösen Hexe, die das Schloss und alle, die darin lebten, zu Eis hatte erstarren lassen. Nur der Kuss zweier Liebender besäße die Magie, die Drachen und Prinzessinnen, die Ritter mit ihren Schwertern, die Blumen und Bäume und Bären und Greife und Kobolde wieder zum Leben zu erwecken, die zu einem ewigen Leben in Kälte und Starre verbannt worden waren.

»Versucht es!«, forderte sie sie auf. »Dort, unter dem Mistelzweig bei dem Torbogen.« Der Mistelzweig, ebenso wie das Tor, zu dem der Bogen gehörte, und die Mauer, durch die er führte, waren aus Eis. Mitten im Bogen, wo sie von allen Seiten von poliertem Eis umgeben waren, blieb Eveliina stehen. Sie führte ihre Hände zusammen, legte Charlottes Hand in seine, dann trat sie selbst aus dem Torbogen und ließ ihn und Charlotte allein. »Küsst euch! Vielleicht klappt es ja.«

»Wir müssen nicht«, sagte Charlotte, während er sagte:

»Warum nicht?« Und dann lachten sie, und er meinte:

»Wir müssen damit aufhören. Einer nach dem anderen, okay?« Und obwohl er wirklich vorgehabt hatte, sich anzuhören, was sie zu sagen hatte, und obwohl er sich bewusst war, dass er mit diesem Kuss womöglich Hoffnungen in Eveliina weckte, die nur zu Enttäuschungen führen würden, nahm er seinen Mut zusammen und machte genau das, was sein Herz von ihm verlangte: Er küsste Charlotte.

Das hier war kein Märchen. Die Eisfiguren erwachten nicht zum Leben. Es gab keinen Fluch, den es zu brechen galt, die Verbindung, die Charlotte zu Eljas hingezogen hatte, noch ehe sie ihn gekannt hatte, hatte nichts Magisches. Trotzdem gab etwas in Charlotte nach, schmolz und füllte sich mit Wärme. Er küsste sie. Vor Eveliina. Vor den anderen Besuchern, vor der ganzen Welt. Sie schlug blinzelnd die Augen auf. Die Dämmerung hatte eingesetzt, die vom Eis reflektierten Lichter der Schneeburg waren ein Lichtermeer, heller als jeder Sternenhimmel. Dennoch suchte ihr Blick nach dem einen Stern am Firmament, der ihr so viel mehr bedeutete als alle anderen, und sie fand ihn. Dort, weit oben, aus der Unendlichkeit des Universums, lächelte ihr alter Freund auf sie herab. Wie ihr Opa ihr einst gesagt hatte, war sie seinem Licht gefolgt, und das war der Ort, an den er sie geführt hatte.

Eveliinas Klatschen holte sie zurück ins Hier und Jetzt. Lachend lösten Eljas und sie sich aus dem Kuss.

Grinsend sah Eljas sich um. »Hat nicht funktioniert. Es ist immer noch alles aus Eis und Schnee.«

»Macht nichts.« Wenn Eveliina grinste, war sie ganz ihr Vater. Sicher, in ihr schlummerte bestimmt ebenso viel von Lennja, und hinzu kam das, was ganz Eveliina war, was nur diesem aufgeweckten, freundlichen, lustigen, klugen Mädchen entstammte, das Charlotte schon nach eineinhalb gemeinsamen Tagen ins Herz geschlossen hatte. Aber das Lachen, die Art, wie sie die Lippen verzog, den rechten Mundwinkel ein wenig mehr als den linken, hatte sie eindeutig von Eljas.

»Dann müsst ihr eben ganz viel üben! War vielleicht einfach zu viel verlangt, dass ihr es schon beim ersten Mal richtig hinkriegt.«

Spielerisch drohte Eljas ihr mit dem Finger. »Willst du mich etwa überreden, dass wir nächstes Jahr wieder hierherkommen?«

»Auf jeden Fall! Von jetzt an kommen Charlotte, du und ich jedes Jahr hierher.«

War Eveliina überhaupt klar, was sie da von sich gab? Charlotte hielt die Luft an, aus Angst vor Eljas' Reaktion. Ob absichtlich oder nicht, Eveliina war übers Ziel hinausgeschossen. Weit, weit übers Ziel, und Charlotte war sich sicher, gleich würde Eljas einen Rückzieher machen. Doch das tat er nicht. Er griff Charlottes Hand nur fester, nahm mit der anderen die von seiner Tochter und sagte:

»Das wäre sehr schön.«

Jetzt war sie dran, das wusste sie. Aber wie sollte sie etwas sagen, ein solches Versprechen geben, wenn sie immer noch keine Gelegenheit gefunden hatte, um Eljas von dem Brief zu erzählen? Also tat sie so, als hätte sie die Situation missverstanden, deutete auf einen Kioskstand, an dem heiße Maroni verkauft wurden, und fragte: »Wer hat Lust auf Esskastanien? Ich gebe eine Runde aus.«

Sobald wir das nächste Mal allein sind, rede ich mit ihm. Es wäre nicht richtig, Eveliina in diese Sache mit hineinzuziehen.

Auch bei der Rückfahrt nahm sie sich vor, mit Eljas zu sprechen. Nach kaum zehn Kilometern verriet der gleichmäßige Atem des Mädchens, dass es eingeschlafen war. Aber war das wirklich der richtige Moment? Eljas saß hinter dem Steuer. Er musste sich aufs Fahren konzentrieren. Was sollte sie tun, wenn es nach ihrem Geständnis zu einem Streit kam und sie keine Möglichkeit hatte, ihm aus dem Weg zu gehen, weil er sie immer noch nach Hause fahren musste?

Nein. Das hier war nicht der richtige Augenblick.

Und auch als Eljas auf dem Parkplatz des Weihnachtsmanndorfs hielt, ihren Rucksack aus dem Kofferraum holte und ihr die Tür öffnete, war nicht der richtige Moment.

»Ich würde dich fragen, ob du noch kurz mit zu mir kommen willst«, sagte sie leise, nur das monotone Surren des Motors im Leerlauf ihre Hintergrundmusik.

»Das geht leider nicht.« Das Bedauern auf seiner Miene schien echt. »Eveliina.«

»Ja, das habe ich mir gedacht …«

»Kommst du morgen zum Abendessen? Eveliina würde sich sicher freuen.«

»Nur Eveliina?«

»Nicht nur sie.«

»Ich fand es sehr schön heute. Ich …« Sie verstummte. Wie sollte sie in Worte fassen, was sie sagen wollte? *Ich mag dich so gerne. Ich habe das Gefühl, der Nordstern selbst hat mich zu dir geführt. Ich wäre so gern ein Teil von euch. Obwohl wir uns noch nicht lange kennen, ist es, als würdest du mich anders kennen, besser, als alle anderen Menschen auf der Welt.* Das alles wäre viel zu kitschig, zu sentimental. Wenn sie damit irgendwas erreichen würde, dann nur, ihn zu verschrecken.

»Ich fand es auch schön, Charlotte. Zeit mit dir zu verbringen, fühlt sich richtig an. Bitte komm morgen zum Abendessen. Lass uns das so lange auskosten, wie es nur geht.«

»Ist das nicht unfair Eveliina gegenüber? Was, wenn sie sich falsche Hoffnungen macht? Ich weiß nicht, wie lange ich hier in Lappland bleiben kann. Nach der Saison brauchen sie hier nicht mehr so viele Elfen. Vielleicht könnte ich einen anderen Aushilfsjob finden, aber …«

»Das ist nicht, was du willst.« Er formulierte es nicht als Frage, trotzdem nickte sie. »Und ich will nicht, dass du deine Träume noch einmal auf Eis legst. Nicht für Eveliina. Nicht für mich. Für niemanden. Das mit uns muss nicht wertlos sein, nur weil es kurz ist. Lennja hat einmal gesagt: Es kommt nicht darauf an, dem Leben mehr Tage zu geben, sondern den Tagen mehr Leben.«

»Sie muss eine wundervolle Frau gewesen sein.«

»Komm morgen zu uns«, bat er noch einmal, und diesmal widersprach sie ihm nicht.

11

»Ah, das ist heute genau das, was ich brauche!« Mit einem tiefen Seufzen ließ Karlīna sich mit dem Rücken gegen die hintere Holzwand fallen. Regeln gab es in dieser Sauna offenbar nicht viele. Niemand kümmerte sich um Schweiß auf dem Holz oder die angemessene Anzahl an Saunagängen. In Finnland machte beim Saunieren jeder genau das, womit er sich am wohlsten fühlte.

Nur eben nackt.

Charlotte folgte den anderen in die Schwitzhütte. Sie nahm neben Karlīna auf einer der mittleren Bänke Platz und schlug die Beine übereinander. Für alle anderen schien es absolut selbstverständlich, dass sie sich vollkommen hüllenlos zeigten. Wenn sie selbst nur auch ihre Befangenheit ablegen könnte.

Sie schloss die Augen und inhalierte tief die heißfeuchte Luft. Im Gegensatz zu Deutschland wurden hier keine Zusätze ins Wasser für den Aufguss getan. Es kam direkt aus dem See, an dessen Ufer die Saunahütten für die Mitarbeiter des Weihnachtsmanndorfes standen. Charlotte war sich nicht ganz sicher, aber es konnte durchaus derselbe See sein, an dem sie Eljas zum ersten Mal gesehen hatte. Nur eben auf der anderen Seite.

Das rhythmische Klatschen der Birkenzweigwedel, mit denen einige der Saunierenden die Durchblutung ihrer Haut anregten, gab ihr den Atemtakt vor. Fast die gesamte Elfenbande war komplett, den ganzen Tag über hatte es geschneit. Nicht die friedliche, kuschelige Art von Schnee, bei der ein paar vereinzelte, fedrige Flocken tanzend vom Himmel fielen, sondern das, was die Finnen *Pyrytää* nannten: Schnee mit Wind, Kälte und Frost. Mehr als vierzig Worte kannten die Lappen angeblich für Schnee, und nach dem heutigen Tag war Charlotte nicht scharf darauf, sie alle kennenzulernen. Sie war durchgefroren bis auf die Knochen.

Nach und nach fiel die Anspannung von ihr ab. Die Hitze umhüllte sie, stieg ihr zu Kopf. Immer wieder verließ jemand die Schwitzhütte, um ein paar Atemzüge an der frischen Luft zu nehmen, kam dann aber wieder zurück. Eine Sanduhr suchte man hier vergeblich. Man blieb, so lange man wollte, machte so oft und so lange Pause, wie es einem guttat, und ging, wenn es genügte. Je länger sie blieb, desto freier fühlte sie sich. Lachlan und Joost hatten sich jeder eine Flasche Bier mit in die Sauna genommen. Valentina blätterte in einem Frauenmagazin. Lilou und ihr Koch lachten und flirteten, was das Zeug hielt.

Wieder einmal goss jemand Wasser auf die heißen Steine im Ofen. Zischend stieg der Dampf auf, trieb die Temperatur in die Höhe, schien die Haut enger um den eigenen Körper zu schmelzen. Enger an das eigene Ich.

Tief seufzend öffnete Charlotte die Augen. Karlīna musterte sie eindringlich.

»Was ist los mit dir? Du denkst so laut, das ist irritierend. Komm schon, raus mit der Sprache. Was liegt dir auf dem Herzen?«

Sie presste die Lippen aufeinander, schüttelte den Kopf. Nicht, dass Karlīna mit ihrer Vermutung unrecht hatte. Aber wie sollte sie sich der jungen Frau, die im Lauf der letzten Wochen zu ihrer Freundin geworden war, anvertrauen, ohne Eljas' Geheimnis zu verraten? Indem sie den Inhalt seines Briefes kannte, hinterging sie ihn ohnehin schon. Zu versuchen, einen Verrat aus der Welt zu schaffen, indem sie einen zweiten hinzufügte, klang nicht nach einer besonders cleveren Idee.

»Ich kann nicht drüber reden. Es geht nicht nur um mich.«

»Dann umschreibe es einfach.« Charlotte hatte nicht gemerkt, dass Valentina ihr Magazin zur Seite gelegt hatte, um sich stattdessen von ihr und Karlīna unterhalten zu lassen.

Lachlan nahm einen Schluck von seinem Bier. »Außerdem ist das jetzt die perfekte Gelegenheit, um dir Rat zu holen. Joost und ich sind da. Ich nehme an, es ist ein Männerproblem? Was du dafür brauchst, ist eine Männermeinung.«

Karlīna schnaubte. »Ihr Jungs seid die schlimmsten Klatschweiber, die ich je kennengelernt habe.«

»Ich weiß nicht.« Charlottes Blick fiel auf Lilou und Aleksi. Kannte der Koch Eljas? Hatten sie gemeinsame Freunde oder Bekannte? Mit den anderen Saisonkräften hatte Eljas kaum je etwas zu tun, die kamen und gingen. Vor jemandem, der ihn besser kannte, der womöglich auch Lennja gekannt hatte, über das zu sprechen, was sie beschäftigte, würde dem Ganzen noch eine weitere Ebene Verrat hinzufügen.

Als hätte sie ihre Gedanken laut ausgesprochen, erhob sich Aleksi von der Bank. Lässig warf er sich sein Handtuch über die Schulter. »Mir reicht's«, verkündete er auf Englisch. »Lilou, kommst du mit zum Eispool?« Er streckte die Hand nach der kleinen Französin aus, und die nahm die Geste dankend an.

In der Tür drehte sich Aleksi noch einmal zu ihnen um und fragte: »Steht unser Plan, dass ich dich gleich mit dem Auto mitnehme?«

Charlotte nickte lächelnd. »Wenn das Angebot noch steht, dann gerne.« Aleksi besaß ein Auto und hatte angeboten, für sie Chauffeur zu spielen.

»Klar. Dann bis gleich«, meinte er und folgte Lilou ins Freie.

»Bis gleich«, antwortete sie.

Mit Lilou und ihrem Freund verließ die allerschlimmste Hitze die Schwitzhütte und wurde von einem Schwall kalter Luft ersetzt. Charlottes Gedanken klärten sich.

Genau den Schubs hatte sie gebraucht. Sie würde den Abend gemeinsam mit Eljas und Eveliina verbringen. Wenn sie bis dahin nicht endlich ihre Gedanken sortiert hätte, würde man ihr das sofort anmerken. Sie war noch nie gut darin gewesen, ein Geheimnis zu bewahren.

»Angenommen, ihr lernt jemanden kennen und vom ersten Moment an fühlt ihr so eine Art … Verbindung. Etwas, das tiefer geht, als ihr es je erlebt habt.«

»Was?« Joosts Stimme überschlug sich dramatisch. »Sagst du uns gerade, der Hottie vom Nordpol sieht nicht nur gut aus, sondern ist auch noch bestückt wie ein … Au! Wofür war das?« Anklagend funkelte er Karlīna an, die ihm nicht gerade sanft den Ellenbogen in die Seite gerammt hatte.

»Dafür, dass deine Fantasie mal wieder mit dir durchgegangen ist.« Dann, mit einem freundlichen Lächeln auf dem verschwitzten Gesicht, an Charlotte gerichtet: »Achte nicht auf den Penner. Samenstau killt Gehirnzellen, habe ich mal gelesen. Was wolltest du sagen?«

Nur gut, dass in diesem Umfeld niemand würde sagen können, woher die Röte auf Charlottes Wangen kam. »Würdet ihr so etwas riskieren, indem ihr … einen Fehler gesteht?« Nein, das war nicht richtig. Sie versuchte es noch einmal. »Ich meine: indem ihr dieser Person etwas sagt, von dem ihr genau wisst, dass es sie sehr treffen wird?«

»Hast du fremdgevögelt?« Obwohl es schon beim letzten Mal nicht gerade gut für ihn gelaufen war, platzte schon wieder Joost mit einer unpassenden Frage heraus. Diesmal ging ein kollektives Raunen durch die Sauna.

»Ignorier ihn einfach«, riet Valentina. »So was würde Charlotte nie machen. Stimmt's?«

Sie schüttelte den Kopf. »Nein, so etwas ist es auch nicht. Und selbst wenn, dann wäre die Situation eher so, dass das passiert wäre, bevor ich Eljas kennengelernt habe.« Alle wussten, über wen sie sprach, da konnte sie ihn auch beim Namen nennen.

»Warum sollte dir irgendwer was übel nehmen, das passiert ist, bevor ihr euch kennengelernt habt?« Nun schien Joost ehrlich verwirrt. Der Versuch, die Jungs in dieses

Gespräch zu involvieren, ging ordentlich nach hinten los. Die Magie der Elfenbande hin oder her, manche Gespräche führte man offenbar wohl doch besser von Frau zu Frau.

»Weil es gewisse Grenzen gibt, die man nicht überschreiten darf, oder? Und wenn man es doch tut, dann sollte man wenigstens so ehrlich sein und es zugeben.«

»Lass mich raten: Du bist Katholikin?«

»Was?« Charlottes Kopf schnellte zur Seite. Lachlan nippte frech grinsend an seinem Bier.

Nonchalant zuckte er mit den Schultern. »Na ja, wenn du mich fragst, hört sich das Ganze ziemlich nach Beichte an. So nach dem Motto: Lade deinen ganzen Shit irgendwo ab, und anschließend fühlst du dich besser. Im schlimmsten Fall musst du halt dafür büßen, aber deine Seele ist wieder rein.« Was er von dem ganzen Konzept hielt, verriet sein süffisanter Unterton.

»Lachlan!« Valentinas Stimme war leise, vibrierte jedoch vor tadelnder Schärfe. »Du gehst zu weit!«

Niemand wagte, ihr zu widersprechen. Joost nahm die Kelle aus dem Wassereimer und begoss die Ofensteine. Zischend und brodelnd verdampfte die Feuchtigkeit. Als es wieder ruhig war, ergriff Karlīna das Wort.

»So ganz unrecht hat er aber nicht, oder?«, fragte sie vorsichtig. »Es ist schon legitim, zu fragen, wen man mit einer Beichte schützt. Sich selbst oder den, dem man beichtet.«

»Genau das meinte ich.« Lachlan wandte sich Charlotte zu. »Sorry, wenn ich deine Religion beleidigt habe oder so. Das wollte ich nicht. Es geht ums Prinzip. Es gibt Geheimnisse, die ich lieber nicht wissen wollen würde. Manchmal ist Unwissen die bessere Option, und ein Geheimnis für sich zu behalten die weniger egoistische.«

»Ich glaube, es kommt immer auf die Konsequenzen an, die das Geheimnis hat.« Nachdenklich tappte sich Karlīna mit ihrem Birkenwedel auf das Knie. »Ändert das, was du getan hast, etwas? Wie du ihn siehst, zum Beispiel? Oder wie ihr zueinander steht? Hast du dir damit irgendwelche Vorteile erschwindelt oder jemandem geschadet?«

»Auf keinen Fall.« Heftig schüttelte Charlotte den Kopf. Sie hatte sich in Eljas verliebt, ehe sie erfahren hatte, dass er der Verfasser des Briefes war. Die Wahrheit zu erfahren hatte nur eine weitere Ebene zu dem Bild hinzufügt, das sie ohnehin schon von ihm gehabt hatte. »Aber er würde es wahrscheinlich anders sehen. Ich glaube, er würde sich von mir … hintergangen fühlen. Bloßgestellt.« Sie ließ die Schultern hängen.

»Dann sag es nicht.« Für Karlīna schien die Lösung auf der Hand zu liegen. »Behalt, was auch immer es ist, für dich und genieß, was ihr miteinander habt.«

»Genau! Diese *besonders tiefe Verbindung* …« Joost wackelte mit den Augenbrauen, und alle anderen fingen an zu lachen. Sogar Charlotte. Trotzdem schüttelte sie den Kopf, hin und her gerissen zwischen Scham und Albernheit.

Selbst immer noch lachend warf Karlīna ihren Birkenwedel nach dem Niederländer. »Du bist so ein Schwachkopf!« Sie stand auf, streckte Charlotte die Hand hin. »Wer als Erster im Wasser ist, hat gewonnen.«

Charlotte nahm die Herausforderung an. Begleitet von dem Lachen der anderen rannten sie los über den Schnee, von der Saunahütte zum Ufer und hinein ins eisige Nass. Noch immer blies der Wind. Noch immer trieb der *Pyrytää* sein Unwesen. Beinah gleichzeitig stiegen sie die Leiter hinab, die in das Eisloch führte. Nicht zögern, hieß die Devise. Nicht nachdenken, einfach machen. Wenn sie zu lang darüber nachdachte, würde ihr der Mut ausgehen. Welcher Mensch bei klarem Verstand badete in ein Grad kaltem Wasser?

Die Antwort lautete: Charlotte Poll. Mit unsichtbaren Nadeln traktierte die Eiseskälte des Wassers ihre überhitzte Haut. Ihre Lungen zogen sich zusammen, Adrenalin jagte durch ihre Adern, Endorphine, pures Glück. *Sisu* nennen die Finnen den Kampfgeist, den es braucht, das Leben am Schopf zu packen. Er rann auch durch ihren Körper, durchströmte und erfüllte sie mit geradezu sirrender Macht und Tatendrang. Nicht grübeln, machen. Warum nicht? In diesem Moment schien alles möglich. Denn sie hatte endlich die dritte Alternative gefunden. Den richtigen Weg, um mit dem Brief umzugehen. Bei nächster Gelegenheit würde sie ihn verbrennen und die Asche in der Polarnacht verstreuen, auf dass Eljas' Zeilen zu den Sternen fliegen konnten, in die Unendlichkeit, hin zu Lennja, der sie von Anfang an gegolten hatten.

»Großartig, oder?« Wasser tretend, prustend und strahlend tauchte Karlīna neben ihr auf.

»Perfekt!«, bestätigte Charlotte und meinte nicht nur das Bad im Eispool.

Vor dem Wohnhaus der Jalonens blieb Aleksi stehen. Einen Moment lang nahm Charlotte den Anblick in sich auf. Das Haus glich einem skandinavischen Traum. Komplett aus Holz gebaut, duckte es sich auf einer kleinen Anhöhe unter ein paar Tannen. Der Schnee auf dem Satteldach sah aus wie eine flauschige Pudelmütze, doch am schönsten war das Licht, das als goldenes Leuchten aus dem Inneren des Hauses in die Nacht floss und sich in winzigen Seen aus flüssigem Gold im Schnee sammelte. Erst beim zweiten Hingucken erkannte Charlotte, dass die Lichterflecken Laternen aus Schnee waren, die Eljas selbst gebaut haben musste. So einladend und warm. So heimelig und intim.

»Ich glaub, du wirst erwartet.« Aleksis Stimme riss sie aus den Gedanken. Aus dem Augenwinkel sah sie, wie er zu einem der Fenster nickte.

Charlotte fokussierte ihren Blick und lachte leise. Tatsächlich. Eveliina stand am Fenster und winkte dem Auto wie verrückt zu.

»Sieht ganz so aus.« Von der Rückbank angelte sie sich den Rucksack, den sie sich für den Abend – und die Nacht? – gepackt hatte. Am Telefon hatte Eljas sie nicht direkt eingeladen, bei ihm und Eveliina zu übernachten, aber er hatte die Möglichkeit in den Raum gestellt, indem er angedeutet hatte, dass sie bleiben könnte, wenn sie sich entschieden, zusammen ein Glas Wein zu trinken, und er sie deshalb nicht mehr zurückfahren konnte. Darüber nachzugrübeln, ob es ausschließlich praktische Überlegungen waren, die ihn die Einladung hatten aussprechen lassen, erlaubte sie sich nicht.

»Danke fürs Bringen.« Die Beifahrertür in der Hand, beugte sie sich noch einmal ins Auto.

»Keine Ursache. Sag einfach Bescheid, wenn du noch einmal eine Mitfahrgelegenheit brauchst. Ich fahre jeden Tag mehrmals hier an der Auffahrt vorbei. Es ist wirklich kein Umweg.«

»Mach ich.« Sie hob die freie Hand zum Gruß, schlug die Autotür zu und drehte sich um.

Die Haustür flog auf. Im Türrahmen stand Eveliina. Sie gab sich nicht mehr mit Winken zufrieden, sondern hüpfte zusätzlich auf der Stelle. »Da bist du endlich! Isä hat gesagt, ich soll hier auf dich warten. Hast du Stiefel an? Und einen dicken Anorak? Du kannst einen Schneeanzug ausleihen, wenn du willst. Bist du schon mal mit dem Quad gefahren? Hast du schon mal Rentiere gefüttert? Isä lädt gerade das Heu auf. Da helfe ich ihm nicht so gerne, aber er hat gesagt, wir dürfen die Tiere mit Flechten füttern, wenn sie zur Futterstelle kommen. Und die Mamas, die Babys bekommen, kriegen auch Kraftfutter und Salz und …«

»Hey, hey, hey.« Sie ließ den Rucksack fallen. »Langsam, in Ordnung? Können wir erst mal Hallo sagen?« Sie breitete die Arme aus, und Eveliina nahm die Einladung bereitwillig an. Kaum schmiegte die Kleine sich in Charlottes Umarmung, schien sie den Fragentsunami zu vergessen. Sie kuschelte sich an Charlotte. Ihr Haar roch himmlisch nach Kind und süßem Erdbeershampoo.

»Hallo Eveliina, schön, dich wiederzusehen. Ich freu mich, hier zu sein.«

»Ich freu mich auch, dass du da bist.«

Als Antwort verstärkte Charlotte ihren Griff, dann schob sie das Mädchen auf Armlänge von sich und beugte sich so weit zu ihr nach unten, dass sie sich auf Augenhöhe befanden.

»Also, jetzt noch mal langsam und zum Mitschreiben: Warum genau wolltest du wissen, ob ich einen Schneeanzug dabeihabe?«

»Weil Isä versprochen hat, dass wir ihn begleiten dürfen, wenn er zur Futterstelle im Wald fährt.«

»Eine Futterstelle für die Rentiere?«

Eveliina nickte.

»Ist das weit?«

»Sehr weit.« Bedeutungsschwanger nickte Eveliina. »Aber nicht so weit wie im Sommer, wenn die Tiere bis nach Schweden wandern. Im Winter dürfen sie auch weglaufen, aber da tun sie es nicht, weil wenn der Schnee an warmen Tagen schmilzt und dann in der Nacht wieder friert, gibt es Eis zwischen Schnee und Boden, und das können sie mit ihren Nasen nicht kaputtmachen.« Wie um das Gesagte zu betonen, zog sie ihre eigene Nase kraus. Süß sah das aus und auf eine so natürliche Weise kindlich. Mit ihren acht Jahren war Eveliina in diesem Alter, in dem sie im einen Moment ganz groß und erwachsen wirken konnte und im nächsten ganz klein und schutzbedürftig.

»Und was ist mit dir? Musst du dir dafür nicht auch was Dickeres anziehen?«

»Das geht schnell.« Beiläufig zog Eveliina eine Schnute. »Pass auf!«

Tatsächlich dauerte es keine Minute, und das Mädchen stand dick eingemummelt in Overall, Schal und Mütze vor ihr. Als Letztes schlüpfte sie in die Schneestiefel.

»Fertig?«, fragte Charlotte.

»Fertig«, bestätigte Eveliina. »Ich zeig dir, wo es langgeht.«

Je weiter sie sich vom Haus entfernten, desto dunkler wurde es. Nicht lange, und die Nacht hatte sie verschluckt. Die Bäume verdeckten den Himmel, schluckten auch das Licht vom Mond und den Sternen. Eveliina schien das nichts auszumachen. Sie bewegte sich zielstrebig und sicher, und schon bald tauchte die Lichtung vor ihnen auf, die Charlotte von ihrem Besuch mit den Familien aus dem Krankenhaus kannte.

»Da ist Isä!«

Vor einem der Gebäude stand ein Snowmobil mit Anhänger. Charlotte hatte die Person nicht erkannt, die im Licht eines Flutlichtscheinwerfers mit einer Mistgabel Heu auf den Anhänger lud, doch jetzt, wo Eveliina es gesagt hatte, entdeckte sie das Vertraute in Eljas' Gestalt und dem Fluss seiner Bewegungen.

Von der Stimme seiner Tochter alarmiert, hob Eljas den Kopf. Seine ganze Haltung änderte sich, sobald er sie und Eveliina entdeckte. Er spießte die Forke in den Schnee und kam auf sie zu. Einen winzigen Augenblick lang schien er nicht zu wissen, wie er Charlotte begrüßen sollte, dann fasste er sich ein Herz und beugte sich zu ihr hinunter, um ihr einen kurzen Kuss auf den Mund zu drücken.

»Ihr kommt genau richtig. Ich bin gerade fertig geworden«, sagte er im Aufrichten. »Wer hat Lust auf eine Fahrt mit dem Snowmobil?«

»Ich, ich, ich!« Eveliina rannte zu dem Gefährt. Die Selbstsicherheit, mit der sie auf den Anhänger kletterte und inmitten des Heubergs Platz nahm, verriet, wie oft sie das schon gemacht hatte. Von oben winkte sie ihnen zu. »Wo bleibt ihr denn?«

»Wir kommen«, antwortete Charlotte. Vor dem Gefährt angekommen, verließ sie die Zuversicht. »Und wie genau machen wir das jetzt?« Von Nahem sah das Ding ziemlich beängstigend aus. Es war riesig groß, etwa doppelt so breit wie ein normales Motorrad. Statt Rädern hatte es vorne Kufen und eine Kette hinten. Eine Windschutzscheibe sollte den Fahrer vor aufspritzendem Schnee schützen.

»Ich vorne, du hinten.« Er zwinkerte ihr zu. »Dann kannst du dich an mir festhalten, damit du nicht runterfällst.«

»Ahhh.« Sie erwiderte sein Grinsen. »So ist das. Lass mich raten? Je näher ich mich an deinen Rücken presse, desto besser?«

»Nur für die Sicherheit natürlich.«

»Nur für die Sicherheit.«

Was als Witz anfing, stellte sich bald als absoluter Ernst heraus. Eljas half erst ihr beim Aufsteigen, dann kletterte er auf den Fahrersitz. Locker legte sie die Arme um seine Taille.

»Fertig?«, fragte er über die Schulter.

»Fertig!«, brüllte Eveliina zurück, und noch ehe Charlotte antworten konnte, röhrte der Motor auf und es ging los. Mit einem gewaltigen Ruck schoss die Maschine nach vorne. Instinktiv drückte sich Charlotte enger an Eljas. Sie spürte das Vibrieren der PS unter ihrem Körper, den eisigen Fahrtwind im Gesicht. Doch obwohl sie nur einen Schneeanorak und eine Mütze trug, kam ihr die Kälte ausnahmsweise nicht schneidend vor. Viel eher erinnerte sie sie an das Eisbad. Der Mann vor ihr, die Welt um sie, das alles verwandelte sich in pure Kraft. Sie hatte solche Lust. Auf Abenteuer, auf neue Erfahrungen, auf Leben und Liebe und einen neuen Anfang mit neuen Menschen in ihrem Alltag. Irgendwo, weit über sich in der Nacht, wusste sie den Polarstern, und sie fühlte sein Lächeln auf sich. Wie lange war sie nun schon in Finnland? Ein paar Wochen? Der November hatte sich verabschiedet, war in den Dezember übergegangen. Die riesige Adventskerze im Weihnachtmanndorf war zu etwas über der Hälfte heruntergebrannt. Nur noch elf Mal schlafen und es war Weihnachten – das Fest der Liebe. Wie sehr hatte sie sich dieses Jahr davor gefürchtet! Sie hatte sich allein in einer leeren Wohnung sitzen gesehen, erschlagen von Zweifeln und schlechten Erinnerungen. Womöglich war das mit ein Grund gewesen, warum sie überhaupt hierhergekommen war. So könnte sie an Heiligabend wenigstens arbeiten. Niemals hätte sie auf mehr als ein wenig Ablenkung zu hoffen gewagt. Doch ihr Großvater hatte recht behalten. Der Zauber des Nordsterns vermochte Großartiges zu verbringen. Er hatte ihr neue Freunde geschenkt, einen Mann, an dem sie jedes Mal, wenn sie ihn traf, neue Facetten entdeckte, und ein Mädchen, das sie mochte und ganz ohne Vorbehalte ins Herz geschlossen hatte.

Ihr Magen machte einen Purzelbaum, als Eljas das Snowmobil in eine besonders enge Kurve lenkte. Sie presste sich an ihn, ihr Becken rieb sich an seinem Hintern. Dann ging es wieder geradeaus. Hinten auf dem Anhänger hörte sie Eveliina jauchzen, und Charlotte jauchzte mit.

Es konnten fünf Minuten sein oder fünf Stunden, die sie hinter Eljas auf dem Schneemobil verbrachte, aber irgendwann drosselte er das Tempo.

Neben einem Verschlag, ähnlich dem, den sie von zu Hause für Rehe kannte, blieb er stehen. Behände sprang er vom Sitz. Sie brauchte Hilfe, das Adrenalin, das ihr ungemindert durch die Adern strömte, machte die Beine wacklig.

»Ganz schön aufregend, was?« Erst als er sicher sein konnte, dass sie nicht mehr wankte, ließ Eljas sie los.

»Allerdings.« Ein Lachen blubberte über ihre Lippen. Erst leise, dann immer lauter. »Das war … verrückt! Hast du keine Angst, dass etwas passiert? Wie schnell fährt dieses Ding? Das kam mir vor wie mit zweihundert Sachen auf der Autobahn, aber das kann ja nicht sein, oder? Sonst wäre ja auch …«

»Pssst!« Eveliina war alleine vom Anhänger gesprungen. »Leise! Sonst kommen sie nicht.«

»Wer kommt sonst nicht?« Charlotte runzelte die Stirn, tat aber, was Eveliina verlangte, und flüsterte nur noch.

»Na, die Tiere.«

Jetzt, wo Eveliina es erwähnte, meinte sie es auch zu spüren. Die unsichtbaren Blicke im Wald, die Präsenz der Lebewesen, mit denen sie die Wildnis teilten.

Aus dem Verschlag holte Eljas eine weitere Heugabel. Mit der hievte er das getrocknete Gras in dicken Ballen vom Anhänger und füllte damit die Futterkrippe. Auch Eveliina wusste, was sie zu tun hatte. Vom Anhänger holte sie eine Plastikwanne mit Kraftfutter. Die Pellets schüttete sie in den Trog im Futterhäuschen. Staunend betrachtete Charlotte das Treiben von Vater und Tochter. Jeder Handgriff der beiden saß, niemand benötigte Worte, um zu wissen, was er zu tun hatte. Sie hatten eine eigene Sprache, verständigten sich durch kurze Blicke und winzige Gesten. Es war wunderschön anzusehen.

Als das gesamte Heu verteilt und die nun leere Plastikwanne zurück auf dem Anhänger war, kamen die beiden zurück zu Charlotte.

»Und jetzt?«, fragte sie. »Fahren wir wieder zurück?«

»Noch nicht.« Eljas zog sie näher an den Anhänger und ließ auch dann nicht los, als sie beide mit dem Rücken gegen das Metall stießen. Eveliina gesellte sich zu ihnen, quetschte sich zwischen Charlotte und ihren Vater. Charlotte wollte noch einmal fragen, was sie da machten, aber das war gar nicht mehr nötig.

Leise, so leise, wie sie es niemals von einem so großen Tier erwartet hätte, betrat das erste Rentier die Futterstelle. Es näherte sich aus dem Baumdickicht ihnen gegenüber. Zögernd trat es auf die Krippe zu, zupfte mit dem Maul ein paar Halme aus dem Gestell. Dem ersten Tier folgten weitere, bis rund ein halbes Dutzend Exemplare sich versammelt hatte. Nah genug, damit Charlotte ihren Duft inhalieren konnte: harzig, wollig und wild.

»Als die Familien aus dem Krankenhaus zu Besuch waren, hat dein Mitarbeiter erzählt, dass es keine wilden Rentiere mehr in Lappland gibt.«

»Das stimmt auch«, bestätigte Eljas.

»Warum sind sie dann so menschenscheu? Sie müssten den Umgang mit Zweibeinern doch gewohnt sein.«

»So einfach ist das nicht«, gab Eljas zurück. »Sie wissen, dass es Fressen gibt, wenn sie die Snowmobile hören, und ich schätze, irgendwie begreifen sie auch, dass Menschen dazugehören. Aber du darfst nicht vergessen, dass es auch wir sind, die zweimal im Jahr die Herden dezimieren. Wenn die Böcke und ein Großteil der weiblichen Tiere zur Weiterverarbeitung abgeholt werden.«

»Sie werden zu Fleisch.« Im Gegensatz zu ihrem Vater bemühte sich Eveliina nicht, um den heißen Brei herumzureden. »Wir geben ihnen Futter und passen auf sie auf, und sie geben uns Fleisch. Das ist der Lauf der Dinge.«

»Oh«, meinte Charlotte. Sicher, ihr war schon vorher klar gewesen, dass die Rentiersalami in den Läden, die Rentiersteaks und Rentierburger nicht auf Bäumen wuchsen. Aber die Tiere hier vor sich zu sehen, wie sie friedlich fraßen und so … unbedarft aussahen, und dabei zu wissen, wie ihr Schicksal aussah, war etwas anderes. Vor allem als sie bemerkte, dass alle Tiere dicke Bäuche hatten. Die Tiere bei der Futterstelle waren trächtig. In ihren Leibern wuchs neues Leben, und in ihrer Zukunft wartete der Tod.

Plötzlich fröstelte sie. Eljas musste es bemerkt haben, denn er legte ihr einen Arm um die Schultern und zog sie näher an sich.

»Ich sag mir immer, es geht ums Leben.« Eljas' Wispern klang sanft und wehmütig. »So, wie es Snoopy zu Charlie Brown sagt.«

»Was?« Sie drehte sich in seinem Arm um, konnte das Lachen nicht mehr unterdrücken. Witternd hoben einige Rentiere die Köpfe. »Was hat Snoopy damit zu tun?«

»Kennst du den Comic nicht?«

»Äh, nein?!«

»Charlie Brown und Snoopy sitzen auf einem Badesteg, und Charlie Brown sagt ein bisschen traurig zu Snoopy: ›Wir leben nur einmal.‹ Aber Snoopy weiß es besser. Er schüttelt den Kopf und meint: ›Falsch, Charlie Brown! Wir sterben nur einmal. Wir leben jeden Tag!‹«

»Das war der Lieblingscomic meiner Mama.« Im Gegensatz zu Eljas klang Eveliina kein bisschen geknickt. »Deshalb mag Isä ihn auch so gerne.«

»Das verstehe ich. Ich wünschte, ich hätte deine Mama kennenlernen können.«

»Aber dann hätten wir nicht zusammen Spaß haben können«, widersprach Eveliina. »Nicht so wie jetzt. Denn dann würden Mama und Isä zusammengehören und nicht du und Isä. Ich bin froh, dass wir dich kennengelernt haben. Auch wenn Mama dabei im Himmel ist.« Eveliina sagte es mit der allergrößten Selbstverständlichkeit, dennoch hielt Charlotte vor Schreck die Luft an. Himmel, man sagte zwar immer, Kindermund täte Wahrheit kund, aber so unmittelbar hatte sie es noch nie erlebt.

Halb erwartete sie, dass Eljas Abstand zwischen sich und ihn bringen und sie schnurstracks nach Hause fahren würde, doch das war nicht, was passierte. Statt sich von ihr zurückzuziehen, fuhr er mit der Nase unter ihrem Ohr entlang.

Ganz leise, sodass nur sie ihn hören konnte, flüsterte er: »Ich auch.«

Eljas war kein besonders guter Koch, aber er hatte sich Mühe gegeben. Das Fleisch aus der Truhe hatte er ganz langsam auftauen, die Karotten, Zwiebeln und den Lauch von seiner Mutter aus einem Bioladen in Rovaniemi besorgen lassen. Für die Rotweinsauce hatte er nicht den billigen

Kochwein benutzt, sondern einen edlen Tropfen, den er jederzeit ohne Bedenken auch pur trinken würde. Und jetzt starrte er in den Schmortopf und wünschte seine über alles geliebte Tochter dorthin, wo der Pfeffer wuchs.

Wie um alles in der Welt sollte er Charlotte jetzt noch einen Rentierschmortopf anbieten? Was für ein Schwachkopf war er gewesen, dass er geglaubt hatte, es wäre eine gute Idee, sie erst mit zur Rentierfütterung zu nehmen, um ihr dann ein Fleischgericht anzubieten? Der Duft, der aus dem gusseisernen Topf hervorging, schien ihn zu verhöhnen. Jetzt war es zu spät, es sich anders zu überlegen. Für einen traditionellen Karjalanpaisti brauchte man drei verschiedene Fleischsorten, geräucherten Schweinespeck und jede Menge Gemüse. Er hatte nur Rentier verwendet, weil er so sichergehen konnte, dass das Fleisch aus allerbester Haltung stammte, und das ganze stundenlang auf der untersten Herdschiene köcheln lassen. Das war das Geheimnis des Karjalanpaisti. Er war einfach in der Zubereitung, brauchte dafür aber Zeit. Um das perfekte Geschmackserlebnis zu erreichen, gab es keine Abkürzung. Am Ende, ungefähr zwanzig Minuten vor dem Servieren, kamen die Lauchringe in den Fleischtopf, sodass sie Frische und Biss in das Gericht zauberten.

»Mhhh, das riecht ja herrlich!« Charlotte steckte den Kopf zur Tür herein. Sie und Eveliina hatten sich ein wenig frisch gemacht. Vielleicht hatte sie ihr Gesicht mit kaltem Wasser gewaschen, vielleicht kam es auch immer noch von der Kälte draußen, jedenfalls leuchteten ihre Wangen rot. Ein paar Strähnen hatten sich aus ihrem Pferdeschwanz gelöst und kringelten sich nass in ihre Stirn und an den Schläfen. Sie trug keine Schuhe. Eveliina musste ihr ein paar seiner dicken Socken gegeben haben. Sie waren zu groß an Charlottes Füßen, an den Zehen bauschte sich der Stoff. Auch ihr Pulli war riesig, die Jeans hielt nur dank eines Gürtels an ihrer Taille. Wenn das alles ihre Klamotten waren, dann hatte sie in letzter Zeit stark abgenommen, was an und für sich kein Wunder war. Sie hatte eine harte Zeit hinter sich. Die Trennung, der anstrengende Job als Weihnachtselfe, ihre Schichten als freiwillige Helferin im Krankenhaus. Sie war gerade erst wieder dabei, in ihr Leben hineinzuwachsen, die Fühler auszustrecken und auszuloten, wohin ihr weiterer Weg sie führte. Wie er war auch sie eine Gestrandete, gebeutelt vom Meer des Lebens. Doch noch etwas wurde ihm in diesem Augenblick klar, und sein Herz drohte ihm aus der Brust zu springen: Wer strandete, hatte überlebt. Für sie und ihn gab es ein Morgen.

Er gab den Deckel zurück auf den Schmortopf. »Meine Spezialität: eine abgewandelte Form des Karelischen Fleischtopfes.« Er setzte seinen bewährten Hundewelpenblick auf und hoffte auf das Beste. »Da ist Rentierfleisch drin. Ich hab nicht nachgedacht. Willst du das überhaupt essen?«

Eine unendliche Sekunde lang sah sie ihn an. War das Fassungslosigkeit in ihrem Blick? Ekel? Dann prustete sie los, lachte so von Herzen kommend, dass ihr Tränen in die Augen stiegen und sie sich den Bauch halten musste.

»Oh Mann«, brachte sie irgendwie zwischen zwei Lachern heraus. »Ja, ich esse deinen Rentierschmortopf, Eljas. Aber ein kleiner Tipp für die Zukunft: Wenn du das nächste Mal jemanden mit deinen Kochkünsten beeindrucken willst, stell ihr vorher lieber nicht ihre Hauptspeise vor. Das schlägt sich mitunter schlecht auf den Appetit nieder.«

Er machte ein zerknirschtes Gesicht, ließ sich jedoch von ihrem Lachen anstecken. »Ich werde dran denken. Auch wenn ich nicht glaube, dass es so schnell wichtig werden wird.«

»So?« Fragend hob sie eine Augenbraue in die Stirn. »Wie kommt's?«

Weil ich nur dich beeindrucken will, niemanden sonst. Weil niemand außer dir es geschafft hat, mich aus meinem Schneckenhaus aus Angst und Trauer zu reißen. Jahrelang habe ich mich schwach gefühlt, aber für dich will ich stark sein. Weil deine Schwäche mir gezeigt hat, dass es kein Gegensatz ist, zu verzweifeln und Mut zu haben. Erst durch dich habe ich begriffen, dass jeder starke Mensch ein Schicksal hat, das ihn gezwungen hat, so zu werden.

Eveliina bewahrte ihn davor, auch nur eines dieser Geständnisse auszusprechen. Sie hüpfte in die Küche, aufgeregt wie ein Kitz, und fragte: »Ist das Essen fertig? Soll ich den Tisch decken?«

»Das wäre super.« Er holte die Teller aus dem Küchenoberschrank.

»Ich möchte auch helfen«, sagte Charlotte, und so einfach fielen sie in eine Routine. Sie aßen zusammen. Sie lachten zusammen. Beim Essen erzählte Eveliina Geschichten aus der Schule und Charlotte Anekdoten über ihre Kolleginnen und Kollegen. Nach dem Essen räumten sie gemeinsam ab, dann spielten sie eine Runde Yatzee und lachten darüber, dass Charlotte das Spiel unter dem Namen »Kniffel« kannte. Das Lachen verging Eveliina und ihm, nachdem Charlotte zum dritten Mal in Folge genau die Kombinationen würfelte, die sie brauchte, und damit haushoch gewann.

Die ganze Zeit über sah Lennja ihnen von dem Foto auf dem Kaminsims aus zu, und trotzdem hatte Eljas keine Sekunde lang ein schlechtes Gewissen. Ganz tief in seinem Inneren wusste er, dass sie sich genau das für ihn gewünscht hätte. Sie wäre froh, ihn endlich wieder lachen zu sehen.

Während der zweiten Würfelpartie gähnte Eveliina immer öfter. Sie beendeten die Runde, dann schob er die Würfel in den Becher und gab sie zurück in den Karton.

»Zeit, ins Bett zu gehen, junge Dame«, stellte er fest. Dass Eveliina nicht einmal protestierte, zeigte, wie müde sie war. Klaglos stand sie auf, um sich umzuziehen und die Zähne zu putzen. Nur beim Gute-Nacht-Sagen bestand sie darauf, dass auch Charlotte noch einmal in ihr Zimmer kam. Natürlich ließ die sich nicht zweimal bitten. Er gab Eveliina einen Kuss auf die Stirn, dann ließ er die beiden Damen allein. Ein paar Sekunden hörte er dem Gemurmel durch die geschlossene Tür zu, dann ging er ins Wohnzimmer, um Musik anzumachen und Charlotte und sich ein Glas Rotwein einzuschenken.

Sie kam, als er gerade das zweite Glas auf den Sofatisch stellte.

»Ich habe gar nicht gefragt, ob du Rotwein magst. Hättest du lieber etwas anderes?«

Sie setzte sich neben ihn, nahm das Glas entgegen. »Rotwein ist prima. Ich kenn mich nicht besonders gut aus, aber ich mag den Geschmack.«

»Na dann.« Er hob sein Glas. Sie tat es ihm gleich, sie sahen einander in die Augen. Beim Anstoßen, aber auch beim Trinken. Selbst dann noch, als sie beide ihre Gläser zurück auf den Tisch stellten, als er die Hand nach ihrem

Gesicht ausstreckte, sein Blick auf ihren Mund fiel. Ihre Lippen glänzten rot und feucht, ein Ausdruck spielte um ihre Mundwinkel, nicht ganz ein Lächeln, eher ein Versprechen darauf. Ihr Atem roch nach Wein und Süße. Wann waren sie einander so nahe gekommen, dass er ihren Atem riechen konnte? Wann hatte er aufgehört, darüber nachzudenken, wie der Abend weitergehen würde, weil das Jetzt viel wichtiger war? Der Wunsch, sie zu küssen, zu halten, zu … lieben.

Er war es satt, sich die Dinge zu verwehren, nach denen er sich sehnte. Er war es satt, immer nur zu warten. Darauf, dass es besser wurde, dass Eveliina älter wurde, dass er weniger zu tun hatte. Jede Minute, die er bisher mit Charlotte verbracht hatte, war besser als die Minuten ohne sie, und als ob sie genau wüsste, was er brauchte, war es auch diesmal wieder sie, die die Distanz zwischen ihnen überwand und ihn küsste.

Dies war nicht ihr erster Kuss, aber es war der erste in der Sicherheit seines Heims, der erste in vollkommener Zweisamkeit. Sie schmeckte so gut, sie roch so gut, und ihre Lippen auf seinen fühlten sich herrlich an. Er brauchte mehr. Von ihrer Wange ließ er die Hand in ihren Nacken gleiten, die andere legte er an ihre Taille, mit beiden zog er sie zu sich. Bis sie auf seinem Schoß saß, die Knie rechts und links von ihm, genau so, wie es auf dem Snowmobil gewesen war, nur andersherum. Von Angesicht zu Angesicht. Schon während der Fahrt durch den Wald hatte ihre Nähe ihn berauscht, jetzt, mit weniger trennendem Stoff zwischen ihnen, raubte sie ihm den Verstand. Er hob ihr sein Becken entgegen, presste sich an sie, zeigte ihr, wie es um ihn stand.

Ein erstickter, atemloser Laut entschlüpfte ihr, nicht ganz ein Stöhnen, aber mehr als Atem. »Was ist mit Eveliina?«, wollte sie wissen. »Wenn sie aufwacht …«

Wenn Eveliina einmal schlief, wachte sie selten noch einmal auf, trotzdem sagte er: »Du hast recht.«

Mit ihr in seinem Arm stand er auf. Sie quietschte leise, klammerte sich an ihn. Er hielt sie mit den Händen unterm Hintern, trug sie mit schnellen Schritten in sein Schlafzimmer. Nun, wo er sie endlich haben würde, wollte er sie ganz. Er wollte sie in einem Bett, nackt, ohne Hast und ohne jede Barriere zwischen ihnen.

Mit der Hacke stieß er die Schlafzimmertür zu, eilte zum Bett und ließ sie auf die Matratze fallen. Die Hände nun frei, drehte er den Schlüssel im Schloss. Leise wisperte das Klicken. Allein. Mit Charlotte. Nur sie und er und all die Möglichkeiten, wie sie einander Lust bereiten konnten.

Langsam, wie ein Raubtier auf der Pirsch, näherte er sich ihr. Sie streckte die Arme nach ihm aus. Mehr Einladung brauchte er nicht.

Sie erkundeten all die Wege, einander nah zu sein. Aber was sie teilten, war genug. Es gab Momente, da kam er sich linkisch vor und unerfahren wie ein junger Kerl, der die körperliche Liebe zum ersten Mal erlebte, und dann gab es Momente, die waren perfekt. Es war so lange her, seit er zum letzten Mal eine Frau in den Armen gehalten hatte, so lange, seit er sich auf diese Weise verloren hatte. Als sie sich ihm öffnete, die Schenkel für ihn spreizte und ihn in ihren Körper einlud, da gab es kein Zurück mehr. Kein Halten. Er verlor sich, alles ging zu schnell. Es war perfekt und unglaublich unperfekt zur selben Zeit.

12

»Es tut mir leid.« Eljas zog sich aus ihr zurück. Sofort spürte sie den Verlust. Ihr Herz raste noch immer. Ihre Haut stand in Flammen. Die kleinste Berührung jagte als Schauder über ihren ganzen Körper.

Er streifte das Kondom ab, rollte sich auf die Seite. Gerade eben hatte sie sich ihm so wunderbar nah gefühlt, jetzt lag auf einmal eine ganze Welt zwischen ihnen. Dabei war er nur am anderen Ende der Matratze.

Vorsichtig streckte sie die Hand aus, legte sie ihm zwischen die Schulterblätter. Sein Rücken war genauso muskulös wie der Rest seines Körpers. Muskeln, die nicht von Training im Fitnessstudio stammten, sondern von echter Arbeit. Muskeln, die ihn so stark erscheinen ließen, obwohl sie mittlerweile wusste, wie weich und verletzlich der Teil von ihm war, den er am liebsten vor der Welt versteckte.

»Was tut dir leid?« Unter ihrer Hand spürte sie das Stolpern seines Herzens. Ein feiner Schweißfilm bedeckte seine Haut. Dort, wo er in der kühlen Luft trocknete, bildete sich Gänsehaut.

Statt einer Antwort schüttelte er den Kopf, und in die plötzliche Stille zwischen ihnen schoben sich die alten Unsicherheiten. Hatte Henning doch recht? Hatte sie einem Mann nichts zu bieten? Hatte sie Eljas enttäuscht, ebenso wie sie Henning enttäuscht hatte? Wäre er der nächste, der ihr absichtlich Hoffnungen gemacht hatte, nur um sie anschließend umso kompletter zu zerstören? Überlegte er gerade, wie er ihr beibringen sollte, dass sie ja ganz nett sei, aber offenbar eine Niete im Bett und dass …

Nein! Sie schob den selbstzerstörerischen Gedanken einen Riegel vor. Nicht mehr! Sie hatte sich geschworen, das Gift, das Henning ihr Wort für Wort, Erniedrigung für Erniedrigung verabreicht hatte, nicht weiter in sich wirken zu lassen. Seine Manipulationen hatten keinen Platz mehr in ihrem Leben. Sie würde sich nicht weiter von ihnen verunsichern lassen.

Ganz sacht streichelte sie Eljas, strich ihm die Haare aus dem Nacken. »Denkst du an Lennja? Ist es das?«

Ruckartig drehte er sich zu ihr um. »Nein!« Er angelte nach ihren Händen, ergriff sie. »Nein. Nein. Nein.« Jede Beteuerung begleitete ein Kuss. »Das darfst du nicht denken. Nicht eine Sekunde lang. Hier in diesem Bett, da sind nur du und ich.«

»Es wäre nicht schlimm. Wenn es nicht einfach für dich wäre, zum ersten Mal wieder mit einer Frau …« Sie beendete den Satz nicht. Er musste auch so wissen, was sie meinte.

Trotzdem antwortete er nicht.

»Was war es dann, Eljas? Sprich mit mir. Es ist nicht schlimm, wenn das, was wir getan haben, an Lennja erinnert, denn es erinnert mich auch an Henning. Nicht, weil ich dich mit ihm vergleiche oder so, sondern weil die Nähe zwischen uns mich angreifbar macht. Ich will nicht glauben, dass die Gemeinheiten, die Henning mir über Jahre eingeflüstert hat, stimmen, aber es ist schwer, die bösen Gedanken auszusperren, wenn du mit deinem Rückzug so viel … Raum für Interpretation lässt.«

Er ließ von ihren Händen ab, zog sich ein Stück von ihr zurück. Die Lippen presste er zu einer schmalen Linie. »Ich schäme mich, okay?«

»Du … was?« Mit dieser Antwort hatte sie zu allerletzt gerechnet.

»Wie soll ich mich denn sonst fühlen?« Statt ihn zu beruhigen, schien ihre Fassungslosigkeit ihn eher wütend zu machen. »Wir haben noch nicht mal richtig angefangen, da war alles schon vorbei.«

Ah, daher wehte also der Wind. »Eljas.« Sie zupfte an seinem Arm, zwang ihn, sie wieder anzusehen. »Für uns beide war das ziemliches Neuland, oder? Kein Mensch, und ich am allerwenigsten, erwartet da die krasseste Ausdauer von dir. Das hier ist doch kein Wettkampf. Kannst du dir nicht vorstellen, wie unglaublich sexy das war, mitzuerleben, dass ich … so einen Effekt auf dich habe?«

»Aber …«

Sie küsste ihm den Widerspruch von den Lippen. »Nichts aber. Mach es nicht kaputt, ja? Ich fand alles, was wir getan haben, wundervoll. Und außerdem: Hast du vor, mich jetzt, wo du mich einmal in deinem Bett hattest, einfach rauszuschmeißen?«

»Nein! Wie kommst du …«

»Dann ist doch nichts verloren.« Grinsend rückte sie noch näher an ihn, kuschelte sich an seine Vorderseite, rieb sich an ihm. »Die Nacht hat gerade erst angefangen.«

Das ließ er sich nicht zweimal sagen.

Sie liebten sich diesmal langsam. Die größte Lust gestillt, nahmen sie sich Zeit, einander kennenzulernen. Herauszufinden, welche Berührungen den anderen zum Schaudern brachten, welche zum Zittern und welche zum Stöhnen. Ohne sich abzusprechen, wussten sie, dass sie nicht laut sein durften, doch das machte nichts. Die leisen Laute, die Eljas von sich gab, sein ersticktes Stöhnen, sein genießerisches Brummen, das tiefe Grollen, das aus seiner Brust kam, als er dieses Mal in sie kam, klangen in ihrem ganzen Körper wieder, erfüllten sie mit Zufriedenheit und Lust und … Stolz. Das hier, das machten sie gemeinsam. Sie nahmen und sie gaben und es war einfach wundervoll. Vom ersten Kuss an bis zu dem Augenblick, als ihre Lider schwer wurden und sie satt und erschöpft in seinen Arm einschlief, war alles wundervoll.

Stunden später wachte sie auf. Neben ihr, als warmer Hügel unter der Decke, schlief Eljas. Am Rande ihres Bewusstseins hatte sie mitbekommen, wie er irgendwann aufgestanden und ins Bad gegangen war. Sie selbst war zu müde gewesen, um sich noch einmal zu bewegen. Das rächte sich jetzt. Vehement verlangte ihre Blase nach Aufmerksamkeit. So leise wie möglich schlüpfte sie aus dem Bett und tappte den Gang entlang zum Bad. Die Bodendielen waren kalt an ihren Fußsohlen, in der Luft hing ganz leicht der Geruch nach dem abgebrannten Kaminfeuer. Nachdem sie die Toilette benutzt und sich Hände und Gesicht gewaschen hatte, war die erste Müdigkeit verflogen. Sie suchte nach einer Uhr. Im Bad wurde sie nicht fündig, also stromerte sie weiter Richtung Küche. Aus dem Hahn füllte sie sich ein großes Glas Wasser. Die Digitalanzeige am Backofen zeigte kurz vor fünf am Morgen. Noch eine gute Stunde, bis Eljas und sie aufstehen mussten. Zu wenig, um noch einmal ins Bett zu gehen, zu viel, um in der Küche herumzustehen und nichts zu tun.

Sie stellte das Glas in die Spülmaschine. Im Wohnzimmer hing ihr Handy für die Nacht am Ladekabel. Sie stöpselte das Gerät ab, scrollte durch ihre Social-Media-Kanäle, checkte ihre E-Mails. Fast alle aus ihrem alten Leben kannten sie nur als Hennings Anhängsel. Das waren die Menschen, vor denen sich Henning angeblich für sie schämte, die Menschen, für die sie nicht gut genug war. Niemand hatte sich bisher auf ihre E-Mails gemeldet.

En bloc löschte sie eine ganze Menge Werbeanzeigen und hätte dabei um ein Haar auch die eine Nachricht erwischt, die sie wirklich interessierte.

Britta hatte ihr geschrieben. Ihr Herz stolperte.

Liebe Charlotte,

es tut mir leid, dass ich mich so lange nicht bei dir gemeldet habe. Ich schätze, ich wusste nicht so recht, was ich sagen soll, oder – genauer gesagt – ich hab mich davor gedrückt, das auszusprechen, was es auszusprechen gilt. Nach deiner E-Mail habe ich mir aber gedacht: jetzt oder nie. Ich habe mich wirklich gefreut, deine Zeilen zu erhalten, und sie haben mich dazu ge-

bracht, ein paar unangenehmen Wahrheiten ins Gesicht zu blicken.

Du und Henning, ihr ward beide meine Freunde, aber erst durch deine E-Mail ist mir klar geworden, dass ich dir keine gute Freundin gewesen bin. Seit Jahren habe ich immer wieder beobachtet und gemerkt, wie unfair Henning dich behandelt hat. Vor uns anderen, oder manchmal hat er auch, wenn du nicht dabei warst, Dinge über dich gesagt, die nicht in Ordnung waren. Keine echten Beleidigungen, aber Kommentare, die im Kontext haarscharf an einer Beleidigung vorbeigeschrammt sind. Ich habe es bemerkt und beobachtet … und ich habe nichts dazu gesagt. Vielleicht wollte ich keine schlafenden Hunde wecken, oder ich habe mir eingeredet, eure Beziehung gehe mich nichts an. Dabei wäre das einzig Richtige gewesen, die Hand nach dir auszustrecken und dir zu sagen, dass du nicht allein bist, wenn du dich gegen seine Gemeinheiten wehren willst.

Ich hoffe, du verzeihst mir und dass wir Freundinnen bleiben können. Außerdem – und es kann sein, dass ich damit vollkommen danebenliege – wollte ich dir sagen, dass die Schwägerin meines Cousins seit ein paar Jahren in Rovaniemi lebt. Wie du geschrieben hast, hat es dich in dieselbe Gegend verschlagen? Ich weiß natürlich überhaupt nicht, was du jetzt vorhast und ob du planst, in Finnland zu bleiben, oder ob du schon wieder halb auf dem Weg zurück nach Deutschland bist. Jedenfalls dachte ich mir, es kann nicht schaden, dir zu erzählen, dass ich jemanden vor Ort kenne.

Susanna arbeitet im Personalmanagement des Lappland Zentralkrankenhauses. Die letzten Jahre hast du zwar immer in der Gastro gearbeitet, aber vielleicht interessierst du dich ja für einen Wiedereinstieg in dein ehemaliges Interessensgebiet? Ich kann mich noch sehr gut daran erinnern, wie begeistert du früher von deinem Studium berichtet hast. Wenn du willst, gebe ich dir gerne Susannas E-Mail-Adresse und stelle euch einander vor. Wenn dabei nur rauskommt, dass man jemanden aus der Heimat vor Ort kennt, kann das ja auch schon ganz nett sein.

Ich sende dir ganz liebe Grüße,

Britta

Charlotte las Brittas Worte so oft, bis ihre Augen tränten und nicht einmal blinzeln half. Hätte sie nur ihren Computer hier, dann könnte sie die E-Mail speichern. Sicher ging das auch auf dem Handy, aber sie wusste nicht, wo sie hinklicken musste, und wenn sie aus Versehen das falsche Symbol erwischte und dann alles verschwände, wäre sie wieder am Anfang und müsste mit dem nagenden Gefühl leben, das in Wahrheit vielleicht doch alles gar nicht so schlimm gewesen war. Dass Henning recht gehabt und sie sich seine Manipulationen und Erniedrigungen eingebildet hatte.

Brittas E-Mail machte ihr Martyrium real. Wie oft hatte sie zugelassen, dass das Gift, das Henning ihr Wort für Wort, Bosheit für Bosheit eingeimpft hatte, Wirkung zeigte und sie an sich zweifelte statt an ihm? Wenn niemand anderes sah, wie es um sie stand, dann konnte es nicht so schlimm sein, oder?

Hier lag der Beweis vor ihr, dass ihre Zweifel valide waren. Sie hatte sich gar nichts eingebildet. Sie durfte sich weiter auf sich und ihre Intuition verlassen, und die sagte ihr, dass sie endlich am richtigen Ort in ihrem Leben angekommen war.

Irgendwo im Haus klingelte ein Alarm, Sekunden später ein zweiter. Charlotte gab sich einen Ruck, schloss das Mailprogramm und machte sich daran, für Eljas einen Kaffee aufzusetzen und für Eveliina Milch warmzumachen.

Ein neuer Tag fing an und mit ihm ein weiteres Stück ihres neuen Lebens.

13

Achtzehn Uhr sieben. Drei Minuten später als bei Eljas' letztem Blick auf das Handy. Verdammt. Er steckte das Telefon zurück in die Hosentasche und widmete sich wieder seiner Arbeit. Ein paar Häute hatten sich von der Rückwand der Kote gelöst, die er für das Pannukahvi mit den Touristengruppen nutzte.

Hannes half ihm bei der Arbeit. Nicht, weil es eine so schwere Arbeit war, sondern weil es einfacher ging, wenn einer das Dämmmaterial hielt, während der andere die Tackerpistole benutzte. Hätte er sich mal lieber alleine durchgeschlagen. Hannes' Grinsen ging ihm auf die Nerven.

»Immer noch nichts?« Natürlich ließ ihn seine rechte Hand nicht vom Haken, sondern musste den Stachel noch schön ein wenig drehen. »Worum geht es denn? Hast du ihr einen Zettel mit ›Willst du mit mir gehen? Ja? Nein? Vielleicht?‹ zugesteckt, und jetzt antwortet sie nicht?«

»Da oben ist eine Lücke zwischen den Balken. Wenn du nur hier bist, um blöde Sprüche zu reißen, kann ich die Arbeit auch alleine erledigen.«

»Oh, oh, ist da jemand schlecht gelaunt? Hat sie vielleicht schon geantwortet, und dir hat die Antwort nicht gefallen?« Vielsagend ließ Hannes die Augenbrauen wackeln.

»Du bist ein Idiot.« Die nächste Klammer setzte Eljas mit voller Absicht gefährlich nahe an Hannes' Fingern. Das Knallen, mit dem die Tackerpistole die Metallklammer ins Holz trieb, hallte laut und befriedigend von den Wänden der Kote wieder. Er wiederholte die Prozedur. Mehrmals. Dieses Fell würde sich nie wieder lösen, so viel war sicher.

»Charlotte hat heute nach der Arbeit einen Termin bei der Personalabteilung im Krankenhaus.« Er ließ die Tackerpistole sinken. Eigentlich hatte er nicht vorgehabt, sich Hannes anzuvertrauen, aber jetzt waren die Worte nun mal raus. Das war immer noch besser, als sich weiter von Hannes aufziehen zu lassen. »Ganz seltsame Sache. Eine Freundin von ihr aus Deutschland kennt da wen und hat den Kontakt hergestellt, und letztens haben die beiden telefoniert. Wie sich herausstellt, sucht das Krankenhaus dringend Personal. Wenn alles gut geht, könnte Charlotte in der Klinik eine Heilpädagogik-Weiterbildung machen. Als freiwillige Helferin ist sie dort ohnehin schon aktiv. Es wäre perfekt.«

Hannes ließ die Arbeit Arbeit sein und setzte sich auf die nächststehende Bank. »Das heißt, sie plant, hierzubleiben? Über die Zeit im Weihnachtsmanndorf hinaus? Deinetwegen?«

Eljas' Wangen wurden warm. Wie gut, dass er einen Bart trug. Zu sehen, wie Eljas errötete, würde Hannes auf Monate hinweg Munition für seine Neckereien geben. »Ich hoffe zumindest, dass ich bei ihren Überlegungen eine gewisse Rolle spiele. Bisher habe ich nicht mal zu hoffen gewagt, dass das mit uns wirklich eine Chance haben könnte. Aber so …«

»Eljas ist verlieeeebt, Eljas ist verlieeeebt!« Sein Singsang klang schief, aber seine Augen funkelten. Das war kein bösartiger Spott, mit dem Hannes ihn da bedachte, sondern geteilte Freude. »Ich freu mich für dich, Boss. Aber mal im Ernst: Das geht alles ziemlich schnell, oder? Wie lange kennt ihr euch? Ein paar Wochen?«

»Etwas über einen Monat.«

»Und da denkt sie schon daran, ihr gesamtes Leben umzuplanen und hierher zu ziehen? Lappland ist toll, versteh mich nicht falsch. Aber du weißt selbst, wie wenige es auf Dauer hier aushalten.« *Und was wird aus dir, wenn du eine weitere Frau verlierst?* Hannes musste die Frage nicht laut aussprechen, damit Eljas den Kontext verstand.

Er gab dem Drang nach, kratzte sich nun doch den Bart. »Was willst du von mir hören, Hannes? Ich weiß, dass es keine Garantien gibt. Niemand weiß das besser als ich.«

»Ich wollte nicht …«

»Ich weiß.« Er schüttelte den Kopf, setzte sich zu Hannes. »Ich meine das auch nicht als Zurechtweisung, sondern als Tatsache. Das ist etwas, das Charlotte und ich gemeinsam haben. Wir beide haben Verlust erlebt, auf ganz unterschiedliche Weisen. Von außen betrachtet würde niemand glauben, dass unsere Situationen etwas gemeinsam haben, aber das tun sie doch. Wir beide mussten uns von der Zukunft verabschieden, in der wir uns gesehen hatten.«

»Ich wusste nicht, dass sie auch verwitwet ist.«

»Ist sie nicht.« Und ehe Hannes weiter nachfragen konnte, hob er die Hand, um ihn aufzuhalten. »Frag nicht weiter. Ihre Geschichte gehört ihr. Ich kann nicht mehr dazu sagen.«

»Okay, gut.«

»Was ich meinte: Wir beide haben um eine Zukunft getrauert, die es nicht geben wird. Jetzt sind wir bereit für einen Neuanfang. Wie lange wir uns kennen, spielt dabei keine Rolle.«

»Aber? Das klingt in meinen Ohren stark nach einem Aber.«

»Aber ich trau der Sache nicht. Das alles klingt zu gut, um wahr zu sein. Ich erwarte die ganze Zeit eine böse Überraschung. Es kann doch fast nicht mit rechten Dingen zugehen, wenn sich alles so perfekt fügt.«

Hannes zuckte mit den Schultern. »Das ist normal.«

»Was ist normal?«

»Ein bisschen Muffensausen, wenn sich endlich das Glück einstellt. Aber wenn du mich fragst, solltest du es lieber genießen. Zu viel Misstrauen macht hässliche Falten im Gesicht, und ich muss sagen, die neue Version des Hotties vom Nordpol gefällt mir.«

Ächzend schüttelte Eljas den Kopf. »Du auch, ehrlich? Wo hast du diesen fürchterlichen Spitznamen aufgeschnappt?«

»Welchen?« Eljas nahm Hannes diese Unschuldsnummer keine Sekunde lang ab. »Hottie vom Nordpol?«

Eljas hob die Augenbrauen.

Hannes grinste. »Was das betrifft, stellst du die falsche Frage. Die richtige müsste lauten: Wer kennt ihn nicht? Und die Antwort: niemand.«

Stöhnend ließ er seinen Kopf auf die Tischplatte fallen.

Hannes lachte. »Du hast mein vollstes Mitgefühl.« Immer noch feixend boxte er ihm spielerisch in die Schulter. »Was gibt es Schlimmeres, als als wandelndes Sexsymbol durch die Gegend zu laufen? Komm, tun wir was für diese Muskeln und machen die Reparatur fertig. Danach ist dann vielleicht auch deine heiß ersehnte Nachricht von Charlotte da.« Er atmete ein, dann aus, wurde plötzlich ernst. »Und das andere? Ich meine es wirklich so: Gönn dir dein Glück. Greif es mit beiden Händen, feier es. Du hast es selbst gesagt: Wenn sich etwas richtig anfühlt, gibt es keinen Zeitplan. Statt darauf zu warten, dass Charlotte sich doch als falscher Fuffziger herausstellt, zeig ihr lieber, wie froh du bist, dass sie dir eine Chance gibt. Ich wette, das würde sie mehr freuen.«

Eljas rappelte sich auf. Manchmal hatte Hannes die besten Ideen.

Im Laufe ihres Lebens hatte Charlotte eine Menge Bewerbungsgespräche absolviert. Das brachte es mit sich, wenn man sich von Job zu Job hangelte und Beruf und Berufung in zwei völlig unterschiedlichen Sphären existierten. Ein Imbiss war wie der andere, eine Bar nicht anders als die nächste. Im Grunde war ihr immer egal gewesen, wer ihr am Ende des Monats das Gehalt überwies. Wichtig war nur gewesen, dass es regelmäßig kam. An Übergangslösungen stellte niemand besondere Anforderungen. Doch ein Übergangsjob war auf den nächsten gefolgt. Ihre Träume waren bedeutungslos gewesen, für viel zu lange Zeit.

Heute war alles anders, denn dieses Bewerbungsgespräch zählte. Für sie. Für ihre Zukunft. In der Hosentasche schlossen sich ihre Finger um den Stein, den Eveliina ihr am Morgen als Glücksbringer zugesteckt hatte. Auf die glattgescheuerte Oberfläche hatte die Kleine mit Filzstift einen Stern gezeichnet. Jetzt trug Charlotte den Nordstern nicht nur auf der Haut, sondern auch in ihrer Hosentasche. Ihr unsichtbarer Kompass würde sie nicht im Stich lassen. Er hatte sie zum richtigen Zeitpunkt an den richtigen Ort geführt.

Dank ihrer Tätigkeit als Freiwillige kannte sie sich im Lappland Zentralkrankenhaus gut aus. Sie konnte es sich sparen, lang und umständlich die Hinweistafeln und Wegweiser zu studieren. Auch wenn die Personalabteilung sich in einem Flügel der Klinik befand, den sie sonst nicht betrat, war die Umgebung ihr mittlerweile vertraut. Der Geruch nach Desinfektionsmitteln und Chlorbleiche schreckte sie nicht mehr ab, sondern legte sich beruhigend auf ihre Nerven. Das, was sie in den vergangenen Wochen im Rahmen ihres Ehrenamts mit den Kindern und Eltern erlebt hatte, würde ihr niemand mehr nehmen können. Ganz egal, wie das Gespräch mit Brittas Freundin ausging, in dieser Klinik hatte sie ihre Berufung wiedergefunden, und das allein war ein Gewinn.

Im richtigen Flur angekommen, suchte sie vergeblich nach einer Rezeption, schüttelte dann aber über sich selbst den Kopf. Das hier waren nicht die Fünfzigerjahre, wo jedem Mann mit Führungsverantwortung mindestens eine Sekretärin zur Seite stand, die stets darauf achtete, dass der werte Herr sich nicht mit niederen Dingen wie Schreibarbeiten oder Terminführung beschäftigen musste. An der Spitze der Personalabteilung des Lappland Zentralkrankenhauses saß eine Frau. Sie machte ihre Termine selbst und war per Mail ausgesprochen nett zu Charlotte gewesen.

Eins nach dem anderen überflog sie die Namensschilder an den Türen. Nicht nur die Spitze der Personalabteilung, auch die anderen Posten in der Verwaltung schienen zu einem Großteil von Frauen besetzt zu sein. Ihr Mut sank. Sicher war keine dieser Frauen auf die Idee gekommen, ihre Karriere auf dem Abstellgleis versauern zu lassen, weil ein Kerl ihr einredete, seine Ausbildung sei mehr wert als ihre. Diese Frauen hier hatten sich nicht kleinhalten und ausnutzen lassen. Wie sollte sie vor Brittas Freundin rechtfertigen, dass sie ihr Studium geschmissen und stattdessen über zehn Jahre lang heiße Fleischkäsewecken und fettige Pommes verkauft und in Bars Drinks ausgegeben hatte? Nicht, dass etwas an diesen Jobs falsch gewesen war. Es waren einfach nur nicht die Jobs gewesen, die sie sich für sich gewünscht hatte. An ihnen festzuhalten war nicht nur ein Verrat an ihren Träumen gewesen, sondern vor allem an sich selbst.

Wie immer in den allerunpassendsten Momenten meldete sich Hennings Stimme in ihrem Hinterkopf. *Willst du dir das wirklich antun?*, fragte sie höhnend. *Warum ersparst du dir die Blöße nicht und gehst lieber gleich? Ich meine es doch nur gut mit dir. Wenn die dir sagen, dass du deine Chance schon vor Jahren verspielt hast, dann wirst du schrecklich enttäuscht sein, und alle um dich rum müssen zusehen, wie sie dich wieder aufheitern können. Muss das wirklich sein? Du schadest damit doch am meisten dir selbst.*

Wie immer in solchen Momenten meldete sich als Antwort ihr Fluchtinstinkt. Sie hatte Angst vor der Bloßstellung, Angst vor der Abweisung, aber dann dachte sie an Eveliinas Stein in ihrer Hosentasche und Eljas' Glückskuss heute morgen und wie ätzend es sich anfühlen würde, wenn sie vor ihm zugeben müsste, dass sie den Schwanz eingezogen hatte und ihre Ängste hatte gewinnen lassen. Sie straffte die Schultern. Verlieren konnte sie nur, wenn sie es nicht einmal probierte.

Susanna Kulmuni-Hertz – Head of Human Ressources. Da, das war das richtige Namensschild.

Sie nahm einen tiefen Atemzug, dann hob sie die Hand und klopfte an der Tür.

»Herein!«

Also los. Charlotte betrat das kleine, funktional eingerichtete Büro. Ehe sie etwas sagen konnte, hob die Frau auf der anderen Seite des Schreibtisches die Hand.

»Moment, ich muss …« Heftiges Tippen vollendete den Satz. Charlotte wusste nicht, wie sie reagieren sollte, also trat sie vorsichtig näher.

Mit einem nachdrücklichen Druck auf die Enter-Taste beendete ihr Gegenüber ihr Tun. Dann, endlich, hob sie den Kopf und lächelte Charlotte an.

»Du musst Charlotte sein. Bitte, setz dich.«

»Danke.« Sie schob den Besucherstuhl zurück, setzte sich. Die Handtasche hob sie auf ihre Oberschenkel wie ein Schutzschild, besann sich dann eines Besseren und legte sie neben dem Stuhlbein ab. Nicht wissend, was sie mit ihren Händen anstellen sollte, verschränkte sie ihre Finger ineinander. Das hier war wirklich ganz anders als jedes andere

Bewerbungsgespräch in ihrer Vergangenheit. Zum ersten Mal bedeutete ihr das Ergebnis etwas.

»Das Wichtigste zuerst.« Im Gegensatz zu ihr schien Susanna kein bisschen unsicher. »Nachdem Britta mir deine Kontaktdaten geschickt hat, ist mir aufgefallen, dass du gar keine Fremde für uns bist. Laila vom Pädagogischen Erziehungsdienst hat deinen Namen mehrfach erwähnt und dein Engagement und Feingefühl mit den Patientinnen und Patienten in höchsten Tönen gelobt. Du weißt sicher, wie das in der Freiwilligenarbeit allzu oft läuft, vor allem, wenn es um kranke Kinder geht: Viele interessieren sich dafür, doch leider geht es den meisten dabei eher um das eigene gute Gewissen. Je tränenreicher die Geschichten, die sie erleben, desto besser fühlen sie sich. Mit der Realität umgehen zu können und auch am Ball zu bleiben, das schaffen die wenigsten. Wenn du Laila von dir überzeugt hast, hat das etwas zu sagen. Da wirkt es beinah wie ein Wink des Schicksals, dass dich Britta zu mir geschickt hat.«

Charlotte fuhr sich mit der Zunge über die Lippen. »Du hast dieses Wickel-dein-Gegenüber-mit-Schmeichelei-um-den-Finger-Ding echt drauf.«

»Absolut.« Susanna grinste sie heftig nickend an. »Es ist einfach so schrecklich effektiv, wenn es darum geht, jemandem die Nervosität zu nehmen. In deinem Fall ist es aber außerdem wahr, und das macht es für mich noch leichter.«

»Beim PED auszuhelfen, macht mir großen Spaß. Bei meiner Tätigkeit als Elfe im Weihnachtsmanndorf habe ich natürlich auch mit Kindern zu tun, aber das ist etwas ganz anderes.«

»Als Weihnachtselfe? Machen das nicht meistens Studenten oder so Work-and-Traveller? Wie hat es dich denn dorthin verschlagen?«

»Das ist eine lange Geschichte …«

»Ich würde sie gerne hören.« Susanna stützte die Ellenbogen auf die Tischplatte, verschränkte die Finger ineinander und sah Charlotte an. Da lag keine Überheblichkeit in ihrem Blick, keine abschätzende Neugier, nur pures Interesse. Womöglich lag es an Susannas Komplimenten am Anfang oder daran, dass sie beide Britta kannten und Charlotte davon ausgehen musste, dass die ihrer Bekannten ohnehin von ihr und Henning erzählt hatte, aber auf einmal hörte sich Charlotte selbst dabei zu, wie sie sich der Personalchefin öffnete. Sie begann am Anfang, erzählte von ihrem Studium und Henning und wie sie sich Stück für Stück davon hatte überzeugen lassen, ihre eigenen Träume immer weiter hinter denen ihres Lebensgefährten zurückzustellen. Sie beschönigte nichts, gab zu, wie sie die letzten Jahre von Job zu Job getingelt und sich immer mehr selbst verloren hatte, bis Hennings letzter Tiefschlag sie endlich aufgeweckt hatte. Sie gab zu, dass die Arbeit als Weihnachtselfe zuerst nur eine Flucht gewesen war, aber dass sie, schon als sie die Anzeige zum ersten Mal gelesen hatte, ganz tief in sich gespürt hatte, dass das etwas war, das sie machen musste.

»Mein Opa hat mir immer gesagt, wenn ich mich verloren fühle, soll ich dem Nordstern folgen. Genau das habe ich gemacht, und so bin ich hier gelandet.«

»Und? Hat es geholfen?«

»Ja.« Charlotte nickte. »Irgendwie schon. Die Dienste als Freiwillige beim PED in der Klinik haben mich daran erinnert, wer ich früher war. Außerdem habe ich einen tollen Mann kennengelernt und seine wunderbare Tochter, und ich kann mir wirklich gut vorstellen, auf Dauer in Lappland glücklich zu werden. Nicht *wegen* des Mannes, sondern mit ihm. Aber damit das klappt, brauche ich eine Arbeit, und diesmal soll es eine sein, die mich glücklich macht. Ich will mich nicht noch einmal zufriedengeben, nur um jemand anderem nahe zu sein. Ich will meinen Weg gehen. Jemanden an meiner Seite zu wissen, der mich unterstützt und mir dabei die Hand hält, wäre der perfekte Bonus.«

»Na, wenn es da nicht passend ist, dass wir gerade Trainees für eine Weiterbildung als heilpädagogische Fachkraft suchen.« Susanna zwinkerte ihr zu. Aus einer Schublade holte sie ein paar Formulare und legte sie zwischen sich und Charlotte auf den Schreibtisch. »Das hier ist der Entwurf des Traineevertrags. Wir würden uns freuen, wenn du für uns arbeiten würdest. Der Verdienst ist nicht so toll, aber am Ende hast du ein Zeugnis in der Hand und bist zertifizierte Fachkraft. Normalerweise muss jemand mehr Berufserfahrung mitbringen, um sich für das Programm zu qualifizieren, aber ich habe mit deinen zukünftigen Vorgesetzten gesprochen, und alle wären bereit, für dich eine Ausnahme zu machen. Was ich anfangs gesagt habe, stimmt: Du hast Eindruck hinterlassen.«

»Darf ich … es mir überlegen?« Ihre Finger zitterten, als sie nach den Formularen griff. Im Grunde gab es nichts zu bedenken. Alles in Charlotte brannte darauf, die Chance beim Schopf zu packen und den Vertrag zu unterschreiben. Aber wenn sie es diesmal wirklich richtig machen wollte, dann schuldete sie sich selbst Besonnenheit. Zumindest einmal in Ruhe zu Hause durchlesen sollte sie sich den Vertrag.

»Natürlich.« Susanna nickte. »Wenn wir den Papierkram noch vor Weihnachten erledigt bekommen, kannst du direkt im Januar anfangen.«

»Das wäre toll.« Sie bog den Vertrag einmal in der Mitte und verstaute ihn in der Handtasche. »Morgen bin ich ohnehin wieder auf Station. Da kann ich dir den Vertrag zurückbringen.«

»Wunderbar.« Zum Abschied streckte Susanna ihr die Hand hin. Charlotte schlug ein. Leise fiel draußen der Schnee, und als sie durch die große Glastür am Haupteingang die Klinik verließ und den Parkplatz betrat, leuchtete ein Stern besonders hell am frühabendlichen Himmel. Sie angelte das Mobiltelefon aus ihrer Handtasche, fand Eljas' Nummer im Speicher. Es dauerte nicht lange, bis er abnahm.

»Und?«, fragte er anstelle einer Begrüßung. Sie hörte die Aufregung in seiner Stimme, die bedingungslose Bereitschaft, sie zu unterstützen, gleichgültig, wie das Gespräch verlaufen war. »Wie lief es?«

»Super!« Vor Rührung klang sie ganz heiser. »Susanna ist super nett. Und der Job klingt super interessant. Wenn ich will, kann ich direkt im neuen Jahr anfangen, und weil das Ausbildungsprogramm nur auf Teilzeit ausgerichtet ist, kann ich trotzdem noch weiter im Weihnachtsmanndorf aushelfen und so mein Gehalt aufstocken. Es passt alles super zusammen, Eljas. Ich bin so froh, dass Britta Susanna und mich zusammengebracht hat. Es war einfach …«

»Super?«

»Ja.« Sie lachte, und mit dem Lachen blubberte ein erstickter Schluchzer aus ihrer Kehle. »Ich kling vollkommen durchgeknallt, oder?«

»Nein!« Selbst durchs Telefon schliff pure Zärtlichkeit seine Stimme weich. »Du klingst glücklich.«

»Das bin ich auch.«

Mit dir, fügte sie im Stillen hinzu. Der Nordstern hatte sie wahrhaftig an ihr Ziel geführt.

14

Auf dem Parkplatz des *Silver Barman* standen nur wenige Autos.

»Bist du dir sicher, dass du deinen freien Abend ausgerechnet hier verbringen willst?« Von der Seite her sah Charlotte Eljas mit großen Augen an. Es war süß, wie unwissend sie war. Jede andere Frau hätte wohl längst erraten, dass irgendetwas im Busch war. Erst gestern hatte sie ihm erzählt, dass ihre Freunde aus dem Weihnachtsmanndorf heute alle auf eine Party eingeladen waren. Dass sie als Einzige nicht mit von der Partie sein würde, weil niemand sie gefragt hatte, schien sie nicht zu stören. Im Gegenteil: Sie hatte sich in seine Armkuhle gekuschelt, einen Arm um seine Mitte geschlungen und ihm versichert, wie zufrieden sie damit war, einfach nur Zeit mit ihm und Eveliina zu verbringen.

Nun, Eveliina verbrachte die heutige Nacht bei ihren Großeltern, und das war auch gut so. Sie hatte ihm bei den Vorbereitungen geholfen, indem sie mit ihrer Großmutter aus einem alten Bettlaken ein Transparent gebastelt hatte, aber danach sofort eingesehen, dass das heute Abend eine Erwachsenenparty sein würde.

»Absolut sicher.« Er verkniff sich ein Grinsen und drückte Charlottes Hand. Als er ihr die Pub-Tür öffnete, platzierte er seinen Körper absichtlich so, dass sie die Infotafel mit der Aufschrift *heute geschlossene Gesellschaft* nicht lesen konnte.

»Komisch.« Noch im Türrahmen stockte sie. »Da spielt gar keine Musik in der Bar. Und die Fenster sind ganz dunkel. Hat Mattias heute Ruhetag?«

»Ganz sicher nicht.« Er gab ihr einen kleinen Schubs. Instinktiv sträubte sie sich dagegen, stolperte dennoch einen Schritt nach vorne, während sie über die Schulter zu ihm zurücksah, den Mund öffnete, um zu protestieren und …

»Überraschung!« Gleichzeitig mit den Ausrufen ihrer Freunde ging das Licht an. Über dem Tresen hing das Transparent, das Eveliina gebastelt hatte. Die Aufschrift lautete:

Herzlichen Glückwunsch zum neuen Job!

Mit einem erstickten Laut schlug sie sich die Hand vor den Mund. Die Mitglieder der Elfenbande stürmten aus den vormals dunklen Ecken des *Silver Barman* auf sie zu. Jeder wollte Charlotte drücken, herzen, hochleben lassen.

Von etwas abseits des Geschehens betrachtete Eljas das Treiben. Ein leichter Schlag traf ihn an der Schulter. Mattias.

»Ich würde sagen, die Überraschung ist geglückt.«

»Sieht ganz danach aus.« Eine junge Kollegin setzte Charlotte gerade eine Plastikkrone auf und überreichte ihr einen Zauberstab. Unter der Holzdecke des Pubs hingen jede Menge dunkelblaue Luftballons mit Sternensprenkeln darauf. Das musste das Machwerk von Karlīna sein. Mit ihr hatte Eljas einige Male telefoniert, um die Überraschungsparty zu organisieren. Dabei hatte er den Eindruck gewonnen, dass Charlotte der Jüngeren wirklich am Herzen lag. »Sie hat es verdient.«

Mattias betrachtete ihn. Lange genug, damit sein Blick anfing, auf Eljas' Haut zu kribbeln.

»Was?«, wollte er wissen.

»Nichts.« Sein alter Kumpel zuckte mit den Schultern. »Du hast dich in den letzten Wochen nur verändert. Seit Lennjas Tod schienst du wie eingefroren in deiner Trauer. Und dann, plötzlich, fängst du wieder an zu leben. Es steht dir gut. Wenn der Grund dafür deine süße Elfe ist, kann ich ihr nur gratulieren.«

»Danke. Sie ist …« Er suchte nach Worten, die nicht zu sentimental klangen. Aber warum eigentlich? Warum sollte er nicht aussprechen, was ihm so oft durch den Kopf ging? Er fasste sich ein Herz, sah Mattias direkt in die Augen und meinte: »Ein Geschenk.«

Wie aufs Stichwort ertönte im selben Moment der Refrain von Mariah Careys *All I want for Christmas* in voller Lautstärke aus dem Lautsprecher. Irgendwie war es schon verrückt: Dieser Song war auch gelaufen, als Eveliina ihn beim diesjährigen Besuch im Santa Claus Village dazu überredet hatte, einen eigenen Brief an den Weihnachtsmann zu schreiben. Er hatte das Lied gehört und eine solche Sehnsucht in sich gefühlt, dass etwas in ihm gerissen wäre, hätte er sie sich nicht von der Seele geschrieben. Bis gerade eben hatte er gar nicht mehr an das Schreiben gedacht. Doch Charlotte so glücklich zu sehen und dieses Glück in sich selbst wiederhallen zu fühlen, ließ nur einen Schluss zu: Santa hatte ihm seinen größten Wunsch bereits vor Weihnachten erfüllt. Mit Charlotte hatte er genau die Frau gefunden, die er sich nicht zu wünschen gewagt hatte. Sie akzeptierte seine Vergangenheit, aber war nicht deshalb auf ihn aufmerksam geworden. Sie hatte erst den Mann kennengelernt, dann den Witwer, und obwohl auch an ihr der idiotische Hottie-vom-Nordpol-Spitzname nicht vorbeigegangen war, war er sich bei ihr nie vorgekommen wie eine Trophäe. Ihre Verbindung war natürlich gewachsen, nicht aufgrund einer vorgefassten Meinung, die sie voneinander gehabt hatten und in die sich die Realität hatte einpassen müssen. Anziehung und Vertrauen hatten sich gemeinsam entwickelt und etwas Wundervolles erschaffen. Bei keiner anderen Frau, die er vor Charlotte kennengelernt hatte, wäre das möglich gewesen.

»Freut mich für dich, Mann. Wirklich.« Mit einem weiteren Klaps auf die Schulter verabschiedete sich Mattias von ihm und verschwand in der Küche. Gleich würde es für die Feiernden Burger, Pommes und jede Menge ungesundes, leckeres Essen geben.

Zuerst musste Eljas jedoch einen anderen Hunger stillen. Er bahnte sich einen Weg durch die kleine Gruppe, die sich um Charlotte gebildet hatte, legte ihr die Arme auf die Schultern und drehte sie zu sich herum. Für den Bruchteil einer Sekunde weiteten sich ihre Augen, dann breitete sich Wärme in der Tiefe ihres Blickes aus. Er ließ eine Hand in ihre Taille wandern, die andere bot er ihr zum Tanz. Wie von allein fanden sie die richtige Pose, bewegten sich zu den Takten des Weihnachtsklassikers.

»Ich bin sehr stolz auf dich«, flüsterte er ihr ins Ohr. Sie waren die Einzigen, die tanzten, aber das machte nichts. Für ihn gab es in diesem Moment ohnehin nur sie und ihn.

»Ich auch, Eljas. Ich bin auch sehr stolz auf mich.« Er konnte nur erahnen, wie selten sie das bisher gesagt hatte.

Die spinnen, die Finnen! Das hatte Charlotte schon öfters gehört oder gelesen. Sie hatte es immer als ziemlich gemein empfunden, denn nichts, was ihr Großvater ihr von dem Land seiner Ehefrau erzählt hatte, deckte sich mit dieser kruden Einstellung. Umgeben von ihren Freunden, die in einem schiefen Chor lautstark nach einer Runde Karaoke verlangten, war sie geneigt, dem Sentiment eine gewisse Berechtigung zuzugestehen.

»Ich kann doch gar nicht singen!« Selbst sie hörte, wie wenig überzeugend ihr Protest klang. Ihre Wangen schmerzen vom vielen Lachen an diesem Abend.

»Das ist doch genau der Sinn von Karaoke!« Karlīna schnappte sich das Mikrofon, das Mattias ihr anreichte. Wie genau eine Karaokeanlage in das Pub eines Typen passte, der aussah wie eine Mischung aus Santa und einem Rocker, konnte Charlotte sich nicht erklären, aber kaum hatten die anderen nach dem Essen den Vorschlag gemacht, war er voll bei der Sache gewesen und hatte die Anlage angeschmissen.

Karlīna baute sich vor der Leinwand auf, die Mattias in die Mitte des Pubs gerollt hatte. »Ich zeig dir, wie's geht.« Sie gab Mattias ein Zeichen mit der Hand, und schon erklang ein Instrumentalintro. Es dauerte ein paar Takte, dann erkannte Charlotte *Santa Baby* von Madonna.

So verführerisch lasziv die Popikone die Textzeilen interpretierte, so schief klang Karlīnas Darbietung. Sie hatte recht – mit sängerischem Können hatte das, was ihre Freundin da veranstaltete, wenig zu tun. Das hinderte die anderen allerdings nicht daran, schon bei der zweiten Strophe den Text lauthals mitzugrölen. Als dann auch noch der Plastikschneemann in den Song miteinstimmte und völlig unpassend sein blechernes Jingle Bells dazwischenschob, war es um Charlotte geschehen. »Think of all the Fun I've missed, think of all the fellas that I haven't kissed«, sang sie mit, und ein kleines bisschen kam ihr der Text vor wie eine Botschaft.

»Ich will lieber nicht dran denken, wen du alles nicht geküsst hast.« Eljas' Stimme in ihrem Ohr, sein Atem an ihrem Hals jagte einen Wonneschauder über ihren Rücken. »Wichtig für mich ist nur, wen du jetzt küsst.«

Das Lied ging zu Ende. Sie drehte sich in seiner Umarmung um. »Singst du auch?«, fragte sie ihn.

Er ließ sie los, ein Schatten huschte über seine Miene. »Früher schon.« Er zuckte mit den Schultern, lächelte, aber etwas an dem Lächeln schien nicht mehr ganz ungezwungen. »Karaoke ist ja fast so etwas wie ein Kulturgut bei uns.«

»Und trotzdem hast du den Spaß dran verloren?«

Der nächste Song begann, und den erkannte Charlotte sofort: »Last Christmas«. Lachlan hatte sich diesmal das Mikro geschnappt. Auf der Leinwand rollte die erste Textzeile heran, aber Lachlan hielt sich nicht daran. Er fasste Charlotte ins Auge und sagte: »Der Song ist für dich.« Ein Zwinkern, eine angedeutete Verbeugung, dann fiel er in den

Text. »Last Christmas I gave you my heart, but the very next day …«

»Spinner.« Ein Lachen brach aus Charlotte heraus. Ihr erster Abend im *Silver Barman* und Lachlans Flirtversuche kamen ihr in den Sinn. Trotz seiner Gesangseinlage glaubte sie keine Sekunde lang, dass sie ihm wirklich das Herz gebrochen hatte, schmeichelhaft war die Darbietung dennoch. Auf eine harmlose, spielerische Weise. Dass der Schotte im Gegensatz zu Karlīna auch noch wirklich singen konnte, machte es umso großartiger.

»Als ob der wirklich jemals was von mir …« Sie stockte. Lachlans Darbietung hatte sie so sehr gefangen genommen, dass sie gar nicht bemerkt hatte, dass Eljas von ihrer Seite verschwunden war. Sie sah sich nach ihm um. Ah, da! Er wechselte ein paar Worte mit Mattias. Sie war gerade auf halbem Weg zu den beiden, als Lachlans Ständchen zu Ende ging, und der, der sich da als Nächstes auf die improvisierte Bühne drängte, war niemand anderes als Eljas!

Hatte er nicht eben noch betont, dass er nicht mehr singen würde? Ein Flattern setzte sich in ihrem Magen fest.

Schon bei den ersten Takten wurde klar, dass Eljas nicht plante, ein weiteres Weihnachtslied zum Besten zu geben. Lautenklänge und Tonfolge erinnerten eher an Mittelalterrock. Sie sah Wikingerschiffe vor ihrem inneren Auge, Nebelschwaden über spiegelglatten Fjorden. Noch flüsterte Eljas mit Mattias, doch je länger das Intro lief, desto mehr schien er zu wachsen, bis er mit der Musik verschmolz, zu einem Teil von ihr wurde. Dann setzte seine Stimme ein, volltönig und klar, kraftvoll und ein bisschen hart. Die ersten Zeilen sang er auf Finnisch, dann wechselte der Text ins

Englische. Auch das war ein Liebeslied, begriff sie. In seinem Song stand nicht die Liebe zu einer Frau im Mittelpunkt, sondern die Liebe zu einem Land. Er sang über die Heimat des suchenden Mannes, den Ort hoch im Norden, wo ein blasser Himmel endlose Fjells bekrönte. Wo glitzernde Seen das Echo fröhlicher Lieder zurückwarfen und Schatten in den Wäldern tanzten. Das Lied war alles andere als romantisch, aber die Art, wie Eljas es vortrug, berührte sie. Sein Mienenspiel verriet die Leidenschaft, mit der er jede Textzeile füllte. Das Land, das er besang, konnte einer rastlosen Seele Frieden schenken. Hier hatte er die Zeit gefunden zu heilen. Zu jeder Schlacht gehörten Narben, und Eljas hatte gelernt, seine mit Stolz zu tragen. Die Finnen sollten die glücklichsten Menschen der Welt sein, hieß es beinah genau so oft, wie dass sie spännen. Manchmal hatte sich Charlotte gefragt, ob das eine mit dem anderen zusammenhing. Nur Verrückte konnten glücklich sein, bei den Sorgen und Problemen, die das Leben so gern über einem ausschüttete. Wie sehr sie sich geirrt hatte! Wie sehr sich alle irrten. Hier, wie überall auf der Welt, kannten die Menschen Kummer und Schmerz. Wenn seine Landsleute alle so waren wie Eljas, dann lernten sie nur besser, das Unabänderliche zu akzeptieren. Zufriedenheit war das Zauberwort. Nicht gar so hart mit sich ins Gericht gehen. Auf das Leben vertrauen, darauf, dass es seinen Weg fand, und die Erfolge feiern, wenn sie kamen, nicht, wenn man sie haben wollte.

»Es ist einfach nicht fair!«

»Was?« Charlotte fuhr herum. Lachlan stand neben ihr, nippte an einer Bierflasche und beobachtete Eljas' Darbietung genauso intensiv wie sie.

»Dass der Typ auch noch singen kann. Reicht wohl nicht, dass er euch Frauen den Kopf verdreht, ein hübsches Haus und ein florierendes Geschäft hat. Manche haben einfach immer Glück.«

»Er nicht.«

»Er hat dich.« Lachlan zwinkerte ihr zu. »Hast du schlussendlich mit ihm geredet?«

»Ich rede jeden Tag mit ihm.« Sie hatte so eine Ahnung, worauf Lachlan hinauswollte, zog es aber vor, sich so lange vor der Frage zu drücken, wie es nur ging.

»Das ist mir klar. Und du weißt auch, dass ich das nicht meine. Hast du ihm dein Geständnis gemacht und dein Geheimnis mit ihm geteilt?«

»Warst du nicht der, der mir geraten hat, die ganze Sache lieber mit mir auszumachen?«

»Ich habe gesagt, es kommt immer drauf an, was es ist.«

»Danke für nichts.« Charlotte verdrehte die Augen. »Das hilft mir kein bisschen weiter.« Bisher hatte sie den Brief nicht verbrannt. In letzter Zeit war sie kaum einmal in ihrer Personalhütte gewesen war. Jede freie Minute verbrachte sie mit Eljas und Eveliina.

»Soll es ja auch nicht.« Lachlan trank einen Schluck von seinem Bier. »Schließlich will ich dich immer noch davon überzeugen, dass du dich für mich entscheidest.«

»Du bist echt so ein Spinner!«

Eljas' Ballade an das Land des einsamen Mannes war lang, aber auch sie fand ein Ende. Bei ihm hatte niemand mitgesungen, dafür brachen am Ende alle Anwesenden in Applaus aus. Er verbeugte sich grinsend, doch statt das Mikrofon an einen der anderen weiterzugeben, streckte er die rechte Hand nach ihr aus und machte eine auffordernde Geste.

Sie deutete sich mit dem Zeigefinger auf die Brust und lachte kopfschüttelnd.

»Charly, Charly, Charly!«, singsangten ihre Freunde.

Also gut. Auch Eljas hatte zunächst nicht auf die Bühne gewollt und sich dann doch ein Herz gefasst. Ihren alten Freunden in Deutschland zu schreiben hatte sie Mut gekostet, und es hatte sich gelohnt. Gerade eben hatte sie sich noch daran erinnert, dass es nicht immer ums Gelingen ging, sondern ums Probieren. Nicht um den Erfolg, sondern um das Erlebnis. Sie nahm einen tiefen Atemzug, dann trat sie zu Eljas. Für ihre Courage bekam sie einen Kuss.

»Was singen wir?«, fragte sie, leise und weg vom Mikrofon.

»Mach du einen Vorschlag.«

Sie überlegte kurz. Die Antwort kam ihr wie ein Geistesblitz: »All I Want for Christmas is you.«

Sie sangen »All I Want for Christmas« und »Winterwonderland«. Karlīna bestand darauf, dass Mattias als Nächstes »Rudolph, the Red Nosed Reindeer« auflegte, und zauberte von irgendwoher eine rote Clownsnase hervor, die sie Eljas aufsetzte. Bei »Santa Claus is coming« stimmten auch die anderen mit ein, und bei »White Christmas« zerrte Joost den Plastikschneemann auf die Bühne und tanzte mit ihm einen Schieber. Sie lachten und sie grölten und ölten die strapazierten Kehlen mit Bier und Milch. Nur in Finnland passten diese zwei Getränke zusammen, und Charlotte fand es herrlich.

Womöglich hätten sie noch bis in die frühen Morgenstunden weitergefeiert, wenn nicht Mattias irgendwann den Riegel vorgeschoben und sie daran erinnerte hätte, dass die meisten von ihnen morgen früh arbeiten mussten. Alle halfen zusammen, das Pub aufzuräumen.

Den letzten Drink nahmen Charlotte und Eljas allein mit dem Wirt. Die anderen hatten sich schon auf den Weg gemacht, und in die feiertrunkene Aufregung des Abends mischte sich eine glücklich-träge Erschöpfung.

»Dann wollen wir mal.« Eljas kippte den Kurzen, den Mattias ihnen serviert hatte, in einem Zug und stellte das Glas zurück auf den Tisch. Er war im Begriff aufzustehen, als Mattias ihn aufhielt.

»Halt, halt, mein Freund. Ich glaube, du hast was vergessen.«

Mit Augen, die ein bisschen glasig waren, sah Eljas an sich herab. Er klopfte sich auf die Brusttasche, tastete die Gesäßtaschen seiner Jeans ab.

Mit hochgezogenen Augenbrauen schüttelte Mattias den Kopf. »Den Autoschlüssel, Kumpel.« Auffordernd hielt er ihm die offene Hand hin.

»Aber …«

»Nichts aber. Du hast zu viel getrunken, um noch zu fahren.«

»Ich muuuuss nach Hause.«

Charlotte kicherte. Sie hatte Eljas noch nie beschwipst erlebt.

»Nicht mit dem Auto.« Mattias blieb konsequent.

Charlotte hakte sich bei Eljas unter, zog ihn auf die Beine. »Wir können zur Abwechslung bei mir schlafen.«

»In … deiner Wohnung?« So wie Eljas die Stirn runzelte, könnte man meinen, sie hätte ihn mit einem komplizierten Rätsel konfrontiert. Wieder blubberte ein Kichern aus ihrer Kehle. Irgendwie hatte sie sich mit ihren schiefen Tönen jedes bisschen Selbstkritik aus dem Leib gesungen. Alles war auf einmal leicht und lustig.

»In meiner vom Weihnachtsmann persönlich zur Verfügung gestellten Schlafhütte« berichtigte Charlotte. »Du warst noch nie da. Lass dich überraschen.« Vielsagend wackelte sie mit den Augenbrauen. War ja nicht so, als ob nur Eljas ein bequemes Bett hatte.

»Na gut.«

Vor der Tür traf die eiskalte Winterluft sie mit voller Wucht.

Alles war so schön hier. Eljas nahm den Arm nicht von ihrer Schulter. Halb stützte er sich auf sie, halb lehnte sie sich an ihn. Über ihnen, um sie herum, verwirbelten die Sterne zu einem goldglänzenden Strudel aus Licht. In Charlottes Brust wummerte das Herz noch immer zum Rhythmus der Bässe von Mattias' Karaokeanlage. Sie summte und wusste nicht was. Nur dass ihr Leben plötzlich aus Musik bestand, das wusste sie. Aus tanzenden Schneeflocken und singendem Mondlicht. Das Knirschen ihrer Stiefel auf dem frisch gefallenen Schnee war der Takt und das Schlagen ihres Herzens die Melodie. Die Sterne waren der Chor und der Nordstern der Dirigent.

»Verrätst du es mir?« Sie kuschelte ihren Kopf an seine Brust. In Schlangenlinien näherten sie sich ihrem Ziel. Es machte nichts. Manchmal kam es auf den Weg an, nicht auf das Ende der Reise. Auch das gehörte zu den Dingen, die sie in Lappland gelernt hatte.

»Was?« Er blieb stehen, sah sie wieder mit diesem entzückenden Ausdruck zwischen Konzentration und Verwirrung an.

»Warum du aufgehört hast zu singen? Du bist so gut darin. Ich liebe deine Stimme.« *Und dein Wesen. Ich liebe die Ausdauer, mit der du nach dem Leben greifst. Ich liebe die Traurigkeit in deinem Blick, die wie ein Fenster ist, durch das du mich in deine Seele schauen lässt. Ich liebe deine starken Arme und deinen Bart und jedes Lächeln von dir. Ich liebe dich und deine Tochter und was für ein wundervoller Vater du bist. Ich liebe deine Art zu lieben. So unumstößlich und gewaltig wie das Land, das deine Heimat ist.*

Ein Drink mehr, eine Sekunde mehr, und sie hätte all das ausgesprochen. Doch Eljas kam ihr zuvor.

»Wegen dem letzten Mal.«

»Wegen dem letzten Mal?« Sie hob ihm ihr Gesicht entgegen.

Er nickte. »Für Lennja. Zuletzt habe ich für sie gesungen. Als sie … Ich habe …« Er stockte, schluckte, wischte sich mit dem Handrücken eine Träne aus dem Augenwinkel. »… in den Schlaf.«

»Oh, Eljas.« Plötzlich war auch ihr zum Heulen. Sie blieb stehen, schlang ihm die Arme um die Mitte. Neue Tränen glitzerten in seinen Augenwinkeln. Der Alkohol hatte ihre Barrieren eingerissen. Nicht im Geringsten hatte sie ahnen können, wie gewaltig das Geschenk war, das er ihr machte, indem er für sie sang. Wie viel Mut konnte ein Mensch besitzen? Wie unglaublich schwer musste es gewesen sein, dabei zuzusehen, wie die Frau, die er liebte, starb, und ihr den letzten Weg mit einem Lied zu erleichtern. Sie in den ewigen Schlaf zu singen, wie man sein Kind in den Schlaf sang, hoffend auf ein Wiedersehen, auf Ruhe und Frieden.

»Danke.« Ihre Lippen formten das Wort, doch ihre Stimme versagte, und plötzlich hörte sie einen Laut, ein schluchzend ersticktes Geräusch, und im nächsten Moment riss Eljas sie an sich, mit der ganzen Last seines Verlusts. Er ließ seinen Tränen freien Lauf.

Sie weinten gemeinsam, und es fühlte sich nicht falsch an. Im Gegenteil. Es fühlte sich richtig an, auch das mit ihm zu teilen. So wie er sie gehalten hatte, als die Scherben ihres alten Lebens ihr vor die Füße gefallen waren, so hielt nun sie ihn. Der Verlust war ein anderer, doch der Schmerz war derselbe. Er nahm nichts von ihrer Liebe füreinander weg, sondern gehörte dazu.

Irgendwann versiegten ihre Tränen. Zuerst seine, dann ihre. Eljas fragte sie nicht, warum sie mit ihm um eine Frau weinte, die sie nie kennengelernt hatte.

Bald schon tauchten die ersten Lichter des Weihnachtsmanndorfs vor ihnen auf. Als wären die Sterne vom Himmel auf die Erde gefallen, leuchteten sie ihnen den Weg, luden sie ein in die märchenhafte Zauberwelt voller Weihnachtswunder.

Während sie vor der Haustür nach ihrem Schlüssel suchte, pirschte Eljas sich von hinten an sie an. Er knabberte an ihrem Hals, fuhr mit der Nase über die empfindliche Haut unter ihrem Ohr.

»He, lass das.« Sie kicherte. »So krieg ich die Tür nie auf.«

Statt einer Antwort erntete sie von ihm ein genießerisches Brummen. Entgegen ihrer Befürchtung schwang die Haustür schon beim ersten Versuch auf. Gemeinsam stolperten sie ins Innere. Eljas ließ sie nicht los. Er drängte sie vorwärts, während seine Hände auf Wanderschaft gingen, den Reißverschluss ihres Parkas öffneten, darunter griffen.

Sie kickte sich die Stiefel von den Füßen, ihre Jacke fiel auf den Boden, seine auch. Im engen Wohnraum stieß sie mit der Hüfte gegen den kleinen Esstisch.

»He.« Ihr Protest klang nicht einmal halbherzig. »Was machst du da?«

»Kannst du dir das nicht denken?« Er gab ihr gerade so viel Platz, dass sie sich in seinen Armen umdrehen konnte.

»Du bist betrunken.«

Gespielt entrüstet nahm er einen Schritt Abstand von ihr, sah demonstrativ an sich herab. Heftig schüttelte er den Kopf. »Mmh, funktioniert noch alles.«

Sie verdrehte die Augen, öffnete die Arme für ihn. Schon wieder zeigte er ihr eine andere Seite von sich. Den verspielten, lustigen Eljas hatte sie bisher nur bei ihrem Ausflug nach Kemi kennengelernt.

Er ließ sich nicht zweimal bitten, kam wie von einem Magneten gezogen auf sie zu. In einer Bewegung, die erstaunliche Koordination bewies, packte er sie um die Hüfte und setzte sie auf die Tischplatte.

Etwas knirschte, ein Tischbein gab nach, die Tischplatte wurde zur Rutschbahn. Charlotte verlor das Gleichgewicht, kippte nach rechts auf den Boden, und weil sie sich an ihn klammerte, nahm sie Eljas mit. In einem Knäuel landeten sie auf dem Fußboden, lachten, küssten sich, lachten mehr. So weit war es dann wohl noch nicht her mit ihrer beider Koordination.

Sie stemmte ihm die Fäuste in die Brust, bugsierte ihn mit ganzer Kraft von ihrem Körper. »Bett!«, kommandierte sie. »Jetzt.«

»Aber du riechst so gut.« Wenn Eljas wollte, konnte er sich verdammt schwer machen. Statt von ihr runterzugehen, knabberte er wieder an ihrem Hals.

»Runter!« Rückwärts kroch sie von ihm fort. Ihre Schulter blieb an einem Bruchstück des zerbrochenen Tischbeins hängen. »Au! Jetzt mach schon. Runter!«

»Okay, na gut …« Eljas konnte nicht nur seinen Körper in einen Sack Zement verwandeln, er konnte auch schmollen. Ob er sich das bei Eveliina abgeschaut hatte? »Aber ich geb nicht auf. Das ist nur ein momentaner Rückzug.«

»Ganz bestimmt.« Kichernd wühlte sie sich unter ihm frei, kam erst auf die Knie, dann auf die Beine. Er rollte sich auf den Rücken, blinzelte in den dunklen Raum, der nur von den Lichtern erhellt wurde, die von draußen ins Innere fielen. Ächzend legte er sich einen Arm über die Augen.

»Eljas?« Auf halbem Weg vom Wohn- ins Schlafzimmer sah sie sich nach ihm um. »Kommst du?«

Er regte sich nicht, nur ein grummelndes Schnarchen ging von ihm aus. Das hieß wohl, sie musste einen schlafenden Berg versetzen.

15

Wer keinen Alkohol verträgt, sollte das Trinken den Profis überlassen. Eljas rollte sich auf die rechte Seite und tastete neben sich. Seine Hand landete auf einem kühlen Bettlaken. Den Mut, die Augen zu öffnen, besaß er nicht. Wie spät war es? Und wie war er überhaupt ins Bett gekommen? Seine letzte Erinnerung zeigte ihn und Charlotte in einem Knäuel aus Armen und Beinen auf dem Boden, wie er versucht hatte, sie zu küssen und ihr gleichzeitig die Hose zu öffnen. Danach war alles nur noch ein Nebel.

Mann, Mann, Mann, wann hatte er es zum letzten Mal so krachen lassen? Die Party hatte so überhaupt nichts mit den einsamen Abenden zu tun, an denen er sich auf dem Grund einer Weinflasche verloren hatte. Gestern hatte er nicht getrunken, um zu vergessen. Das genaue Gegenteil war der Fall gewesen. Bis Charlotte ihn aus seiner Einsamkeit gerissen und ihn daran erinnert hatte, dass das Leben mehr als Trauer zu bieten hatte, hatte er nicht einmal mehr gewusst, wie viel Spaß es machen konnte, loszulassen. Nicht der trauernde Witwer zu sein, nicht der fürsorgliche Vater und auch nicht der gewissenhafte Unternehmer, sondern einfach nur Eljas, ein Kerl, der eine Frau mochte und ihr gefallen wollte.

Sogar gesungen hatte er für sie. Kein Liebeslied, sondern das erste Lied, das er mit seiner Schulband performt hatte. Damals, vor fünf Jahren, als er an Lennjas Sterbebett gesessen und ein letztes Mal für sie gesungen hatte, hatte er sich geschworen, dass es das letzte Mal wäre. Wie viel hatte er aus falsch verstandener Loyalität seiner verstorbenen Frau gegenüber noch aufgegeben? Niemand hatte ihn dazu gezwungen. Der Verlust hatte ihn erschüttert und die Grundfesten seiner Persönlichkeit ins Wanken gebracht. Es hatte Zeit und Mut gebraucht, um sich wieder an den Menschen zu erinnern, der er früher gewesen war. Gestern war er zu seinen Wurzeln zurückgekehrt. Zu einer Zeit, in der Mattias, Lennja und er erst begonnen hatten zu entdecken, was ihnen Spaß machte. Charlotte hatte nicht wissen können, warum er ausgerechnet eine Rockballade ausgewählt hatte. Aber irgendwas musste sie gespürt haben, denn die Art, wie sie auf dem Heimweg gemeinsam mit ihm um ein verblasstes Leben geweint hatte, sprach von tiefem Verständnis.

Zwar brummte sein Schädel immer noch, aber ewig konnte er das Augenöffnen nicht hinausschieben. Er rüstete sich für das Schlimmste und schlug die Lider auf. Das war einer der Momente, an denen er der winterlichen Finsternis wirklich etwas abgewinnen konnte. Obwohl es schon recht spät am Morgen sein musste, war es im Zimmer angenehm schummrig. Nur durch das Fenster fiel milchige Helligkeit. Vom Fenster wanderte sein Blick weiter auf den Nachttisch.

Dort standen ein Glas Orangensaft, ein Päckchen Aspirin sowie eine Plastiktrinkflasche mit einem dieser elektrolythaltigen Sportlerdrinks. Charlotte war wirklich ein Schatz. Er griff nach der Flasche, öffnete den Verschluss und nahm ein paar gierige Schlucke. Das vertrieb nicht nur den widerlichen Geschmack im Mund, sondern half auch gegen das Kratzen im Hals. Er fuhr sich mit der Hand durch die Haare und richtete sich auf. Erst jetzt bemerkte er den Zettel, der zwischen Orangensaft-Glas und Aspirin-Päckchen geklemmt war. Er nahm ihn an sich und entfaltet ihn.

»Eine Kollegin vom Haus der Weihnachtsfrau hat sich heute Morgen krankgemeldet«, stand dort in hektisch gekritzelter Schreibschrift. »Ich muss kurzfristig für sie einspringen, wollte dich aber nicht wecken. Wenn du wieder unter den Lebenden weilst, melde dich bei mir. Vermisse dich jetzt schon, Charlotte.« Sie hatte ein Herzchen neben ihre Unterschrift gesetzt. Lächelnd faltete er den Zettel wieder zusammen. Offenbar war sie in großer Eile gewesen, dennoch hatte sie sich Zeit genommen, um ihm eine Nachricht zu hinterlassen. Nicht einmal ein ausgewachsener Kater konnte ihm diesen Morgen verderben.

Um auch noch den Rest des Tages zu überstehen, schüttelte er sich etwas Pulver aus dem Arzneibriefchen direkt in den Mund und spülte es mit einem Schluck Orangensaft runter.

Als er im Wohnraum an dem demolierten Tisch vorbeikam, grinste er in sich hinein. Er sprang unter die Dusche, bediente sich an ihrer Seife und dem Shampoo. Jetzt würde er zwar den Rest des Tages nach Vanille und Kokos riechen, eine nette Abwechslung zu Rentiersabber. Glücklicherweise hatte er genug Weitsicht besessen, um mit Hannes abzusprechen, dass dieser sich am Morgen um die Tiere sowie die ersten Touristentouren kümmerte. Dafür musste er die Spätschicht übernehmen. Am späten Nachmittag stand eine Schlittenfahrt an, bei der die Besucher mit etwas Glück die Nordlichter beobachten konnten. Zurück in seinen Klamotten vom Vortag suchte er sein Handy. Zuletzt hatte er es in seiner Jeanstasche gehabt, aber die war jetzt leer. Suchend sah er sich um und fand das Gerät zum Laden an ein Kabel in der Küchenzeile angeschlossen. Charlotte war wirklich unglaublich!

Weil er noch ein bisschen Zeit hatte, rief er bei seinen Eltern an. Seine Mutter meldete sich nach dem siebten oder achten Klingeln.

»Jalonen.«

»Guten Morgen, Mutter. Ich wollte fragen, wie es euch geht. Hat Eveliina sich benommen?«

»Das tut sie doch immer.« Die Stimme seiner Mutter war warm vor Zuneigung. »Sie hat die ganze Zeit von der Party erzählt, die sie gemeinsam mit dir für deine Charlotte organisiert hat. Wenn es nach ihr geht, hat sie den Großteil der Organisation übernommen und du warst nur die helfende Hand.«

Eljas lachte. »Das hört sich nach Eveliina an. Wie wollen wir es heute Abend machen? Hannes musste heute Morgen für mich einspringen, deshalb wird es wohl etwas später, bis ich Eveliina bei euch abholen kann. Eigentlich hatte ich mit ihr besprochen, dass sie mit dem Bus aus der Schule nach Hause fährt und Charlotte dann bei mir auf sie aufpasst, aber ich bin mir nicht sicher, ob sich mein wertes Fräulein

Tochter wirklich daran erinnert. Hast du da was mitgekriegt?« Obwohl Eveliina in den meisten Dingen sehr verlässlich war, ließ sie sich gerne ablenken. Dann konnte es passieren, dass sie alles andere vergaß. Den Schilderungen seiner Mutter nach war sie gestern mit dem Kopf viel zu sehr bei der Party gewesen, um dem Gerede ihres alten Herrn die nötige Aufmerksamkeit zu schenken.

»Wenn ich ehrlich bin, habe ich keine Ahnung. Mir gegenüber hat sie den Schulbus jedenfalls mit keinem Wort erwähnt. Warte, ich frag kurz bei Vater nach. Wenn ich das richtig mitbekommen habe, hat er Eveliina nämlich versprochen, sie von der Schule abzuholen.«

Eljas rieb sich den schmerzenden Schädel. Das war so typisch. Je genauer man plante, desto zuverlässiger traf einen der Zufall. Zuerst konnte er sich heute Morgen nicht von Charlotte verabschieden, und jetzt gab es offenbar ein Kuddelmuddel bei den Absprachen zwischen seinen Eltern, Eveliina und ihm. Er wollte sich nicht beschweren. Ohne seine Eltern wäre er aufgeschmissen, was die Betreuung seiner Tochter anging. Aber manchmal war es echt nicht leicht, alle an einen Tisch zu bekommen, um die Dinge ordentlich zu besprechen.

»Okay, ich warte.« Wie immer vergaß seine Mutter, den Hörer vom Gesicht zu nehmen, als sie nach seinem Vater rief. Eljas Ohren klingelten. Seinem ohnehin schon malträtierten Kopf gefiel das Geschrei überhaupt nicht. Er biss die Zähne zusammen. Entfernt hörte er seinen Vater etwas grummeln, verstand die Worte jedoch nicht.

Kurz darauf meldete sich seine Mutter wieder. »Eljas? Hast du das mitgehört?«

»Nein.«

»Es ist, wie ich gedacht hatte. Dein Vater hat mit Eveliina abgesprochen, dass er sie von der Schule abholt. Sie wollten im Internet noch nach einem Geburtstagsgeschenk für Eveliina suchen. Ist ja nur noch ein paar Tage hin, und so vieles bekommt man einfach besser online.« Eljas grinste in sich hinein. Erst vorgestern hatte er eine Diskussion zwischen Charlotte und Eveliina belauscht, während der Charlotte seiner Tochter hoch und heilig versprechen musste, ihren Geburtstag mit ihr zu feiern. Eveliina hatte die ganz schweren Geschütze aufgefahren. Da waren tatsächlich ein paar Tränchen in ihren Augenwinkeln gewesen, als sie sich darüber beschwert hatte, dass sie nie Freundinnen zu ihrem Geburtstag einladen konnte, weil an Heiligabend natürlich immer alle mit ihren Familien beschäftigt waren.

Er sammelte sich. »Soll ich sie dann heute Abend spät bei euch abholen, oder übernachtet sie besser noch eine Nacht bei euch?« Noch ein gemeinsamer Abend mit Charlotte allein klang nicht wie die schrecklichste Art, Zeit zu verbringen.

»Warum lädst du deine Charlotte nicht einfach zu uns zum Essen ein? Dann lernen wir die Dame endlich kennen und sind nicht so festgelegt mit der Zeit. Bestimmt freut ihr beide euch doch, wenn ihr nach einem anstrengenden Arbeitstag nicht mehr kochen müsst.«

»Sie musste heute ziemlich früh zur Arbeit und hat schon am Nachmittag frei.«

»Das ist doch prima. Wenn sie will, kann sie auch schon früher zu uns kommen. In Gesellschaft wartet es sich besser, und Eveliina freut sich sicher.«

»Ich frage sie.«

»Mach das.« Seine Mutter klang, als hätte er eine sehr gute Entscheidung getroffen.

Sie beendeten das Gespräch, und Eljas versprach, sich bei ihr zu melden, sobald er von Charlotte Bescheid bekam.

Wo er das Handy schon mal in der Hand hatte, tippte er gleich eine kurze Textnachricht an sie. Als Nächstes stand Hannes auf seiner Liste.

»Hey, Boss.« Wer schon am Morgen so fröhlich klang, konnte keine Hiobsbotschaften zu berichten haben. »Was gibt's?«

»Nichts Besonderes. Du kennst mich doch. Ich wollte mich nur vergewissern, dass bei dir alles rundläuft. Bist du schon mit der ersten Truppe unterwegs?«

»Noch nicht, aber gleich. Ich hole die Gäste in einer Viertelstunde im Weihnachtsmanndorf ab. Die Führtiere sind schon in ihren Geschirren.«

»Prima.«

Hannes lachte. »Wenn du noch ein bisschen weniger begeistert klingen würdest, müsste ich denken, ich habe was falsch gemacht.«

Eljas rieb sich den Bart. »Überhaupt nicht.«

»Lass mich raten: Du hasst es nur, nicht gebraucht zu werden? Dabei sollte das dein freier Vormittag sein. Haben Charlotte und du da wirklich nichts Besseres zu tun?« Eljas sah Hannes' vielsagendes Augenbrauenwackeln förmlich vor sich.

»Sie musste kurzfristig für eine Kollegin einspringen.«

»Tja, Pech für dich! Aber mal im Ernst: Ich brauche dich erst zum verabredeten Zeitpunkt am Hof. Ich kann nicht glauben, dass du wirklich nichts Besseres zu tun hast, als mit dem Kopf bei der Arbeit zu sein. Genieß den freien Vormittag.«

»Mir wird schon was einfallen.« In der Hoffnung auf Inspiration ließ er seinen Blick schweifen. Er blieb an dem zerstörten Tisch hängen. Wahrscheinlich sollte Charlotte das ihrem Arbeitgeber melden und um Ersatz bitten. Die kleine Hütte samt Einrichtung gehörte zu ihrer Bezahlung. Aber wo er schon mal hier war …

Er ging näher, inspizierte den Schaden genauer. So viel war da nicht zu tun. Ein Bein war abgeknickt und aus der Verankerung gebrochen. Er müsste nur die Holzreste entfernen, alles ein bisschen abschmirgeln und neu verkleben. Die nötigen Utensilien hatte er zu Hause. Oder er nahm den Tisch mit und erledigte alles dort. Charlotte hatte ihm keinen Schlüssel hiergelassen, und sein Wagen stand vor dem *Silver Barman*. Bis dorthin wollte er das zerstörte Möbel nicht schleppen, aber er könnte es kurz vor der Haustür zwischenparken, das Auto holen und dann hierher zurückkommen. Selbst mit dem Hin- und Herfahren sollte der Tisch in knapp zwei Stunden wieder wie neu sein.

Sein Handy gab einen Nachrichtenton von sich. Er fischte es aus seiner Jeanstasche und warf einen Blick auf das Display. Charlotte hatte geschrieben.

»Hey Schlafmütze. Klar komme ich gerne zu deinen Eltern zum Abendessen :) Hast du eine Idee für ein kleines Gastgeschenk? Wenn es deinen Eltern nichts ausmacht, würde ich mich nach der Arbeit nur kurz frisch machen und dann direkt dorthin fahren. Ich habe mich schon sehr auf die Zeit mit Eveliina gefreut.«

Er machte sich gerade daran, eine Antwort zu formulieren, als noch eine weitere Textnachricht von ihr einging.

»Ach ja: Die Adresse brauche ich auch noch. Vermiss dich! Dicker Kuss!!«

Er grinste, schrieb ihr, dass sie sich um ein Gastgeschenk keine Sorgen machen müsste, seine Mutter sich aber immer über etwas Süßes freute, und schickte ihr dann noch die Adresse seines Elternhauses.

Zufrieden steckte er das Handy weg. Charlotte war wirklich eine ganz besondere Frau. Sie verdiente jeden Tag eine kleine Überraschung, und schließlich war er nicht ganz unschuldig daran, dass sie keinen Tisch mehr hatte.

Die Entscheidung war getroffen, und er rieb sich die Hände. Bevor er den Tisch vor die Tür stellte, sollte er sich vergewissern, ob in der Schublade nicht irgendwelche Wertsachen lagen.

Er musste ein wenig am Knauf ruckeln, bis die Lade nachgab und aufging. Da war nicht viel in dem Fach. Ein paar Kugelschreiber, Gummibänder, verbogene Büroklammern, ein zerfledderter Post-it-Block und …

Sein Atem stockte. Nein! Sein Kopf weigerte sich, zu akzeptieren, was seine Augen sahen. Nein, nein, nein! Er strecke die Hand aus, sah seinen Fingern dabei zu, wie sie sich dem Inhalt der Schublade näherten. Die Welt machte etwas Seltsames, zog sich um ihn zusammen. Gleichzeitig dehnte sie sich aus, bis er sich wie in einem Vakuum fühlte. Einer Blase aus durchsichtigem Grauen. Das konnte nicht sein! Das durfte nicht sein! Er nahm den Umschlag an sich. Auch die letzten Zweifel zerbarsten, als er seine eigene Handschrift erkannte. Zurück blieben Entsetzen und das Gefühl absoluter Entblößung.

Als Expertin in Sachen Dating konnte Charlotte beileibe nicht durchgehen, aber selbst sie wusste, dass es ein ziemlich großes Ding war, den Eltern des neuen Freundes vorgestellt zu werden. Wieder und wieder betrachtete sie die Auslage im Besuchershop des Weihnachtsmanndorfs. Wie überall im Park wurde Weihnachten hier ganz großgeschrieben. Doch während ihr in ihrer Anfangszeit in Lappland das ganze Spektakel mit Lichterketten, Weihnachtsliedern und Santa Claus manchmal zu viel gewesen war, konnte es ihr mittlerweile kaum weihnachtlich genug sein. Drei Tage noch, dann würden sie alle gemeinsam das Fest der Liebe feiern, und eines hatte dieser Advent bewiesen: Wunder waren möglich.

Zerbrochene Herzen konnten heilen, wenn man ihnen Zeit und ein wenig Pflege schenkte. Unter dem Nordstern hatte ein Funke Hoffnung ein neues Licht in ihr entzündet, und auf einmal wirkte das Lichtermeer um sie her nicht mehr kitschig, sondern romantisch.

Das half ihr allerdings auch nicht bei der Auswahl des richtigen Gastgeschenks für Eljas' Eltern. Etwas Süßes hatte er geschrieben, und an Süßigkeiten mangelte es im Haus der Weihnachtsfrau nicht. Es gab Pfefferkuchen und gebrannte Mandeln, Kekse, kleine kunstvoll dekorierte Gläser mit Weihnachtspudding und glänzend rot glasierte Äpfel. Auch wenn sie die Show mittlerweile schon unzählige

Male gesehen hatte, ging ihr das Herz dabei auf, wenn sie oder eine der anderen Weihnachtselfen den Besuchern zum Klang eines Glöckchens die Tür öffnete und sie ins Reich der Weihnachtsfrau einlud. Die Kinder begrüßte Charlotte einzeln mit einem Händedruck. Niemals würde sie sich an dem staunenden Glanz ihrer Augen sattsehen, wenn sie Teil dieser einmaligen Märchenwelt wurden. Heute saß Valentina am Klavier. Das Instrument klang ein wenig verstimmt, was die Illusion nur noch perfekter machte. Sie sang mit den Gästen Jingle Bells. Sogar einen nordischen Akzent hatte die Italienerin sich antrainiert, und es dauerte nicht lange, bis auch das schüchternste Kind mitsang. Kaum verklang das Lied, legte sich erwartungsvolle Stille über den Raum, die erst das Knarzen einer Tür unterbrach. Gespannte Blicke richteten sich in Richtung des Geräuschs. Und da stand sie: Mrs. Santa höchstpersönlich. Mit kreisrunder Goldbrille auf der Nase, grauem Lockenkopf unter ihrer spitzenbesetzten Elfenhaube und weißer Kochschürze über einem roten Kleid.

»Kommt, kommt!«, rief sie, »die Weihnachtsgrütze ist fertig.«

Jeder Gast bekam eine Schüssel. Der milchsüße Geruch des Gerichts legte sich wie eine Decke um Charlottes Schultern. Sie half den Gästen, Plätze an der Tafel zu finden, das Licht wurde gedimmt und Mrs. Santa setzte sich zu ihnen. Im Schimmer einer einzelnen Kerze las sie die Geschichte vom kleinen Nick vor, der so gerne Weihnachten feiern wollte, aber keine Eltern besaß, die mit ihm gemeinsam das Fest der Liebe begehen konnten.

Das wäre sie gewesen, ging es Charlotte durch den Kopf. Allein unter Fremden am Heiligen Abend in ihrer winzigen Angestelltenhütte mit einem aufgewärmten Mikrowellengericht und jeder Menge Einsamkeit. Doch wie in der Geschichte um den kleinen Nick hatte auch sie eine neue Familie gefunden. Eine, mit der sie nicht verwandt war, aber mit der sie all das verband, was zu einer echten Familie gehörte. Jedes Jahr, seine ganze Kindheit lang, luden die anderen Familien im Dorf Nick ein, um ihm ein einmaliges Weihnachtsfest zu schenken. Sie durfte heute zu Eljas' Eltern gehen. Noch war nicht Heiligabend, dennoch wollte sie diesen Menschen etwas zurückgeben. Weil sie eine Rolle dabei gespielt hatten, Eljas zu dem Mann zu machen, den sie heute kannte. Sie hatten dazu beigetragen, dass Charlotte die Fäden ihres Schicksals neu verweben konnte, sodass das Bild ihres Lebens heute viel klarer und heller strahlte als noch vor Wochen.

Nach dem gemeinsamen Porridgeessen führte sie die Besucher durch die Werkstatt von Mrs. Santa. Sie half kleinen Kinderhänden beim Ausstechen von Plätzchen, teilte Zettel aus, auf die die Besucher kurze Wünsche schreiben und anschließend an den Weihnachtsbaum hängen konnten. Auf einmal wusste sie, was sie als Gastgeschenk mit zu Eljas' Eltern nehmen wollte. Nichts Fertiges. Nichts, für das sie bloß nur in ein Regal greifen musste, sondern etwas, in das sie ein Stück von sich einarbeiten konnte.

Im Verkaufsbereich erspähte sie Backmischungen für Joulutorttu. Alle Zutaten für das Gebäck waren bereits passend abgewogen, und nach dem Zusammenfügen konnte man sich ganz auf das Ausformen der Köstlichkeiten konzentrieren. Joulutorttu wurden nämlich in der Form von Weihnachtssternen verspeist. Das Plundergebäck mit einem

Klecks Pflaumenmus in der Mitte war nicht schwer herzustellen, dafür eine echte Augenweide, und was könnte besser zu ihr passen als ein Geschenk in der Form des Nordsterns?

Nach ihrer Schicht schnappte sie sich eine Familienpackung der Backmischung und gab an der Kasse ihre Personalnummer an. Als Mitarbeiterin des Weihnachtsmanndorfs bekam sie Rabatt und es war möglich, die Einkäufe direkt mit dem nächsten Gehalt gegenzurechnen.

Froh, sich für das richtige Gastgeschenk entschieden zu haben, sputete sie in die Personalumkleide. Zum Schichtwechsel war hier immer viel los. Valentina und Lilou planten einen Ausflug mit den Leuten vom Restaurant. Joost und Lachlan hatten sich die letzten acht Stunden im Freien aufgehalten und konnten es kaum erwarten, sich bei einem Saunagang aufzuwärmen. Charlotte streifte ihre Elfenuniform ab und schlüpfte stattdessen in ein Paar gemütlicher Jeans und einen Pullover. Über das passende Outfit für den Besuch bei Eljas Eltern brauchte sie sich keine Gedanken zu machen. Jeans und dicker Pullis waren so etwas wie die Lappland-Uniform. Jeder trug sie.

Wenn sie den Bus nach Rovaniemi erwischen wollte, hatte sie keine Zeit mehr für eine Dusche in ihrem Appartement. Ein wenig Deo und ein paar Striche mit der Bürste müssten ausreichen.

»Bis morgen!«, rief sie den anderen in der Umkleide zu und lief los. Auf dem Weg zur Bushaltestelle tippte sie eine kurze Nachricht an Eljas.

»Bin jetzt auf dem Weg zu deinen Eltern. Wünsch mir Glück! Ich hoffe, sie mögen mich.«

Fast augenblicklich wechselten die beiden Häkchen am unteren Textfeld die Farbe von grau zu blau. Eljas hatte ihre Nachricht gelesen. Sie brachte es nicht fertig, das Handy wieder wegzustecken, guckte stattdessen weiter auf den Bildschirm. Wenn Eljas irgendwie Zeit freischaufeln konnte, antwortete er immer sofort.

Diesmal blieb das Display unter der letzten Nachricht leer. Nicht einmal einen Smiley schickte er ihr. Sie presste die Lippen zusammen, ein seltsames Gefühl nagte plötzlich an ihr.

Blödsinn! Sie steckte das Telefon zurück in die Jackentasche. Das waren ihre alten Unsicherheiten, die hier den Kopf hoben. Sie mit Schweigen für etwas zu strafen, das sie getan hatte, von dem sie aber nicht einmal wusste, dass es ein Fehler gewesen war, war Hennings Art. Eljas würde so etwas nie machen. Kein Grund zur Sorge. Wenn er ihr etwas zu sagen hätte, würde er es tun. Und wenn dieses nagende Gefühl in ihrer Magengegend ihr etwas anderes einzureden versuchte, dann musste sie nur vehementer dagegen ankämpfen. Sie hatte nichts falsch gemacht. Gestern erst hatten sie einen wundervollen gemeinsamen Abend verbracht, er hatte ihr sogar eine Überraschungsparty organisiert, Himmel noch mal! Alles war gut. Alles.

Doch was, wenn nicht?

Die winzige Stimme in ihrem Hinterkopf wollte einfach nicht schweigen.

Eljas saß mit dem Rücken zur Wand. Die Knie hatte er an den Körper gezogen, die Unterarme darauf gestützt. In der Hand hielt er den Brief. Diesen vermaledeiten Brief! Seine eigene Handschrift verhöhnte ihn, diese lächerlichen Kringel und Striche, die er zu einem Netz zusammengefasst hatte, das sein Herz hielt. Niemand hätte je erfahren sollen, wer diesen Brief geschrieben hatte. Niemand hätte ihn jemals mit diesem sentimentalen Gewäsch in Verbindung bringen sollen. Er war davon ausgegangen, dass die Briefe an den Weihnachtsmann nicht einmal gelesen wurden, es sei denn, sie stammten von Kindern und ließen sich ohne Weiteres zu den Wünschenden zurückverfolgen.

Wie es aussah, gab es nicht einmal im Himmel noch Diskretion. Er hätte es sich denken sollen.

Er musste das Schreiben nicht aus dem Umschlag nehmen, um zu wissen, was er sich in einem schwachen Moment von der Seele geschrieben hatte, tat es aber trotzdem. »Meine Liebe« hatte er Lennja in dem Brief genannt, »mein Licht«, »mein Ein und Alles«.

Bitterkeit überrollte ihn. In den vergangenen Wochen hatte er geglaubt, die Liebe noch einmal finden zu können, ohne Lennja dabei etwas wegzunehmen. Weil er begriffen hatte, dass sie nicht sein Ein und Alles sein musste, um seine große Liebe zu bleiben. Er hatte sich Charlotte geöffnet, wie er sich keiner Frau seit Lennjas Tod geöffnet hatte, weil er geglaubt hatte, mit ihr einen Neuanfang wagen zu können. Betonung auf *Neu*.

Nichts war neu gewesen. Charlotte hatte haargenau gewusst, wer er war. Sie hatte um seine Trauer und um seine Ängste gewusst, um seine Verletzlichkeiten und Zweifel, und hatte all das für sich ausgenutzt. Was für ein grausames Spiel! Was für eine unfaire Manipulation. Wie oft hatte er sie ermutigt, sich von den Manipulationen ihres Ex-Freundes zu befreien? Dass er nicht lachte! Sie war die größte Manipulatorin von allen. Wer wusste schon, was von dem, was sie ihm erzählt hatte, der Wahrheit entsprach? Ihn würde es nicht mehr wundern, wenn all die Geschichten auch nur eine Lüge gewesen waren. Ein wohl erdachtes Konstrukt, um bei ihm zu landen und seine Trauer auszuzunutzen.

Jeder Mensch verdiente seine Geheimnisse. Orte in der Seele, die nur einem selbst gehörten. Mit diesem Brief hatte sie sich gewaltsam Einlass verschafft und das Zimmer seines Herzens, das nur ihm gehörte, verwüstet.

Er zerknüllte den Brief, schleuderte ihn von sich. Sollte ihn doch finden, wer wollte! Es war ohnehin egal.

Ein Gemisch aus Wut und Bitterkeit wanderte seine Kehle herauf. Er bekam keine Luft mehr, rang um Atem. Unter der Haut saß ein Beben.

Sein Telefon klingelte. Er wollte nicht drangehen. Er wollte mit niemandem reden. Die ganze Welt kam ihm vor wie eine einzige Lüge. Aber er war immer noch Eljas Jalonen, Betreiber einer Rentierfarm, und der Klingelton verriet, dass es um die Arbeit ging.

Das Gerät wog tausend Tonnen, als er es sich ans Ohr hob. Er fühlte seine Finger nicht. Nicht einmal eine Begrüßung bekam er raus. Seine Lippen waren taub.

Er wischte über das Display, hob sich das Gerät ans Ohr und schwieg.

»Hey, Boss, hast du die Zeit vergessen? So verknallt, dass du nicht mal mehr die Uhr lesen kannst? Dein Wagen ist seit

Stunden vor dem Haus. Wo bleibst du? Die Nordlichtsafari am Nachmittag wolltest du übernehmen. Mir frieren schon die Eier ab nach den zwei Touren am Vormittag. Jetzt bist du dran, und es gibt noch einiges vorzubereiten!« Hannes hatte offenbar kein Problem damit, Worte zu finden. Er redete wie ein Wasserfall.

Eljas öffnete den Mund, schloss ihn wieder. Zwei Mal wiederholte er das Prozedere, dann gelang es ihm, ein paar zusammenhängende Laute aus der Kehle zu quetschen. »Komme.«

Er unterbrach das Gespräch, rappelte sich auf, steckte das Telefon weg. Mit dem Fuß kickte er den zerknüllten Brief unter die Küchenzeile. So weit war es mit ihm gekommen. Früher hatte er sich wenigstens ein Gläschen Wein und einen bequemen Platz auf dem Sofa gegönnt, wenn er im Katzenjammer versank. Doch der Blick auf seine Handschrift auf dem Umschlag hatte ihn in die Knie gezwungen, kaum dass er nach Hause gekommen war. Hatte Hannes recht und das war wirklich schon Stunden her?

Das erklärte wohl das steife Gefühl in den Gliedern.

Mechanisch hüllte er sich in den Schneeoverall, der ihn während der Nordlichtsafari vor der abendlichen Kälte schützen sollte. Gegen den Frost im Inneren half jedoch der beste Schneeanzug nichts.

Den Gästen der Safari zeigte er die Zähne, und sie glaubten, es sei ein Lächeln. So leicht war es, Menschen zu täuschen. Auch er zog es vor, anderen nur das von sich preiszugeben, was er preisgeben wollte.

Auf einer Lichtung machten sie Halt. Im Universum war die Hölle los. Mit über dreihundert Sachen in der Sekunde jagte die Sonne Protonen und Elektronen in Richtung Erde. Was seine Kunden als faszinierendes Spektakel erlebten, war in Wahrheit der Versuch ihrer Welt, sich gegen die Sonnenstürme aus dem All zu schützen. Ahhs und Ohhs begleiteten das Lichterschauspiel am Himmel. Wirbel aus Rot, Grün und Blau tanzten über das Firmament, verbanden sich, ergaben neue Farben, trennten sich wieder. Er spürte die Elektrizität in der Luft, das Flirren und Knistern, das tiefe Brummen, das die Haut zum Vibrieren brachte. Auch in ihm knisterte und brummte es. Die taube Wut von vorhin verschwand, machte einem Sturm Platz, der nichts mit kosmischen Phänomenen zu tun hatte, sondern einzig und allein mit ihm. *Nie mehr!*, schwor er sich. Nie mehr würde er jemanden an sich heranlassen, nur um aufs Neue enttäuscht und betrogen zu werden. Um eine glückliche Zukunft, um Hoffnung und Liebe und Vertrauen gebracht zu werden. Schutzpanzer hatten ihren Sinn. Ohne sie würde die Welt jeden Tag in einem Sonnensturm untergehen. Nur ein Schutzpanzer machte es möglich, dass er mit diesen Fremden hier stehen und das Lichterspiel am Himmel bewundern konnte.

Nun musste er nur noch abwehren, was ihm zu nahegekommen war. Oder besser gesagt: wer.

16

»Ich mach die Tür auf! Das ist bestimmt Charlotte, ich mach die Tür auf! Ich …« Die Tür zu dem hübschen Einfamilienhaus am Stadtrand von Rovaniemi flog auf, und alles, was Charlotte an Anspannung wegen des Treffens mit Eljas' Eltern empfunden hatte, zerstob in Eveliinas Begeisterung, sie zu sehen.

Das Mädchen flog gegen Charlottes Körper. Ob es eine Umarmung sein sollte oder sie einfach nur das Bewegungsmoment stoppen musste, blieb unklar. Sie schlang kurz die Arme um Charlotte, ließ dann aber sofort los.

»Wo warst du so lange? Ich warte schon ewig! Ich will dir Isäs altes Zimmer zeigen und den großen Baum im Garten. Da hat Opa ein Baumhaus gebaut. Jetzt ist Schnee drauf, aber wenn wir vorsichtig sind, können wir vielleicht doch raufklettern. Im Wohnzimmer hat Oma eine Adventskerze aufgestellt, die ist schon fast ganz heruntergebrannt, weil ich nämlich bald Geburtstag habe, und der Fluss ist auch ganz in der Nähe, da können wir Schlittschuh fahren und …«

»He, halt mal die Luft an, kleine Madame, und lass deine Freundin in Ruhe ins Haus kommen.« Hinter Eveliina tauchte eine Frau im Windfang auf, die fraglos Eljas' Mutter sein musste. Freundlich lächelnd drückte sie sich an Eveliina vorbei und streckte Charlotte die Hand hin. »Ich bin Birke – und du musst Charlotte sein. Ich habe schon viel von dir gehört. Diese junge Dame hier«, sie legte die freie Hand auf Eveliinas verwuschelte Locken, »und ihr Vater können nicht aufhören, von dir zu reden. Ich freue mich, dich kennenzulernen.« Was wie eine Floskel hätte klingen können, wurde durch die Offenheit auf Birkes Miene zu echter Freundlichkeit. Mrs. Santa im Weihnachtsmanndorf war eine verkleidete Schauspielerin. Die Perücke, die rot geschminkten Wangen und die goldglänzende Harry-Potter-Brille sollten ihr eine Aura von Liebenswürdigkeit verleihen. Birke Jalonen hatte keine geflochtenen Haarschnecken, keine weiße Spitzenschürze und keine Elfenhaube auf dem Kopf, aber die Güte, die sie ausstrahlte, hätte sie zu einer perfekten Weihnachtsfrau gemacht. Einer Mrs. Santa des einundzwanzigsten Jahrhunderts, in engen, cognacfarbenen Cordhosen, einem gemusterten Blusentop und kamelhaarfarbener Strickjacke. Ihr beinah komplett weißes Haar trug sie offen in einer schulterlangen Fransenfrisur, und ihr Lächeln war so breit, dass Charlotte nicht anders konnte, als mitzulächeln.

Sie zückte ihr Mitbringsel. »Ich habe eine Kleinigkeit mitgebracht.«

Birke nahm die Backmischung entgegen und musterte das Etikett.

Charlotte setzte zu einer Erklärung an. »Eveliina und ich haben immer Spaß dabei, gemeinsam etwas zu machen, und ich dachte, wir könnten für euch backen.« Sie zwinkerte. »Das Kücheaufräumen ist selbstverständlich Teil des Geschenks. Die Zutaten in der Backmischung sind alle frisch und bio. Deshalb hält sie nicht so lange. Durch die Mischung erspart man sich nur das Abwiegen.«

»Joulutorttu«, las Birke vom Etikett ab. »Die habe ich schon ewig nicht mehr gebacken. Wusstest du, dass das Eljas' Lieblingsgebäck zu Weihnachten ist? Mir ist das aufwendige Formen nur meistens zu viel Arbeit.«

»Wirklich? So ein Zufall!« Charlotte schüttelte den Kopf. »Mir gefällt nur die Sternform so gut. Deshalb habe ich die Mischung ausgewählt.«

»Können wir gleich anfangen zu backen, Mummo?« Eveliina zupfte am Jackensaum ihrer Großmutter. »Dann sind die Joulutorttu fertig, bis Isä kommt.«

»Jetzt lass Charlotte doch erst mal reinkommen. Sie hatte einen langen Arbeitstag. Charlotte?«, sie wandte ihre Aufmerksamkeit der Jüngeren zu. »Möchtest du etwas trinken? Ich habe gerade frischen Kaffee aufgebrüht.«

»Nein, danke.« Charlotte streifte sich die Schuhe ab, stellte sie zu den anderen im Windfang und reichte einer ungeduldig hin und her tippelnden Eveliina ihren Parka. »Um mehr als zwei Becher am Tag zu trinken, bin ich noch nicht lange genug in Finnland. Da spielt mein Kreislauf nicht mit.«

»Dann vielleicht Milch?«

»Die nehme ich gerne.«

Im Gänsemarsch betraten sie das Wohnzimmer der Familie. Schon auf den ersten Blick war ersichtlich, dass in diesem Haus gelebt wurde. Zeitschriftenstapel neben dem

Sofa, halb heruntergebrannte Kerzen auf den Fensterbrettern und dem Kaminsims. Zahlreiche Fotografien in Rahmen an den Wänden und jeder geraden Oberfläche zeigten alle Mitglieder der Familie in verschiedenen Altersstufen. Birke und ihr Mann als junges Paar vor einem Campingwagen, ein sehniger Männerunterarm, der einen winzigen Säugling – Eveliina, nahm Charlotte an – hielt. Eljas und Lennja am Tag ihrer Hochzeit, Eveliina bei der Einschulung, beim Schlittschuhlaufen und Angeln. Eljas und Lennja in Gummistiefeln und Blaumann, wie sie einen Zaun auf der Farm renovierten. Ein Schnappschuss von Eljas' Vater bei einem Nickerchen in einem Liegestuhl, ein anderer, der ihn mit anderen betagten Herren vor einem Lagerfeuer ein Bierchen trinken zeigte. Im Zimmer roch es nach Fichtennadeln und Kerzenwachs, vermischt mit einer Prise Zimt und Wacholder. Das kam wahrscheinlich von der Weihnachtsgirlande, die die Kaminmaske schmückte. Die Adventskerze, die Eveliina erwähnt hatte, brannte in der Mitte des Esstischs. Auf einem Lesesessel vor dem Fernseher saß Eljas' Vater und winkte Charlotte zu.

»Ich hab gedacht, ich überlass die Begrüßung den Damen.«

Charlotte lächelte zurück, kam jedoch nicht zu einer Erwiderung, weil Eveliina sie schon weiterzog.

»Zur Küche geht es hier entlang.«

Birke war schon vorangegangen. Sie hatte die Backmischung auf die Arbeitsplatte gestellt und war gerade dabei, zwei Becher mit Kaffee zu füllen. Eveliina ließ Charlottes Hand los und spurtete zur Anrichte, wo sie sich die Backmischung schnappte. Sie riss die Folie so beherzt auf, dass ein Mehlregen auf die Arbeitsplatte rieselte.

»Langsam, Eveliina!« Charlotte war sofort zur Stelle und nahm dem Mädchen die Tüte aus der Hand. Im Waschbecken fand sie ein Schwammtuch, um das Malheur zu beseitigen. »Warum holst du uns nicht als Erstes eine Schüssel?«, schlug sie vor. »Oh, ich sehe gerade, wir brauchen noch frischen Skyr oder Frischkäse für die Zubereitung.« Verlegen biss sie sich auf die Unterlippe. »Sieht aus, als ob wir doch nicht direkt loslegen können. Das habe ich übersehen und die Zutat nicht besorgt.«

»Skyr habe ich da.« Aus dem geöffneten Kühlschrank nahm Birke einen Tiegel des skandinavischen Quarks, dann griff sie nach der Milchflasche und füllte Eveliina und Charlotte jeweils ein Glas.

»Hier ist auch Butter.« Eveliinas Kopf tauchte unter dem Arm ihrer Großmutter auf. Das Mädchen musste sich strecken, damit sie an das oberste Regal im Kühlschrank kam, fand dann jedoch, was sie suchte.

»Super. Also los« Einen Arbeitsschritt nach dem anderen las Charlotte von der Verpackung vor. Eveliina gab Skyr, Mehl, Butter und Gewürze in die Rührschüssel und knetete die Mischung zu einem gleichmäßigen Teig. Danach war Geduld angesagt. Während der Teig im Tiefkühlfach entspannte, gab Eveliina Charlotte eine Hausführung. Obwohl sie noch nie im Haus der Janonens gewesen war, fühlte sie sich sofort heimisch. Die unkomplizierte Art, mit der Eljas' Eltern sie aufnahmen, machte es ihr leicht, sich zu entspannen. Sie konnte sich vorstellen, wie sie öfter hierherkam – um Eveliina abzuholen, bei chaotisch-lauten Familienessen oder gemeinsam verbrachten Feiertagen.

In einem Wohnflur zwischen den Schlafzimmern war ein großer Tisch aufgestellt, auf dem ein angefangenes Puzzle lag. Obwohl noch über ein Drittel der Teile fehlte, konnte man schon erkennen, dass es sich um ein Weihnachtsmotiv handelte: der Weihnachtsmann auf einer tief verschneiten Waldlichtung, wie er den Tieren des Waldes Nüsse, Äpfel und Flechten brachte. Eichhörnchen waren da, Hasen, Rehe, Igel und natürlich Rentiere.

Eveliina bemerkte Charlottes Blick und trat zu ihr. »In Isäs Wald kriegen die Tiere auch ohne Santa genug zu fressen.«

»Ich weiß.« Spielerisch stupste Charlotte das Mädchen in die Seite. »Ich war bei der Fütterung dabei.«

»Ja, aber das war ja nur eine normale Fütterung! An Weihnachten bekommen die Tiere immer extra Leckerlis von Isä. So wie die Tiere da auf dem Puzzle. Isä sagt immer, Liebe ist dann besonders wertvoll, wenn man sie mit anderen teilt, und Weihnachten ist doch das Fest der Liebe.«

»Dein Isä ist ein kluger Mann.« Sie nahm ein Puzzleteil und legte es an die richtige Stelle. Nahtlos fügte sich der Stein in das Bild ein, gab ihm ein wenig mehr Detail. »Wenn alle zusammenhalten, ist es am allerschönsten.«

»Auch wie beim Puzzle. Nicht nur wie auf dem Bild, sondern wie bei dem ganzen Spiel.«

»Genau.« Charlotte lächelte. Wie schön es sich anfühlte, Teil von etwas zu sein.

»Meinst du, der Teig hat sich jetzt genug ausgeruht?«

»Wir können es probieren.«

Wahrscheinlich hätte es dem Teig besser getan, hätte er noch etwas länger entspannen können, aber Eveliinas Geduld war aufgebraucht. Wie auf dem Etikett beschrieben rollten sie den Teig auf der bemehlten Arbeitsfläche aus, bis er ungefähr einen halben Zentimeter dick war. Charlotte half Eveliina dabei, Quadrate auszuschneiden, das Einschneiden der Ecken übernahm sie. Eveliina streckte die Zunge heraus, so sehr konzentrierte sie sich, als sie das Pflaumenmus in die Mitte der Quadrate kleckste und anschließend die Ecken so einknickte, dass die für die Julküchlein typische Sternform entstand.

Sie waren so vertieft in ihre Bäckerei, dass Charlotte sich nichts dabei dachte, als sie im Hausflur eine Tür aufgehen hörte. Auch das gepresste Luftholen von Birke machte ihr keine Sorgen, noch nicht einmal die energischen Schritte, die sich der Küche näherten.

Sie hob den Kopf, strich sich eine Haarsträhne hinters Ohr.

»Guck mal, bald sind sie fertig! Wir mü…« Charlotte erstarrte.

»Eveliina, geh zu deiner Großmutter.« Eljas war blass wie ein Geist, die Lippen hatte er zu einem schmalen Strich zusammengepresst. Seinen Körper hielt er so steif, als würde er nicht zu ihm gehören.

»Aber …«, protestierte das Mädchen.

»Geh!«, wiederholte Eljas.

Auch Eveliina musste spüren, dass etwas nicht stimmte. Ohne ein weiteres Wort des Widerspruchs schlich sie davon.

»Und mach die Tür hinter dir zu!«, rief Eljas seiner Tochter nach. In seiner Stimme versteckte sich ein Beben.

Charlotte nahm all ihren Mut zusammen und machte einen Schritt auf ihn zu. Irgendetwas Fürchterliches musste passiert sein. Nur so konnte sie sich seinen Zustand erklären.

Er wich vor ihr zurück. Es fühlte sich an wie ein Schlag ins Gesicht.

»Ich. Will. Dich. Nie. Wiedersehen.« Wie Pistolenschüsse direkt in die Brust trafen sie seine Worte.

Alles Blut stürzte ihr aus dem Kopf in die Beine. Sie stützte sich am Küchentisch ab. Nein, dachte sie. *Das kann nicht sein.*

»Ich … verstehe nicht.« Es war nicht leicht, zu sprechen. So oft hatten ihr Unsicherheiten und Zweifel die Stimme geraubt. Für Eljas wollte sie sprechen, sie wollte kämpfen. Wüsste sie doch nur, wogegen.

»Ich habe gesagt, du sollst verschwinden!« Noch immer schrie er nicht, doch die Schärfe in seiner Stimme ließ ihr Inneres zu Eis erstarren. Der ausgestreckte Finger, mit dem er zur Tür deutete, bebte. »Hat es Spaß gemacht? Dir einen Plan auszudenken, wie du dich an den armen Witwer ranmachen kannst? So sehr, dass du sogar Eveliina eingespannt hast? Sie mag dich!« Pure Anklage rann durch den letzten Satz. »Ich dachte, ich könnte dir vertrauen.«

»Aber …« Ihr Kopf schwirrte von seinen Vorwürfen. Wenn sie nur wüsste, was passiert war! Das alles musste ein Missverständnis sein. Gerade eben noch war sie glücklich gewesen.

»Ich habe den Brief bei dir gefunden.«

»Du …« Stille. Wie nach einem Bombenangriff, einem Wirbelsturm oder Tsunami folgte nach dem Einschlag Stille. Sie musste nicht fragen, welchen Brief er meinte. Ihr Geheimnis hatte sie eingeholt.

»Ich wollte dich überraschen.« Als könnte er seine eigene Dummheit nicht glauben, schüttelte er über sich selbst den Kopf. »Ich wollte den Tisch für dich reparieren, und da habe ich ihn gefunden. Du wusstest von Anfang an Bescheid. Diese Zeilen waren nicht für dich bestimmt. Sie gehören dir nicht.«

»Ich weiß. Ich wusste doch nicht …«

»Hör auf!« Er unterbrach sie, presste sich die Hände an die Schläfen. »Ich will es nicht hören. Keine Lügen mehr. Ich habe das so satt.«

Und so endete es also. Es war ihre eigene Schuld. Sie hatte die Wahrheit in den Händen gehalten und für sich behalten. Dass es nur ein Teil der Wahrheit war, spielte keine Rolle. Dass sie ihn hatte schützen wollen und aus ihrer Perspektive alles ganz anders aussah, machte keinen Unterschied. Dass ein Herz brechen konnte, wahrlich brechen, erfuhr sie in diesem Moment. Der Schmerz war so gewaltig, dass er keinen Platz mehr für Erklärungen oder Versöhnung ließ.

Sie ließ den Kopf hängen, wich Eljas' Blick aus und machte genau das, was er von ihr verlangte: Sie verschwand aus seinem Leben. In ihr herrschte dunkelste Nacht. Der Nordstern hatte ihr kein Glück gebracht.

Er hielt den Atem an, bis er die Haustür hinter Charlotte ins Schloss fallen hörte. Hatte ein Teil von ihm erwartet, dass sie umkehren würde? Dass sie noch einmal versuchen würde, sich zu erklären? Zum Glück hatte sie das nicht getan.

Nichts, was sie hätte sagen können, hätte etwas geändert. Sie hatte sein Vertrauen missbraucht und ihn hintergangen. Wie er die Tour zu den Nordlichtern überstanden hatte, wusste er nicht. Vom Rest des Tages ganz zu schweigen.

Innerlich zählte er die Sekunden. Jeden Augenblick jetzt …

»Isä!« Eveliina stürmte in die Küche wie ein kleiner Derwisch. »Was hast du gemacht? Warum ist Charlotte gegangen? Sie hat geweint!«

Er kniff die Augen zusammen. Er wollte nicht, dass Charlotte weinte. Ihm selbst war zum Heulen zumute, zum Schreien und Brüllen. Das war ihre Schuld, und doch drehte sich das Messer, das ihr Betrug in seine Eingeweide gerammt hatte, noch einmal herum bei dem Gedanken, dass er sie verletzt hatte.

Sehr langsam öffnete er die Augen. Seine Tochter stand vor ihm, die Hände in die Hüften gestützt, und auch in ihren Augen glitzerten Tränen.

»Engel …«

»Du hast sie vertrieben!«

»Charlotte und ich haben festgestellt, dass …«

»Du lügst!« Eveliinas Stimme überschlug sich. Im Gegensatz zu ihm hatte sie keine Hemmungen, ihren Emotionen freien Lauf zu lassen. »Charlotte hat sich auf dich gefreut. Sie hat mit mir gebacken und sich um mich gekümmert. Sie wollte nicht gehen. Sie musste gehen. Wie Mama! Und du bist schuld!« Ihre letzte Anklage verlor sich in einem Schluchzen, ihre Unterlippe bebte, ihr ganzer kleiner Körper wurde von Wut, Trauer und Unverständnis gebeutelt. Tränen sammelten sich in ihren Augenwinkeln, liefen über und rannen in glänzend feuchten Bächen über ihre Wangen.

Auch das hatte er angerichtet. Alles war seine Schuld. Er streckte die Arme aus, nach seiner Tochter, seinem Kind. Doch sie ließ ihn nicht, wich vor ihm zurück, als wäre er eine Ausgeburt ihrer Albträume.

Sie hatte ja recht. Diesen Kummer, diesen Schmerz müsste sie nicht ertragen, wenn er nicht so ein Idiot gewesen wäre. Doch der Fehler war nicht, Charlotte aus seinem und Eveliinas Leben zu verbannen. Der Fehler war gewesen, sie überhaupt hereingelassen zu haben. Er hätte auf seinen Instinkt hören und weitermachen sollen wie bisher. War es wirklich so schlimm, abends seinen Wein allein zu trinken? Was hatte ihm denn gefehlt? Er hatte den Hof – Lennjas Vermächtnis –, er hatte seine wunderbare Tochter, und er lebte. War das nicht genug gewesen? Warum hatte er unbedingt mehr haben wollen und damit alles zerstört?

Eveliina stürmte aus dem Zimmer. Sie warf die Küchentür mit solcher Wucht hinter sich zu, dass es krachte. Ein paar Mal vibrierte das Blatt nach. Genau so würde es ihm ergehen. Noch war da dieses Zittern in ihm, dieses Beben, aber bald würde alles wieder ruhig werden und er konnte damit beginnen, den Schaden zu kitten, den er angerichtet hatte. Eveliina würde ihm verzeihen. Kinderwut verrauchte schnell.

Er zog sich einen Küchenstuhl heran, ließ sich darauf fallen, stützte die Ellenbogen auf die Platte und vergrub das Gesicht in den Händen. Sekunden vergingen, vielleicht auch Stunden. Die Tür wurde geöffnet, sachte diesmal, dann schloss sie sich wieder. Sanfte Schritte näherten sich. Eine Hand legte sich auf seine Schulter.

»Sie meint das nicht so«, versprach die Stimme seiner Mutter.

»Ich weiß.« Seine Worte klangen verzerrt. Noch immer hob er nicht den Kopf.

»Willst du darüber reden?«

Er machte eine abwehrende Geste. Feuchtigkeit sickerte auf seine Fingerspitzen. Diese verdammten Tränen! Er wollte nicht weinen. Das hier war nichts. Er hatte so viel Schlimmeres überstanden. Was war schon ein simpler Streit? Charlottes Betrug bedeutete nichts. Doch sein Körper interessierte sich kein bisschen für seine Argumente. Seine Schultern zuckten, und sosehr er die Muskeln auch anspannte, er konnte das Beben nicht unterdrücken.

Stuhlbeine schabten über den Boden, Sekunden später fand er sich in der Umarmung seiner Mutter. »Es ist okay«, versicherte sie ihm, so wie sie es schon getan hatte, als er noch ein Kind gewesen war. Früher hatte sie ihm ein Pflaster auf die schmerzende Stelle geklebt, wenn er sich wehgetan hatte. Wenn das mit gebrochenen Herzen nur genauso einfach wäre! Dass jemals wieder etwas okay sein würde, glaubte er nicht.

»Es wird wieder besser.« Mit dieser unheimlichen Superkraft, die nur Mütter hatten, musste sie seine Gedanken gelesen haben. »Eveliina wird sich beruhigen. Dein Vater und sie sind erst mal nach draußen gegangen. Schneeschaufeln ist gut gegen angestaute Wut.«

»Danke.« Endlich hob er den Kopf. Das Gesicht seiner Mutter, die Züge so vertraut, verschwamm vor seinen Augen. Noch immer kämpfte er gegen Tränen.

»Vielleicht solltest du das auch probieren.«

»Schneeschaufeln?«

»Nein.« Sie schüttelte den Kopf. »Verzeihen.« Sie machte eine kurze Pause. »Dir selbst. Eveliina. Dem Leben, dass es dir Lennja genommen hat. Lennja, dass sie überhaupt krank geworden ist. Und vielleicht auch Charlotte.«

»Sie hat …«

»Pssst.« Sie hob die Hand. »Es ist nicht wichtig. Du hast deine Gründe für deine Wut. Es liegt mir fern, sie dir abzusprechen.«

»Ich bin nicht wütend.« Für eine Lüge war die noch akzeptabel. Er versicherte sie sich selbst mindestens ebenso sehr wie ihr. »Ich bin …« Was?

»Enttäuscht?«, schlug seine Mutter vor. »Verwirrt? Verbittert?«

Er dachte nach, fühlte in sich hinein und fand nur Schmerz. »Ja«, sagte er schließlich. »Das.« Und dann nach einer kurzen Pause. »Beliebige Reihenfolge.«

»Dabei wäre es nicht schlimm, wenn du wütend bist. Wut ist wichtig.«

»Aber Eveliina …«

»Sie kann es aushalten. Du bist ein Mensch, Eljas, keine Maschine. Um das zu begreifen, ist sie alt genug, und was sie dir an den Kopf geworfen hat, war nicht nett. Du hast jeden Grund, wütend zu sein.«

»Sie hat nur mich. Ich darf nicht …«

»Nein.« Zum ersten Mal, seit dieses Gespräch begonnen hatte, klang eine gewisse Schärfe in den Worten seiner Mutter. »Sie hat dich und mich und ihren Großvater. Sie hat Freundinnen und Freunde in der Schule und Lehrerinnen, die mit dazu beitragen, dass aus ihr ein guter Mensch wird.

Ein Kind großzuziehen, ist keine Aufgabe für einen Menschen allein. Auch nicht für einen Vater. Und zum Glück musst du das nicht.«

Eine ganze Weile lang schwiegen sie. Was seine Mutter gesagt hatte, arbeitete in ihm. Es war ein Strohhalm, den sie ihm da reichte. Eine Absolution. Danach zu greifen, wagte er nicht. »Charlotte hat mich belogen«, brach er schließlich das Schweigen. »Sie hat mich getäuscht und belogen. Ich … Ich habe geglaubt, sie wäre anders. Ich dachte … Ich dachte, das zwischen uns wäre echt.«

»Hm«, machte seine Mutter. Mit dem Finger fuhr sie die Schrammen im Esstisch nach. »Verstehe. Aber weißt du was? Ich glaube, sie mag dich wirklich. So, wie sie über dich gesprochen hat, spricht nur eine Frau von einem Mann, den sie sehr gern hat.«

»Aber …«

»Sie hat gelogen. Das sagtest du bereits. Aber lügen wir nicht alle?«

»Ich nicht. Ich würde nie …«

»Nein?« Sie hob die Augenbrauen. »Wie oft sagst du, dir geht es gut, wenn dich jemand danach fragt, obwohl es dir alles andere als gut geht? Wie oft liest du Eveliina abends noch gefühlt zweihundert Geschichten vor, obwohl du tausendmal lieber auf dem Sofa sitzen und in aller Ruhe den Tag ausklingen lassen würdest? Wie oft lächelst du, obwohl dein Herz weint?«

»Das ist etwas anderes.«

»Sicher?« Falls sie eine Antwort von ihm erwartet hätte, hätte sie nicht so schnell weitersprechen dürfen. »Warum? Weil diese Lügen gut gemeint sind? Weil du mit ihnen die schützen möchtest, die dir lieb und teuer sind?« Sie legte ihre Hand auf seine, drückte seine eiskalten Finger. »Bist du dir sicher, dass es Charlotte nicht ebenso ging?«

»Ich weiß nicht, Mama.« Er machte eine kurze Pause. »Ich weiß es wirklich nicht.«

Sie lächelte ihn an, gutherzig und voller Wärme. »Dann denk darüber nach. Ich will dich zu nichts überreden, mein Schatz. Ich will nur, dass du glücklich bist. Glück kommt in zu kleinen Dosen, um es wegzuwerfen, wenn es einem begegnet. Jeder Mensch macht Fehler, Eljas. Lieben heißt auch verzeihen. Auch wenn wir alle davon träumen, eine Liebe ohne Leid gibt es nicht.«

17

Von wegen: Oh du fröhliche, oh du selige Weihnachtszeit! Charlotte war zum Heulen. Dennoch klebte sie sich ein Lächeln aufs Gesicht und blickte so fröhlich in die Runde, wie sie nur konnte.

Heute war in der Patientenküche der Kinderstation des Lappland Zentralkrankenhauses gemeinsames Plätzchenessen angesagt. *Pikkujoulu* nannte sich die Tradition, schon vor der Nacht des Vierundzwanzigsten das Fest der Liebe zu feiern. Meistens fanden Pikkujoulus in Betrieben oder Vereinen statt. Hier im Krankenhaus waren Eltern und Geschwister eingeladen, um gemeinsam mit den kleinen Patienten die Feiertage einzuläuten. Nicht alle Kranken durften für den Heiligen Abend nach Hause, manche Kinder mussten auf Station bleiben, und für einige Eltern bedeutete dies, sich entscheiden zu müssen, ob sie mit ihren kranken oder gesunden Kindern feiern würden.

Schon vor Wochen hatte Charlotte sich freiwillig gemeldet, um bei der Durchführung des Pikkujoulu zu helfen. Sie schmeckte den Früchtepunsch ab, arrangierte Plätzchen auf

Tellern, verteilte LED-Teelichter überall in der Küche. Nach und nach trudelten die Kinder mit ihren Familien ein. Alle wünschten sich ein frohes Weihnachtsfest. Manchmal gab es ein Gerangel an den Tischen, weil viele der Kinder einen Infusionsständer im Schlepptau hatten, aber alle hatten Geduld, und so fand jeder einen Platz.

Die Kinder verteilten ihre selbst gebastelten Geschenke, es gab ein Wichteln für das Pflegepersonal, und auch die Geschwisterkinder wurden bedacht. Noch nie hatte Charlotte so viel strahlende Kindermienen in einem Krankenhaus gesehen. Schon bald breitete sich die Feier auf den Flur aus. Alle arbeiteten zusammen, um einen Weihnachtsbaum zu schmücken. Die farbigen Schleifen hatte Charlotte mit den Kindern gebastelt. Jetzt zuzusehen, wie sie sie zwischen die Äste der Tanne hängten, versetzte ihr einen bittersüßen Stich.

Auch in ihrer Familie war der Tag vor Heiligabend immer genutzt worden, um den Baum zu schmücken. Diese Tradition hatte ihre Großmutter mit aus ihrer finnischen Heimat gebracht, und so lange Charlotte sich zurückerinnern konnte, hatten sie es so gehandhabt. Wie oft hatte sie sich vorgestellt, die Tradition in diesem Jahr mit Eljas und Eveliina fortzusetzen? Natürlich wäre sie trotzdem zu dem Weihnachtsnachmittag in die Klinik gekommen. Aber vielleicht hätten Eljas und Eveliina sie begleitet, und anschließend wären sie zusammen nach Hause gefahren, um ihren eigenen Baum zu schmücken. Weihnachtskugeln, Lametta und Himmeli – aufwendige Flechtwerke aus Stroh – hätten ihren Weg an die Zweige gefunden, und gemeinsam hätten sie Eveliina daran erinnert, brav zu sein und fest zu schlafen, damit der Weihnachtsmann sich auch zu ihnen ins Haus wagte.

Das alles würde nun ein Traum bleiben. Wenn morgen punkt zwölf der Weihnachtsfrieden im Fernsehen und Radio ausgerufen würde, wäre sie allein. Die halbe Nacht lang hatte sie wachgelegen und überlegt, wie sie Eljas klarmachen konnte, dass der Brief nichts geändert hatte. Dass sie sich in ihn verliebt hatte, bevor sie gewusst hatte, dass er der Verfasser war. Dass sie den Brief aufgehoben hatte, weil sie den unbekannten Schreiber bewundert und seine Worte ihr Mut gemacht hatten, doch dass der echte Eljas, der, den sie unabhängig von seiner Trauer kennengelernt hatte, ihr noch tausendmal lieber war.

Egal, wie lange sie nachgedacht hatte, eine Lösung hatte sie nicht gefunden. Denn gleichgültig, wie sie es drehte und wendete, im Kern hatte Eljas recht. Sie hatte die Wahrheit absichtlich vor ihm zurückgehalten, aus Angst, es würde etwas ändern, wenn er wüsste, dass sie den Brief gelesen hatte. Sie hatte es versaut – mal wieder. Genau so, wie Henning es ihr prophezeit hatte. Wenn niemand auf sie achtgab, traf sie die falschen Entscheidungen. Man konnte sich nicht auf sie verlassen. Sie mochte eine nette Arbeitsbiene sein, jemand, der glänzen konnte, wenn man ihm genau sagte, was man wollte. Aber wehe, sie war auf sich allein gestellt: Dann machte sie immer nur alles schlimmer.

Ein Raunen ging durch die Menge. Charlotte hob den Kopf. Zischend schwangen die automatischen Glastüren auf, die zur Station führten, und herein kam das Bläserensemble der Klinik. Mitten im Flur blieben die Musikantinnen und Musikanten stehen und warteten, bis alle Anwesenden sich in einem lockeren Kreis um sie versammelt hatten, dann fingen sie an zu spielen.

Charlotte erkannte das Lied sofort: »O Come, All Ye Faithful«. Die klaren, singenden Töne der Trompeten, Hörner und Posaunen verliehen dem Klassiker einen so durchdringend festlichen Klang, dass sie die Botschaft in jeder Zelle ihres Körpers spürte. *Kommt alle zusammen*, rief das Lied die Welt auf, *seid voller Hoffnung, Glaube und Freude. Rettung ist nah, denn uns allen ist ein Licht geboren.*

Auf den Mienen der anderen sah sie dieselbe Rührung, die auch sie empfand. Selbst die Kinder lauschten den Bläsern mit stiller Verzückung und Wunder in den Augen. Nur durch Zufall fiel ihr Blick auf eine der Mütter. Sie presste die Lippen aufeinander, hielt die Arme eng um den Körper geschlungen, als befürchtete sie, auseinanderzubrechen, wenn sie losließ. Das Lied ging zu Ende, die Bläser stimmten das nächste an, eine Instrumentalversion von »Halleluja«. Die Frau zog sich aus dem Kreis der Zuhörenden zurück und verschwand unbemerkt in einem der Patientenzimmer.

Einem Impuls folgend, ging Charlotte ihr nach. Sie klopfte an der Tür des Zimmers, in das die Frau verschwunden war, wartete aber nicht auf ein Herein, ehe sie eintrat.

Mit bebenden Schultern und in sich zusammengesunken fand sie die Fremde auf dem Besucherstuhl neben dem leeren Patientenbett. Nicht sicher, ob sie wirklich hier sein sollte, näherte sich Charlotte. Schweigend legte sie der Frau eine Hand auf den Rücken.

Langsam hob die andere den Kopf, wischte sich Tränen von den Wangen. »Mir geht es gut«, versicherte sie. Ein gequältes Lachen mischte sich in ihr Weinen. »Ich weiß auch nicht, warum, aber Weihnachtsmusik macht mich immer so sentimental. Ich …«, ein Schluckauf unterbrach sie, ehe sie weitersprechen konnte, »… ich hab das einfach nicht mehr ausgehalten da draußen. Juliaana soll mich nicht so sehen. Es ist doch das erste Weihnachtsfest, das sie richtig mitbekommt.«

»Du bist Juliaanas Mutter?«

Die Frau nickte. Charlotte kannte das kleine Mädchen. Sie war ein echter Sonnenschein. Was genau ihr fehlte, wusste Charlotte nicht, nur, dass sie mit ihren zweieinhalb Lebensjahren ein Stammgast in der Klinik war. Sie litt an einer Autoimmunerkrankung, die es ihr beinahe unmöglich machte, mit der Außenwelt in Kontakt zu treten.

Juliaanas Mutter fuhr fort: »Als ich schwanger war, war ich wegen Blutungen im Krankenhaus. An ihrem ersten Weihnachtsfest hatte sie ein schlimmes Bronchialvirus, letztes Jahr zu Weihnachten waren wir wegen einer Darminfektion hier, und diesmal ist es eine Lungenentzündung. Ich meine, ich will mich nicht beschweren, Juli geht es gut. Wenn ich mir andere Patienten anschaue, dann haben wir riesiges Glück. Ich weiß auch nicht, warum ich gerade so eine Heulsuse bin. Als ob es einen Unterschied macht, wo wir Heiligabend verbringen. Ich bin nur einfach so müde.« Sie nickte zu der Pritsche neben dem Krankenbett. »Auf diesen Liegen kann kein Mensch ordentlich schlafen, und ständig kommt in der Nacht jemand vom Pflegepersonal rein. Das ist gut!«, schob sie schnell nach. »Die machen ihren Job, und ich bin unendlich dankbar dafür, dass man sich hier um Juli kümmert. Aber gleichzeitig bin ich es so leid.

Letzte Woche ist mein Mann in den Wald gefahren und hat einen Baum geschlagen, und ich habe so gehofft, dass wir ihn dieses Mal auch wirklich aufstellen können. In derselben Nacht hat Juli Fieber bekommen und wir mussten in die Klinik, und schon wieder schmücke ich einen verdammten Klinikweihnachtsbaum statt den in unserem Wohnzimmer und werde mit meiner Tochter Geschenke im Krankenbett auspacken. Ich fühle mich so undankbar. Manchmal würde ich am liebsten so weit es geht wegrennen und Juli und meinen Mann mit dem ganzen Schlamassel alleinlassen.« Sie biss sich auf die Unterlippe, schüttelte den Kopf und blickte auf ihren Schoß, als wäre es ein Grund, sich zu schämen, dass auch sie einmal an die Grenze ihrer Belastbarkeit stieß.

»Ich bin weggelaufen.« Charlotte hatte keine Ahnung, ob es richtig war, von sich selbst anzufangen. Sie wollte nicht, dass Juliaanas Mutter dachte, sie wollte das Gespräch annektieren. Aber sie befand sich hier vollkommen außerhalb ihrer Komfortzone, und das Einzige, was sie tun konnte, war, ihrem Instinkt zu folgen. »Mir ist zu Hause alles zu viel geworden, und ich bin weggelaufen. Ich dachte, wenn ich meinen Problemen entkommen will, muss ich sie nur weit genug hinter mir lassen. Aber das stimmt nicht. Sie sind einfach mit ans andere Ende der Welt gekommen.«

»Ich meine ja auch nicht, dass ich wirklich weglaufen würde. Ich liebe Juli viel zu sehr. Und meinen Mann auch. Es ist nur …«

»… zu viel«, beendete Charlotte den Satz. »Ich weiß. Und immer wenn man denkt, es geht aufwärts, kommt die nächste Welle und schmeißt einen wieder zurück.«

Juliaanas Mutter nickte. »Genau. Und dann frage ich mich: Warum ich? Warum kann bei mir nicht auch einmal alles glattgehen? Warum darf ich nie für länger als ein paar Augenblicke glücklich sein?«

»Wenn ich das wüsste.« In einem langen Zug atmete Charlotte aus. Auf der anderen Seite der Zimmertür spielten die Bläser »Stille Nacht, heilige Nacht«. Wirklich still war es jedoch nicht. Alle, die auf dem Flur standen, sangen mit. Juliaanas Mutter lächelte.

»Sie haben wirklich Spaß da draußen, oder?«

Charlotte nickte. »Ich glaube schon.«

»Juli ist glücklich.«

»Sie sah jedenfalls vorhin sehr glücklich aus, als wir den Baum geschmückt haben.«

»Danke.« Juliaanas Mutter schob den Stuhl zurück, um aufstehen zu können. Am Waschbecken ließ sie sich Wasser über die Innenseite ihrer Handgelenke rinnen, wusch sich die Tränen vom Gesicht.

»Ich habe nichts gemacht«, meinte Charlotte

»Oh doch.« Zum ersten Mal, seit Charlotte das Zimmer betreten hatte, wirkte das Lächeln der anderen echt. »Du hast mich an was erinnert: Glück ist kein Recht, hat mir jemand mal gesagt, es ist nicht die Norm. Es ist wie Sternenfunkeln in der Nacht. Nur in einem Meer aus Dunkelheit leuchtet es hell.« Ohne sich noch einmal nach Charlotte umzudrehen, verließ sie den Raum. Sie war so stark, diese Frau, so tapfer. Sie hatte jeden Grund, zu hadern und zu zweifeln, aber sie stand wieder auf und schaute nach vorne. Nicht, weil sie stark war, und auch nicht, weil sie nur die Sonnenseiten des Lebens kannte, sondern weil ihr keine andere Wahl blieb. So sah echte Liebe aus. Sie hatte es bei Eljas erlebt und jetzt bei Juliaanas Mutter. Man lebte und man kämpfte. Man nahm das Glück in kleinen Dosen und rappelte sich auf, wenn man stürzte. Wahre Wunder geschahen nicht einfach so. In einer Welt, die immer wieder Schmerz für einen bereithielt, glichen wahre Wunder winzigen Lichtern in der Dunkelheit. Nur wer hinsah, konnte von ihrem Schein erhellt werden.

Sie rieb sich das Tattoo auf ihrem Handgelenk. Auch für sie würde es weitergehen. Irgendwie. Eines hatte sie nämlich begriffen: Der Fixpunkt, dem sie immer hatte folgen wollen, war sie selbst. So weh es tat, auch ohne Eljas würde es weitergehen, weil es weitergehen musste. Er war nicht der einzige Hauptdarsteller in ihrem Traum vom perfekten Weihnachten gewesen, und sie würde einen Teufel tun, sich ihr Wunder von ihm verderben zu lassen. Das war sie sich schuldig. Endlich hatte sie einen Plan.

»Guten Morgen, Geburtstagskind!«

Eveliina kniff die Augen zusammen und drehte sich zur Wand. Die Flamme der Kerze auf dem Geburtstagstörtchen flackerte und drohte zu erlöschen. Da stand Eljas nun und wusste nicht so recht wie weiter. Wer je behauptet hatte, Kinder würden schnell vergessen, hatte seine Tochter nicht kennengelernt. Eveliina war nachtragend wie ein Elefant, und sie plante offenbar nicht, ihm so schnell zu vergeben. Seit sie ihn vor drei Tagen im Haus seiner Eltern mit Vorwürfen überschüttet hatte, hatte sie kein Wort mehr mit ihm gesprochen. Kein »Danke«, kein »Bitte«, kein »Guten Morgen, Isä« kam mehr über ihre Lippen. Wenn es sich vermeiden ließ, sah sie ihn nicht einmal an. Ein schöner Geburtstag würde das werden. Von Heiligabend ganz zu schweigen.

Er stellte den Cupcake auf den Nachttisch und setzte sich zu ihr auf die Bettkante. Ihr über die Haare zu streichen, kostete Überwindung. Nicht, weil sie mit jetzt neun Jahren zu groß für derlei Zärtlichkeiten war, sondern weil er Zurückweisung befürchtete.

»Ich weiß, du bist sauer auf mich.« Er sprach so sanft er konnte. In den vergangenen Tagen hatte er mehrmals das Gespräch mit ihr gesucht. Vergeblich. Am Sturkopf seiner Tochter würde sich sogar der Steinbeißer aus einem ihrer Märchenbücher die Zähne ausbeißen. Er sollte es besser wissen, als noch einmal zu versuchen, ihr die Dinge zu erklären. »Willst du nicht wenigstens die Kerze auspusten? Heute ist dein Geburtstag. Das Wachs tropft noch auf den Cupcake.«

Ein paar Sekunden lang passierte nichts, dann setzte sie sich auf. Ihre Haare glichen einem Vogelnest.

Ohne ihn anzusehen, lehnte sie sich über den Cupcake und pustete die Kerze aus. Heftig genug, um kleine Tröpfchen geschmolzenen Wachses auf das Frosting zu wehen. Das erledigt, verschränkte sie die Arme vor der Brust und funkelte ihn böse an. Jetzt zufrieden?, fragte ihre Körperhaltung. Ihren Trotz musste er nicht hören, um ihn zu verstehen.

Er atmete tief durch und zählte innerlich bis fünf. Was bitteschön wollte sie von ihm? Sollte er bei Charlotte zu Kreuze kriechen, nur weil seine Tochter sich das wünschte?

Das wäre nicht richtig. Und überhaupt: Mittlerweile war die ganze Situation so verquer, dass er nicht einmal mehr wusste, ob er es war, der sich eine Aussprache mit Charlotte wünschte, oder Eveliina. Denn die Tage, in denen er Eveliinas Zorn ausgesetzt gewesen war, hatten ihm viel Zeit zum Überlegen gegeben. Nicht nur über das, was seine Mutter ihm nach dem Streit mit auf den Weg gegeben hatte, sondern über alles mögliche. Über das Kribbeln in seinen Fingerspitzen zum Beispiel, das ihn mehrmals täglich überkam und ihn dazu überreden wollte, Charlotte eine Textnachricht zu schreiben. Nichts Großes, nichts Weltbewegendes, einfach nur eine Frage nach ihrem Tag oder wie es ihr ging. Die zehrende Sehnsucht, an ihrem Leben teilzuhaben, in den kleinen Dingen ebenso wie den großen, war ihm fremd – und sie gefiel ihm nicht. Nicht mehr. Nicht, nachdem er sich selbst ausgeschlossen hatte.

Eine weitere Sache, die ihm nicht aus dem Kopf ging, war seine eigene Reaktion auf das, von dem er wusste, es in dem Brief geschrieben zu haben. Warum schämte er sich so sehr für seine Zeilen? Warum ließ ihn das Wissen über einen Mitwisser seiner Trauer derart entblößt und beschämt zurück? Es war doch normal, zu trauern. Nichts, was in diesem Brief gestanden hatte, hatte Charlotte nicht vorher schon erahnen müssen. Es konnte nicht so sehr der Inhalt sein als vielmehr das Timing. Das in dem Brief war seine Wahrheit gewesen, sein Leid, und nur er besaß das Recht zu entscheiden, mit wem er es teilte und wann. Machte es aber wirklich so einen großen Unterschied? Er hatte diesen Brief geschrieben, weil er abschließen wollte, und dann geriet er ins Stocken, weil genau das geschah. Es ergab keinen Sinn.

Nichts ergab mehr einen Sinn, aber war nicht auch das bei den meisten Angelegenheiten des Herzens so?

Wie auch immer. Heute war Weihnachten und der Geburtstag seines kleinen Engels. Wenn er sich einen Ruck geben und noch einmal mit Charlotte über seinen Schubladenfund sprechen würde, dann würde zumindest das in seinem eigenen Tempo geschehen. Eveliina durfte das nicht für ihn entscheiden, nicht, wenn er nicht für immer an der Frage ersticken wollte, ob er die Aussprache wirklich seinetwegen gesucht hatte oder für seine Tochter.

Für die Dauer eines Herzschlags starrte er verloren auf den rauchenden Kerzendocht. Reiß dich zusammen, schalt er sich. Weiter im Protokoll.

Er klatschte in die Hände und applaudierte seinem Geburtstagstroll. »Hey, hey, hey, neun Jahre! Herzlichen Glückwunsch zum Geburtstag, Häschen. Willst du probieren? Es ist deine Lieblingssorte. Browniecupcake mit Frischkäsefrosting.«

Ohne ihn oder das Törtchen eines weiteren Blickes zu würdigen, schob sich Eveliina an ihm vorbei aus dem Bett und stapfte Richtung Bad. Er fuhr sich mit der Hand durch die Haare. Das hatte ja großartig geklappt.

Nun gut. Dieser Versuch war also missglückt. Vielleicht dann beim nächsten Mal.

Den Cupcake ließ er stehen und machte sich auf den Weg in die Küche. Gestern Abend, als Eveliina schon geschlafen hatte, hatte er Luftballons in der Küche aufgehängt und dazu eine Happy-Birthday-Girlande. Auf dem Tisch langen Eveliinas Geburtstagsgeschenke. Nicht nur seine, auch Hannes hatte ein Päckchen beigesteuert, und in einem Jutebeutel im Flur lagen die Präsente von Eveliinas Schulfreundinnen. Seine gerade Neunjährige hatte die Zurückhaltung besessen, sie nicht gestern am letzten Schultag auszupacken, sondern sie sich für heute aufzuheben. Eljas war durchaus klar, dass nicht nur er es mitunter übertrieb, wenn es darum ging, Eveliina zum Geburtstag zu beschenken. Alle befürchteten immer, an Heiligabend Geburtstag zu haben, bedeutete, dass das Geburtstagskind zu kurz kam, und steuerten dann erst recht dagegen. Das Ergebnis war eine Geschenkeflut, die Eveliina kaum verarbeiten konnte. Schon letztes Jahr hatte er sich überlegt, dass sie daran etwas ändern mussten, aber dafür war es jetzt zu spät. Im Bad gurgelten die Wasserrohre. Die Klospülung rauschte. Eilig setzte er einen Kaffee auf, stellte Eveliinas Milchglas auf den Tisch und machte sich daran, die Geschenketüte aus dem Flur zu holen.

Ein bisschen himmlische Hilfe, um mit unserem Trotzkopf umzugehen, wäre jetzt ganz nett, sandte er ein stilles Dankgebet an Lennja. Wenn Eveliina, nur um ihm eins auszuwischen, all seine Geschenke mit Missachtung strafte, wusste er nicht, ob er die Ruhe bewahren konnte. Auch seine Fähigkeit, sein Temperament zu zügeln, war begrenzt.

Er hatte eben den Beutel aufgehoben, als es an der Tür klingelte. Da war sein Zeichen! Auch wenn Eveliina ihm die kalte Schulter zeigte, einem Besuch würde sie sicher erlauben, ihr ordentlich zum Geburtstag zu gratulieren.

Schwungvoll öffnete er die Tür und erstarrte.

Das vor der Tür waren weder Hannes noch eine von Eveliinas Schulfreundinnen, sondern Charlotte. Keiner von denen hatte einen Besuch angekündigt, aber mit einer Überraschungsvisite hätte er immer noch eher gerechnet als mit Charlottes Auftauchen. Sie hielt ein in buntes Geburtstagspapier eingewickeltes Paket unterm Arm. Einen Moment lang überwältigte ihn die Freude, sie zu sehen. Sie sah so süß aus mit der dicken Wollmütze auf dem Kopf, den schneeverkrusteten Stiefeln und den kälteroten Wangen. Er wollte sie an sich ziehen, sich daran erinnern, wie gut es sich anfühlte, sie im Arm zu halten. Dann sah er die Unsicherheit auf ihrer Miene, und alles fiel ihm wieder ein. Der Streit, seine Wut, das Gefühl absoluter Beschämung, aber auch die nächtlichen Zweifel der letzten Tage, ob er richtig gehandelt hatte, der Wunsch, sich mit ihr auszusprechen. Die Sehnsucht nach ihr. Nach all den kleinen Momenten eines Tages, die sie geteilt hatten und die in der überschaubaren Zeit, die sie zusammen verbracht hatten, für ihn zu etwas Besonderem geworden waren.

Er schluckte, unsicher, was er sagen sollte.

Sie kam ihm zuvor. »Ich weiß, dass du sauer auf mich bist.« Wie in ihrem Lächeln, so lag auch in ihrer Stimme Unsicherheit. Doch sie ließ sich nicht davon beirren. Darunter, halb verborgen, aber hart wie Stahl, war Entschlossenheit. »Das ist dein gutes Recht. Aber es ist nicht dein Recht, mich von Eveliina fernzuhalten. Es ist ihr Geburtstag. Ich habe ihr versprochen, mit ihr zu feiern, und ich bin nicht bereit, mir das von dir nehmen zu lassen. Ob ich meine Versprechen halte, ist meine Sache. Ich stecke nicht zurück und mach etwas, was sich falsch anfühlt, nur um dir nicht auf die Füße zu treten. Lass mich ihr wenigstens mein Geschenk geben. Sie soll wissen, dass ich sie nicht fallen gelassen habe, weil wir Differenzen haben.«

Sie war klar. Sie war deutlich. Sie war wütend und unsicher und so wunderschön, dass es ihm die Sprache verschlug. Weil ihre Schönheit von innen kam. Sie leuchtete geradezu. Ihm die Stirn zu bieten und für sich selbst einzustehen, hatte ein Licht in ihr entzündet, das er so noch nie in ihr wahrgenommen hatte. Er war so unendlich stolz auf sie, denn er kannte sie gut genug, um zu wissen, wie schwer ihr diese kleine Ansprache gefallen sein musste. Ihr schrecklicher Ex-Freund hatte Jahre damit verbrachte, ihr einzureden, dass mit ihrem Bauchgefühl etwas falsch war. Dass sie falsch war. Stück für Stück hatte er die Flamme in ihr zum Ersticken gebracht, bis Charlotte selbst sie wieder entzündet hatte – für Eveliina. Für den Menschen, der auch ihm mehr als alles andere am Herzen lag. Er wollte sie an sich drücken und ihr wieder und wieder versichern, wie umwerfend sie war, wenn sie für sich einstand. Aber die Kluft, die sie mit ihrer Unehrlichkeit und er mit seinen unzensierten Worten im Haus seiner Eltern geschlagen hatte, war noch zu groß.

Er kämpfte noch mit seiner Reaktion, als Eveliina ihn erlöste. Sie flog an ihm vorbei und in Charlottes Arme.

»Du bist gekommen!«, quietschte sie. »Das war mein allergrößter Geburtstagswunsch.«

»Ach ja?« Lachend hob Charlotte die Augenbrauen. Sie schob Eveliina auf Armlänge von sich und wackelte mit dem Paket zwischen ihnen. »Dann kann ich das wieder mitnehmen?«

»Nein!« Eveliina schnappte sich das Präsent. »Das gehört mir!«

»Wenn du das sagst, Geburtstagskind.«

»Du musst von meinen Geburtstagscupcakes probieren. Brownie mit Frischkäsefrosting. Die mag ich am liebsten.« Dann hatte Eveliina sich also doch über die Küchlein gefreut. Sie war nur nicht bereit gewesen, ihre Freunde mit ihm zu teilen.

Etwas überwältigt folgte er den beiden zurück in die Küche. Dass er nicht gebraucht wurde, war offensichtlich. Eveliina verhielt sich wie die perfekte kleine Gastgeberin. Sie schenke Charlotte einen Becher Kaffee ein, erzählte von ihrer vorgezogenen Geburtstagsfeier in der Schule und fragte Charlotte nach dem Pikkujoulu im Krankenhaus. Dem Small Talk Genüge getan, kletterte sie auf den Stuhl vor ihrem Geschenkeberg. Augen hatte sie nur für das Päckchen von Charlotte.

»Darf ich das jetzt auspacken?«

»Sicher. Es ist deins.«

Eljas hielt sich im Hintergrund. Es tat weh zuzusehen, wie Eveliina aufblühte, kaum dass sie nicht nur ihn um sich hatte. Gleichzeitig heilte ihr Lachen etwas in ihm. Darum ging es doch, oder? Dass es ihr gut ging, nicht, wer es war, der ihr das Lächeln aufs Gesicht zauberte. Außerdem war er neugierig. Auch er wollte wissen, was sich Charlotte für seine Tochter ausgedacht hatte.

Nicht gerade vorsichtig riss Eveliina das Geschenkpapier auf. Zum Vorschein kam ein ziemlich großer Karton mit einem Aufdruck, den Eljas von seinem Posten in der Küchentür nicht so recht erkennen konnte.

Auch Eveliina schien ratlos. »Was ist das?«

»Ein Teleskop. Damit kannst du dir die Sterne ganz nah anschauen. Erinnerst du dich, dass ich dir erzählt habe, dass mein Opa Hobby-Astronom war? Wenn ich früher mit ihm die Sterne beobachtet habe, mussten wir die Konstellationen in einem Buch nachgucken, aber dein Teleskop hat einen Handyadapter. Die App verrät dann direkt, welche Sterne du dir gerade anschaust.«

»Wow.« Die Lippen seiner Tochter bildeten ein beinah perfektes O. »Und das hast du auch schon mal gemacht?«

Charlotte nickte. »Mit meinem Großvater.« Sie rieb sich das Tattoo auf ihrem linken Handgelenk. »Ich habe dir doch schon einmal von meinem Tattoo erzählt: Es zeigt den Nordstern. Das war der erste Stern, den mir mein Opa durch sein altes Teleskop gezeigt hat. Er hat immer zu mir gesagt, wenn ich mich einmal verloren fühle, muss ich nach dem Nordstern Ausschau halten. Er wird mich verlässlich ans Ziel führen. Und das wünsche ich dir auch. Dass du immer ein Licht in deinem Leben hast, das dir den Weg weist. Wenn du dich in Zukunft einmal einsam oder missverstanden fühlst, kannst du in den Himmel gucken und wirst sehen, dass du nicht allein bist. Die Sterne weisen dir den Weg.«

Eljas Augen brannten. Charlottes Rede war nicht für ihn bestimmt, aber sie trafen ihn direkt ins Herz. Charlotte hatte getan, was ihr Großvater ihr geraten hatte, und ihr Weg hatte sie zu ihm geführt. Wie hatte er jemals so dumm sein können, daran zu zweifeln, wie besonders das zwischen ihnen war? Sie hatte ihn nicht manipuliert oder getäuscht. Sie war ihrem inneren Kompass gefolgt. Das war kein böses Spiel von ihr gewesen. Es war das Schicksal.

Er öffnete den Mund, endlich bereit, sich bei ihr zu entschuldigen, aber wieder kam ihm Eveliina zuvor.

Eins nach dem anderen öffnete sie die anderen Geschenke. Von Hannes bekam sie ein Stickerbuch, bei dem man Anziehpuppen mit Glitzerkleidern und Accessoires aus wiederabziehbaren Aufklebern verschönern konnte. Ihre beste Schulfreundin schenkte ihr einen gemeinsamen Besuch im Arctic Zoo, eine andere ein Bastelset zum Gestalten von Schmuck und Ornamenten aus Papierstreifen. Eljas' Eltern hatten im Internet eine neue Schultasche für Eveliina bestellt. Seit Monaten jammerte sie, dass sie zu alt für den kindischen Ranzen war. Nun gab es eine richtige erwachsene Tasche, aus Jeansstoff gefertigt, groß genug, damit ihre Schulhefte nicht knickten, mit Lederhenkeln und einer sternförmigen Glitzerapplikation auf der Vorderseite. Eveliina machte Ohhh und Ahhh beim Auspacken und klatschte bei der Tasche vor Begeisterung in die Hände.

»Schau mal, da ist auch ein Stern drauf. Du hast mir die Sterne im Himmel geschenkt, Mummo und Opa einen hier unten. Das ist ein richtiger Sternengeburtstag!« Weniger enthusiastisch blätterte sie durch das Stickerbuch, zog dann aber das Bastelset zu sich heran. »Willst du das mit mir machen? Du kannst mir ein Band machen und ich dir und dann gehören wir für immer zusammen.«

Eljas verstand durchaus, wenn er entlassen wurde. Er nickte einmal knapp. »Geht doch ins Wohnzimmer. Dann kann ich hier so lange Klarschiff machen.«

»Ich kann dir helfen«, bot Charlotte an, aber er wehrte mit einem kurzen Kopfschütteln ab.

»Du bist für Eveliina da. Mach ihr einen schönen Geburtstag. Von mir will sie zurzeit ohnehin nichts wissen.«

»Eljas …«

»Nicht jetzt.« Er nickte in Richtung Wohnzimmer. »Geh schon. Das Geburtstagskind wartet.«

Die nächsten zwei Stunden entwickelten sich zu einem Trip durch die Vorhölle. Charlotte und Eveliina steckten die Köpfe zusammen, bastelten und lachten gemeinsam, und er durfte kein Teil davon sein. Jedes Mal, wenn er wieder Zeuge ihrer Freude wurde, fuhr ein stechender Schmerz durch seinen Magen. Als Charlotte sich entschuldigte, um auf die Toilette zu gehen, ergriff er die Chance. Er nahm eines seiner Geburtstagsgeschenke vom Küchentisch, wo sie immer noch unausgepackt ein einsames Dasein fristeten, und ging damit auf Eveliina zu.

Neben seiner Tochter setzte er sich auf den Boden. Sie sah nicht von ihrer Bastelarbeit auf.

»Ich hatte nie vor, dir Charlotte wegzunehmen. Ich weiß, dass du sie sehr gerne magst.« Hinter dem Vorhang aus Haaren biss Eveliina angestrengt die Lippen zusammen. Sie wollte etwas sagen, aber noch hinderte sie ihr Stolz daran. Dass sie nicht schnurstracks vor ihm weglief, wertete er als Erfolg. »Manche Dinge gehen aber nur sie und mich etwas an, Eveliina. Es gibt doch auch Sachen, die du allein mit ihr machen möchtest. Oder mit deinen anderen Freundinnen. Dinge, die ihr nur miteinander bereden könnt. Ohne mich. So ist das bei Erwachsenen auch. Deine Freundschaft mit Charlotte und meine Beziehung mit ihr sind zwei ganz unterschiedliche Sachen. Du kannst mich nicht mit deinem Schweigen erpressen. Aber das heißt nicht, dass du nicht beste Freundinnen mit Charlotte sein darfst. Ich brauche Zeit, verstehst du? Auch wenn du sie sehr magst, muss ich über manches erst nachdenken.«

»Darum geht es doch gar nicht!« Zum ersten Mal seit Tagen richtete sie wieder das Wort an ihn. Falls er gehofft hatte, dass ihre Wut sich mittlerweile gelegt hatte, so täuschte er sich. Allerhöchstens hatte sie sich verändert, war jetzt durchdrungen von einer gehörigen Prise Verzweiflung.

»Worum geht es dann, Häschen? Willst du es mir endlich sagen?«

»Es geht darum, dass du sie auch magst! Seit du Charlotte kennst, hast du viel mehr gelacht als früher. Wir waren eine richtige Familie. Und jetzt bist du nicht mehr glücklich. Es ist, als ob du gar nicht glücklich sein willst! Und alles nur, weil Mama tot ist. Aber dafür kann ich doch nichts! Warum können wir nicht alle zusammen glücklich sein, nur weil Mama nicht mehr da ist? Sie kommt doch nicht zurück! Wann verstehst du das endlich?« Den letzten Satz quetschte sie an Tränen vorbei, und er hätte eher aufhören können zu atmen, als sie nicht in seine Arme zu reißen. Endlich ließ sie ihn. Sie schlang ihm die Arme um den Hals, schluchzte in seine Halskuhle, bis der Kragen seines Pullis vollkommen durchtränkt war. Sein armes, kluges Mädchen. Jahrelang hatte er geglaubt, er dürfte sich nicht neu verlieben, weil er ihr Gedenken an ihre Mutter nicht verwischen wollte. Dabei war es immer schon er selbst gewesen, der seinem eigenen Glück im Weg stand. Eveliina hatte das lange vor ihm erkannt.

»Ich weiß«, versicherte er ihr zwischen beruhigenden Lauten und gewisperten Liebesbekundungen. »Und ich verspreche dir, dass ich es verstanden habe. Glaubst du mir?«

Auf einmal spürte er Charlottes Anwesenheit. Auch Eveliina musste es so gehen, denn statt ihm eine Antwort zu geben, wand sie sich aus seiner Umarmung und rutschte zurück auf den Platz, an dem sie zuvor gesessen hatte.

»Komm, wir machen weiter«, forderte sie Charlotte auf. »Isä braucht auch noch ein Armband.«

Unsicher trat sie von einem Bein aufs andere. »Es ist gleich zwölf.«

Er rieb sich die Hände. »Wunderbar. Zeit für den Weihnachtsfrieden.« Halb erleichtert, dass er mit Eveliina ein gutes Stück vorangekommen war, halb enttäuscht, dass er das Gespräch nicht mehr hatte zu Ende führen können, erhob er sich und ging zum Fernseher. Sofort fand er den richtigen Kanal. Seit Jahrhunderten wurde vom alten Großmarkt in Tuku aus um Punkt 12:00 Uhr an Heiligabend derselbe Segensspruch ausgerufen. Der nationale Fernsehsender übertrug die Veranstaltung ins ganze Land. Seit Eveliinas Geburt signalisierte dieses Ereignis den Übergang von Eveliinas Geburtstag zum Heiligen Abend.

Er hatte genau den richtigen Moment abgepasst: Auf dem Fernsehbildschirm ergriff der Direktor der Stadtverwaltung von Tuku das Mikrofon. Um ihn herum fing die Kamera Tausende Menschen ein, die sich versammelt hatten, um der Veranstaltung beizuwohnen. Zwischen zwei reich geschmückten Tannenbäumen stand der Stadtdirektor auf einem Balkon und wandte sich an die Menge:

»Morgen, so Gott vergönnt, ist unseres Herrn und Befreiers gnadenreiches Geburtsfest. Und so verkünden wir also hiermit den allgemeinen Weihnachtsfrieden!« Der Text war seit dem Mittelalter nicht verändert worden. Genauso altertümlich und verstaubt wirkte er, aber die Menschen in Tuku antworteten mit lautem Klatschen und Jubelrufen.

Wie jedes Jahr wandte sich anschließend, als in Tuku bereits der Festchor angefangen hatte, die Menge mit Bachs Weihnachtskantate zu unterhalten, Eljas an seine Tochter und hob in gespielter Ernsthaftigkeit ermahnend den Finger.

»Hast du gehört? Jetzt ist Weihnachtsfrieden angesagt, keine Sonderwünsche mehr für Geburstagsengelchen.« Und wie immer antwortete Eveliina mit einem Kichern, und einen kurzen Moment lang glaubte Eljas wirklich, alles sei wieder gut.

»Ich schätze, das ist mein Stichwort, um zu gehen. Habt ein schönes Weihnachtsfest, ihr beiden.«

»Nein, bleib!« Von Charlottes Vorschlag wollte Eveliina rein gar nichts wissen. »Du sollst mit uns feiern.«

»Häschen, weiß du noch, was wir gerade besprochen haben? Außerdem wollen wir jetzt Mama besuchen. Das machen wir doch jedes Jahr an Weihnachten.«

»Ich bleib hier.« Sie nahm sich einen Papierstreifen aus dem Bastelset und webte ihn geschickt in das entstehende Werk. Nach und nach entstand daraus ein Stern. »Ich will lieber weiterbasteln. Unser Weihnachtsbaum braucht noch Schmuck. Zu Mama kann ich ja dann morgen gehen, da ist auch noch Weihnachten.«

»Eveliina …«

»Gerade hast du gesagt, jeder von uns darf machen, was er will.« Er hatte nichts dergleichen gesagt, aber wenn er absolut ehrlich mit sich selbst war, dann hatte sie natürlich recht. In Finnland gehörte es zu den liebsten Weihnachtstraditionen, am Tag des Heiligen Abends die Gräber seiner Liebsten zu besuchen. Ihm hatten die Besuche bei Lennja immer Trost gespendet und das Gefühl gegeben, nicht allein zu sein. Dass Eveliina und er unterschiedliche Wege gefunden hatten, mit ihrer Trauer umzugehen, hatte ihr letztes Gespräch gezeigt. Seine Neunjährige war gut darin, zwischen den Zeilen zu lesen.

»Ich kann dich hier nicht allein lassen. Es ist Weihnachten.«

Auch darauf hatte Eveliina eine Antwort parat: »Charlotte kann auf mich aufpassen.«

»Das geht doch nicht. Charlotte hat sicher etwas anderes vor. Es ist Weihnachten.« Er kam sich vor wie eine hängen gebliebene Schallplatte.

»Ich könnte schon bleiben.« Charlotte wollte sich nicht aufdrängen. Ihr ging es nicht darum, Unfrieden zu stiften oder Eljas eins auszuwischen, das machte die Vorsicht in ihrer Stimme deutlich. Nur deshalb konnte er den Vorschlag abwägen.

Er rieb sich den Bart, dachte kurz nach. »Wenn ihr beide das wirklich so wollt …«

»Au ja!« Eveliina schnappte sich eines der fertiggestellten Bastelstücke und hielt es ihm hin. »Das ist für Mama. Und wenn du zurückkommst, ist unser ganzer Baum fertig geschmückt. Mit vielen, vielen Papiersternen.«

Was sollte er gegen so viel kindliche Eigeninitiative tun? Sich ein Lächeln abringend nahm er den Stern von seiner Tochter entgegen.

Zum ersten Mal an Weihnachten allein an Lennjas Grab – vielleicht war es richtig so. Vielleicht musste er diesen Weg tatsächlich ganz für sich gehen. Denn die Welt drehte sich weiter.

Im Rausgehen, als er Schal und Handschuhe aus der Kommode holte, fiel ihm der Brief auf. Ein Umschlag mit dem Logo des Weihnachtsmanndorfs darauf. Ein Umschlag wie der, in den er seinen Brief an Lennja gesteckt hatte. Nur einen Unterschied gab es: Auf diesem Umschlag stand sein Name.

Daran, wer ihn auf der Kommode hinterlassen hatte, bestand kein Zweifel.

Er steckte das Schreiben ein und machte sich auf den Weg.

18

Der Wind pfiff über den Friedhof von Hautausmaa und trieb die losen Flocken auf der Schneedecke in weißen Wirbeln durch die Winterluft. Eljas hatte diesen Ort nie als besonders friedlich empfunden. Die langen Reihen gleichförmiger Grabplatten verliehen ihm einen uniformen Charakter. Nur an Weihnachten war das anders. Die Kerzen im Schnee, die Angehörige ihren Verstorbenen gebracht hatten, sandten ihr Licht in das Dämmern des Tages. Wie ein Fingerzeig für Frieden und Hoffnung ragte der beleuchtete Kirchturm der Friedhofskapelle gen Himmel. Ein lichtergeschmückter Tannenbaum auf dem Kirchhof verströmte festliche Stimmung. Unter einem Laken aus Schnee verloren die Grabplatten ihre Trostlosigkeit.

Auf dem Weg zu Lennjas Grab begegnete er anderen Trauernden. Sie nickten ihm freundlich zu, wünschten ihm frohe Weihnachten und ein gesegnetes Fest.

Am Grab angekommen, schaufelte er ein kleines Loch in den Schnee und stellte sein mitgebrachtes Licht hinein. Zwanzig Stunden brannte das LED-Lämpchen angeblich.

Eveliinas Bastelstern behielt er in der Hand, drehte und wendete ihn ein paar Mal hin und her.

»Den hat Evi für dich gemacht.« Vorsichtig legte er die Bastelarbeit auf den Schnee. Es war ein kleiner Abschied, eine Erinnerung an die Vergänglichkeit aller Dinge. »Unsere Tochter ist ein starkes Mädchen, weißt du? Mit einem ziemlichen Dickschädel. Deshalb ist sie heute nicht mitgekommen, aber sie meint, sie kommt dich morgen besuchen.« Mit nichts in der Hand, um sich daran festzuhalten, wusste er nichts mit seinen Fingern anzufangen. »Ich habe jemanden kennengelernt«, platzte es aus ihm heraus. »Ich habe diesen Brief an dich geschrieben, und prompt stolpert sie in mein Leben. Ich dachte, du hast sie mir geschickt. Dabei ist sie so anders als du. Weicher, irgendwie. Ein bisschen zerbrochen. Sie hat nicht deinen oder Eveliinas wilden Frohsinn, aber sie ist ganz und gar ein guter Mensch. Sie hat ein wahnsinnig großes Herz, und sie öffnet es auch denen, die es ihr schwermachen, sie zu mögen. So wie mich. Vielleicht passt sie deshalb so gut zu mir. Ich bin auch ein bisschen zerbrochen. Es tut mir gut, gemeinsam mit ihr vorsichtig zu sein.« Er holte Luft. Ein paar Reihen weiter hatte sich eine Familie an einem Grab versammelt. Sie sprachen miteinander, lachten. Falls sie es seltsam fanden, dass er hier alleine stand, vertieft in die Zwiesprache mit einer Verstorbenen, ließen sie es sich nicht anmerken. An Weihnachten verflossen die Grenzen zwischen Hier und Dort. Wann, wenn nicht an diesem ganz besonderen Tag, sollte er Rat bei Lennja suchen?

»Aber es ist auch so: Sie hat den Brief gelesen, den ich dir geschrieben habe, und jetzt weiß ich nicht mehr, wo mir der

Kopf steht. Sie sollte nicht wissen, was ich nur dir sagen wollte, sie sollte mich sehen, wie ich jetzt bin, und ich weiß nicht, ob ich ihr verzeihen kann. Ob ich es ertrage, dass sie mir damit etwas weggenommen hat, das nur mir gehören sollte. Mir und dir.« Er fischte den Umschlag aus der Manteltasche, den Charlotte ihm auf der Kommode hinterlassen hatte.

»Jetzt hat sie mir geschrieben. Ich weiß nicht, ob ich lesen will, was sie mir zu sagen hat. Ich will ihr verzeihen, Lennja. Ich will wieder daran glauben, dass Charlotte mein zweites Wunder ist. Ein Wunder, das du zu mir geschickt hast. Aber ich habe auch Angst vor dem, was hier steht. Denn sie anzuhören und ihr anschließend zu verzeihen, das wäre ganz allein meine Entscheidung. Wenn ich diesen Brief lese, dann war das kein Zeichen des Schicksals, kein Fingerzeig von dir, dass ich ein neues Kapitel in meinem Leben aufschlagen soll, sondern dann liegt die Verantwortung bei mir. Bei mir ganz allein. Ich weiß nicht, ob ich das schaffe. Ich weiß nicht, ob ich mutig genug bin, noch einmal alles zu geben. Wer alles gibt, dem kann alles genommen werden.« Er richtete den Blick gen Himmel, sah in das endlose Grau, wo die Grenzen zwischen Wolken und Himmel verwischten, wo eine erste Ahnung von Violett die Nacht ankündigte. Die Heilige Nacht – das Fest der Liebe und Hoffnung.

Und während er so dastand, gegen die Angst in seinem Inneren kämpfte und dem Wunsch nach Leben, da fiel eine Sternschnuppe vom Himmel. Eine ganze Sekunde lang erleuchtete ihr Schweif das Firmament, und auf einmal wusste er, was er tun musste. Er brauchte keinen Brief. Er brauchte keine Entschuldigung von Charlotte und auch keine Erklärung. Er musste nur seinem Herzen folgen. Die Liebe selbst zeigte ihm das Licht in der Nacht.

Ob er ihren Brief gefunden hatte? Ob er verstanden hatte, was sie versucht hatte, mit ihren Zeilen auszudrücken? Charlotte wollte sich keine allzu großen Hoffnungen machen, und doch drehten sich ihre Gedanken immer wieder um dieselben Fragen.

Wie sie Eveliina versprochen hatte, half sie dem Mädchen, ihre Bastelarbeiten an den Baum im Wohnzimmer zu hängen. Die meiste Arbeit hatte Eljas offenbar schon am Vorabend erledigt. Lichterketten, Lametta und Glaskugeln schmückten die Zweige. Die Papiersterne verliehen dem Baum einen persönlichen Touch. Sie schielte zur Uhr auf dem Kaminsims. Wie lange würde Eljas weg sein? Sie gönnte ihm jede Sekunde seiner Erinnerung an Lennja, doch die Warterei machte sie verrückt.

Als der letzte Stern einen Platz am Baum gefunden hatte, packten sie gemeinsam die restlichen Bastelutensilien weg.

»Was meinst du, willst du dich schon schick machen? Wenn Isä nach Hause kommt, wollt ihr doch sicherlich gleich feiern. Ich kann dir die Haare flechten, wenn du willst.« Ihren Fingern etwas zu tun zu geben, klang nach einer hervorragenden Idee. Sie brauchte etwas zu tun. Etwas außer Hoffen und Bangen, dass Eljas den Brief gefunden und verstanden hatte, was sie ihm damit hatte sagen wollen. Ihr ging es schließlich gar nicht darum, alles über ihn zu wissen. Keine Sekunde lang hatte sie ihn täuschen oder hintergehen wollen. Ihr Schweigen hatte seinem Schutz gedient. Manche Wahrheiten sollten nur einem selbst gehören, und das hatte sie ihm nicht zerstören wollen. Ihre Entschuldigung in einem Brief festzuhalten war ihr nicht leicht gefallen. Sie war es nicht gewohnt, für sich einzustehen. Aber seit der Nordstern sie nach Lappland geführt hatte, hatte sie einiges dazugelernt. Wer vom Leben Glück erwartete, musste es sich nehmen. Sie konnte selbst entscheiden, welche Art Freundin sie für Eveliina sein wollte, und das hatte sie getan, indem sie den Geburtstag mit ihr feierte. Und sie konnte versuchen, Eljas zu erklären, dass sie ihn liebte. Ob er diese Liebe annahm, lag nicht in ihrer Hand.

»Ich will einen Zopfkranz«, verkündete Eveliina. »Wie die Heilige Luzia. So einen, der einmal ganz um den Kopf geht. Kannst du das?«

»Ich kann es probieren. Lass mich nur kurz nach einer Anleitung googeln.«

Während Eveliina sich in ihr schönstes Festtagskleid hüllte, suchte Charlotte nach einem passenden How-to-Video im Internet. Schon nach ein paar Klicks wurde sie fündig.

»Bring möglichst viele Haargummis und einen Kamm mit«, rief sie in Richtung Kinderzimmer. »Und kämm deine Haare vorher so gut es geht durch. Dann ziept es weniger.«

Nach dem dritten oder vierten Ansehen fühlte sie sich bereit, den Arbeitsschritten im Video zu folgen.

Ihre Konzentration verabschiedete sich in einem Sturzflug, als das Brummen eines Automotors vor dem Haus Eljas' Rückkehr ankündigte. Eveliina war noch immer im Kinderzimmer zugange.

Nun denn, jetzt oder nie. Wenn sie heute noch eine Gelegenheit haben wollte, unter vier Augen mit Eljas zu sprechen, dann war dies der richtige Moment.

Auf dem Weg zur Haustür beobachtete sie durchs Wohnzimmerfenster, wie er vom Auto zum Haus ging. Das Licht der Schneelaternen hüllte ihn in einen goldenen Schimmer. Sein Schritt wirkte beschwingt. Er trug einen riesigen Wärmebehälter mit dem Aufdruck eines bekannten Delikatessengeschäfts im Arm und sah ein bisschen aus wie eine junge, deutlich sexyere Version des Weihnachtsmannes.

Sie wartete, bis er unter dem Vordach verschwand, dann öffnete sie von innen die Tür.

Mit einem Schwall kalter Luft stolperte er in den Windfang. »Oh, hey. Da bist du.«

»Soll ich dir das abnehmen?« Sie deutete auf die Kiste. »Was ist da drin?«

Er stellte sie auf dem Boden ab. »Steckrüben-Karotten-Kartoffelauflauf und gebackener Honigschinken. Genug für drei. Weil ich wegen Eveliinas Geburtstag an Weihnachten nicht koche, bestelle ich das Festessen immer im Voraus.«

Genug für drei? Das musste ein gutes Zeichen sein, oder nicht? Rechts über seiner Schulter glitzerte der Nordstern.

»Ich habe deinen Brief gefunden«, meinte er.

Ihr Herz machte einen Satz.

»Aber ich habe ihn nicht gelesen.«

»Oh.« Tränen sprangen ihr in die Augen. Und sie hatte geglaubt, auf seine Abweisung vorbereitet zu sein. Einen Teufel war sie! Der Schmerz in ihrer Brust, das konnte nur ein brechendes Herz sein. Sie hatten einander immer so gut verstanden. Er hatte ihr wirklich zugehört, das war das, was sie am meisten an ihm angezogen hatte. Offenbar hatte sie sich getäuscht. »Okay. Dann gehe ich wohl besser. Ich …«

»Weil ich lieber von dir wissen will, was darinsteht«, unterbrach er sie. Er legte seine Hand an ihre Wange, mit dem Daumen wischte er ihr Feuchtigkeit aus dem Augenwinkel. »Sag es mir, Charlotte. Sag mir alles, was du mir sagen willst. Ich höre dir zu.«

»Wirklich?« Ihr Blick fiel auf den Brief in seiner Hand. Sie griff danach, riss den Falz auf und holte den Brief daraus hervor.

Einen zitternden Atemzug für Mut, dann begann sie zu lesen.

»Eljas«, sie machte eine kurze Pause, sammelte sich. In seinen Augen las sie nichts als Ermutigung. »Drei Dinge gibt es, die du wissen solltest.« An den Fingern der freien Hand zählte sie ab.

»Erstens: Ich liebe dich. Ich liebe dein gutes Herz und deine Fähigkeit zu lieben. Ich liebe deinen Blick auf die Welt, den tiefgreifenden Respekt, den du für das Leben hast – mit all seinem Leid.« Sie hatte die Zeilen oft genug formuliert und wieder verworfen, neu formuliert und verbessert, um sie auswendig zu können. Dass sie dennoch auf das Blatt sah, war ein Zeichen ihrer Nervosität. Sie nahm ihren Mut zusammen, hob den Blick, um ihm in die Augen sehen zu können, und was sie dort las, war ein Spiegelbild der Emotionen, die sie gerade aufgezählt hatte. Hinter ihrer Brust wurde es ganz warm.

Sie streckte einen zweiten Finger in die Höhe. »Zweitens: Ich habe mich in dich verliebt, bevor ich wusste, wer den Brief geschrieben hat, den ein freches, kleines Christkind einer Weihnachtselfe überreicht hat. Ich habe ihn behalten, weil er mich berührt hat und mir den Mut verliehen hat, auch für mich daran zu glauben, dass das Leben weitergeht. Aber verliebt habe ich mich in dich. Nicht in ein paar Zeilen aus Tinte auf Papier. Nur in dich!« Himmel, sie wünschte, sie wäre besser mit Worten. Jetzt, wo sie ihre eigenen Zeilen hörte, kamen sie ihr so leer vor, so unzureichend für das, was sie empfand. Doch nun hatte sie begonnen zu lesen und wollte es zu Ende führen.

»Drittens: Ich will nur das Allerbeste für dich. Ich habe dir nicht deshalb nicht von dem Brief erzählt, um dich zu hintergehen oder zu täuschen. Nachdem ich vor unserem Ausflug nach Kemi Eveliina kennengelernt und erkannt habe, habe ich dir die Sache verschwiegen, um dich zu schützen. Wissen ist Macht, heißt es immer, doch manchmal tut Wissen auch einfach nur weh. Dass ich den Schmerz in deinen Zeilen gelesen habe und von deinen Unsicherheiten und Zweifeln wusste, hat für mich nichts geändert, aber ich wusste, dass es für dich etwas ändern würde. Ich wollte nicht, dass du dich schämst. Ich wollte nicht, dass du dich fragen musst, was mein Wissen verändert. Ich wollte nicht, dass du dich entblößt fühlst oder klein und zerbrochen, denn all das habe ich nie in dir gesehen. Ich weiß nicht, wie es ist, einen geliebten Menschen zu früh gehen lassen zu müssen, aber ich weiß, wie es ist, wenn die eigenen Schwächen gegen einen verwendet werden. Wie leicht es ist, sich selbst in Zweifeln zu verlieren. Das wollte ich für dich nicht.« Noch einmal wagte sie einen Blick auf ihn. Sie musste keine Angst mehr haben, weiterzulesen. Dass er verstand, was sie ihm sagte, stand ihm klar ins Gesicht geschrieben.

Trotzdem brachte sie zu Ende, was sie begonnen hatte. »Es tut mir leid, dass ich dich verletzt habe. Vielleicht hätte ich nicht die Entscheidung für dich treffen sollen, ob es besser ist, dass du weißt, dass ich den Brief gelesen habe oder nicht. Aber es war meine Entscheidung. Auch es zur Sprache zu bringen, wäre eine Entscheidung gewesen, und ich habe das getan, von dem ich dachte, es sei das Beste. Jetzt liegt es an dir. Von ganzem Herzen«, sie machte eine Pause, faltete den Brief wieder zusammen, sah ihm tief in die Augen, »deine Charlotte.«

Jetzt begann das Warten. Die Welt um sie herum verschwand. Es gab nur noch ihn und sie.

»Ja«, sagte er schließlich nach einer Weile, die ein paar Sekunden gedauert haben könnte oder vielleicht auch Stunden.

»Ja wozu?«

»Zu uns, Charlotte. Ja zu dir und mir. Ja zu allem, was du bist. Zu den guten Entscheidungen, die du triffst, und den schlechten. Ich will sie mit dir teilen. Jede einzelne. Ich habe auch nachgedacht und eine Entscheidung getroffen und die lautet: Ich möchte mit dir zusammen sein, auch wenn wir einander manchmal wehtun.«

Er streckte die Arme nach ihr aus, sie schmiegte sich an seine Brust, und sie besiegelten mit einem Kuss, was sie einander versprochen hatten: einen neuen Anfang.

Es war das Fest der Liebe, das Fest der Hoffnung, und noch nie in ihrem Leben hatte sie tiefer empfunden, was das bedeutete. Es würde von jetzt an nicht plötzlich einfach werden. Sie würden einander verletzen und Dinge tun und sagen, die dem anderen nicht gefielen. Doch von nun an würden sie diesen Weg gemeinsam gehen. Einen Schritt nach dem anderen.

Epilog

Ein Jahr später

Der Wind rauschte ums Haus, rüttelte an den Fenstern und Türen. Charlotte umklammerte den Kaffeebecher fester und blickte aus dem Fenster. Jede Sekunde würden die Zwillingslichter von Eljas' Wagen zwischen den Kiefern und Tannen der Einfahrt auftauchen und ihre beiden Schätze ankündigen. So froh sie war, dass Eveliina sich dieses Jahr dazu entschlossen hatte, wieder gemeinsam mit ihrem Vater an Heiligabend Lennjas Grab zu besuchen, so ungemütlich stellte sie sich den Besuch bei diesem Wetter vor.

Sie nahm einen tiefen Schluck von ihrem Kaffee, spürte der Wärme nach, die das Getränk in ihrem Körper verbreitete. Sie hatte beim Aufbrühen etwas Zimt, Kardamom und schwarzen Pfeffer in das Kaffeepulver gemischt. Schon im Dampf, der kringelnd aus dem Becher stieg, lag das Aroma und kitzelte ihre Nase. Im ganzen Haus lag der Duft von gebackenem Honigschinken und dem traditionellen Weihnachtsauflauf. Dieses Jahr hatte sie es sich nicht nehmen lassen, das Weihnachtsessen selbst zu kochen. Das Rezept hatte ihr Birke gegeben, und bevor sie es heute ganz allein zubereitet hatte, hatten sie ein paar Mal gemeinsam geübt.

Ein Jahr war vergangen, seit Eljas und sie sich versöhnt hatten, und was für ein Jahr das gewesen war! Ihre Ausbildung zur heilpädagogischen Hilfspflegekraft war beinah abgeschlossen, sie arbeitete immer noch als Teilzeitelfe im Weihnachtsmanndorf und war im Frühjahr offiziell zu Eljas und Eveliina gezogen. Manche mochten denken, dass das zu schnell ging, doch für sie und Eljas fühlte es sich richtig an. Das war alles, was zählte. Sicher, der Balanceakt, Ausbildung, Job und Familie unter einen Hut zu bekommen, zehrte mitunter an ihren Reserven. Aber immer wenn Eveliina sie am Morgen mit einem Lächeln begrüßte oder Eljas sie vor dem Einschlafen ganz nah an sich zog und sie mit einem zufriedenen Ausatmen ein letzten Mal für diesen Tag küsste, wusste sie wieder, warum ihr gemeinsames Leben jede Anstrengung wert war.

Sie nahm einen weiteren Schluck Kaffee, ließ dabei den Blick durch den Raum schweifen. Nicht nur das Wohnzimmer, das ganze Haus strahlte dieses Jahr in weihnachtlichem Glanz. Frische Tannengirlanden kränzten Kaminmaske und Türrahmen, im Fenster hingen glitzernde Glassterne. Britta hatte ihr auf ihre Bitte hin einen Adventskalender aus Deutschland geschickt: ein lebensgroßer Filz-Santa mit vierundzwanzig Taschen auf dem Bauch. Eveliina hatte die Tradition nicht gekannt, aber große Freunde daran gehabt, jeden Morgen nachzuschauen, welche Kleinigkeit ihr das Warten auf den großen Tag verkürzte. Eljas hatte zwar gegrummelt, sie würde seine Tochter verwöhnen, aber es insgesamt mindestens genauso sehr genossen wie sie, Eveliina glücklich zu sehen.

Ein Motorengeräusch näherte sich, und plötzlich fühlte sich Charlotte an letztes Jahr erinnert, als sie genau wie heute auf Eljas' Rückkehr vom Friedhof gewartet hatte. Wie damals machte auch heute ihr Herz einen Satz, flatterte ihr Puls in purer Erwartung. Sie stellte den Kaffeebecher ab, löschte das Deckenlicht im Wohnzimmer, schaltete die LED-Lichter am Weihnachtsbaum an. Echte Kerzen standen in Windlichtern am Boden verteilt, auf Tischen und Sideboards. Ein Klick auf ihr Handy, und das Gerät verband sich mit der Box und startete die Weihnachts-Playlist. Die rhythmischen Klänge von »Little Drummer Boy« füllten den Raum, und gerade noch rechtzeitig, um ihren Lieben die Tür zu öffnen, erreichte sie den Windfang.

Eveliina und Eljas sahen aus wie Schneewichtel. Lachend wischte sie ihnen Schneeflocken von den Schultern und Mützen, begrüßte sie mit Küssen und Umarmungen. Festliche Erwartung hing mit einem Mal in der Luft. Zu dritt gingen sie ins Wohnzimmer. Eveliina staunte beim Anblick des Christbaums, ihre Augen spiegelten die Lichter wider, und ihr Haar glänzte wie gesponnenes Gold.

Eljas schlang einen Arm um Charlottes Taille, zog sie an sich heran. Sie legte ihren Kopf an seine Schulter.

»Geht es dir gut?«, fragte sie, leise genug, damit es Eveliina nicht hören konnte. Auch Eljas war weit gekommen in den vergangenen zwölf Monaten. Er war weicher geworden, weniger grüblerisch und allgemein zugänglicher. Nicht nur ihr gegenüber, sondern allen, und auch wenn seine Trauer ihn bis heute immer wieder einholte, schmolz der Eispanzer, mit dem er sein Herz geschützt hatte, Tropfen für Tropfen jeden Tag ein wenig mehr.

»Bestens«, wisperte er in ihr Ohr, und dann, lauter: »Zeit für Geschenke!«

Das ließ sich Eveliina nicht zweimal sagen. Sie stürzte auf die Päckchen unter dem Baum. »Ich bin als Erstes dran!«, verkündete sie aus voller Kehle. Sie wühlte in dem Geschenkestapel, bis sie ein winziges Päckchen fand, in goldenes Papier eingewickelt, mit einer glänzenden Schleife. Vorsichtig barg sie das Geschenk in der Hand. Zwischen ihr und Eljas flog ein Blick hin und her, den Charlotte nicht deuten konnte. Eljas an ihrer Seite versteifte sich kurz, dann ließ er sie los, rückte von ihr ab und trat zu Eveliina.

»Das hier ist von Isä und mir für dich«, erklärte das Mädchen. »Das musst du als Allerserstes aufmachen.«

»In Ordnung.« Charlotte griff nach dem Kästchen. Es war nicht schwer, und als sie es nah an ihrem Ohr schüttelte, hörte sie nichts rascheln. »Hmmm«, machte sie. »Was kann das sein? Vielleicht die Kopfhörer, die ich letztens erwähnt habe?« Fragend hob sie die Augenbrauen.

»Ganz falsch«, stellte Eveliina fest.

Das Geschenkpapier löste sich, und zum Vorschein kam ein Schmuckkästchen. Geräuschvoll schnappte Charlotte nach Luft. Das … Nein, das war unmöglich. Sicher, sie hatte Eljas gestanden, wie sehr sie sich wünschte, dass das mit ihnen von Bestand war, dass sie für immer ein Teil dieser wundervollen Familie sein würde. Nicht um Lennja zu ersetzen, sondern um gemeinsam mit ihr, Eljas und Eveliina eine Einheit zu bilden. Aber er hatte ihr immer nur versichert, dass sie das waren, und das hatte ihr gereicht.

Mit angehaltenem Atem hob sie den Deckel des Kästchens an. Nicht nur ein Ring lag auf dem tiefroten Samt gebettet, sondern zwei: ein weißgoldener Solitär und ein zweiter, dünner, etwas unförmiger Ring, der aus auf Draht gefädelten Glasperlen gebastelt war.

»Oh Gott.« Tränen sprangen ihr in die Augen. Sie wollte nach den Ringen greifen, aber konnte nicht, weil ihre Finger zu sehr zitterten. Unsicher hob sie den Blick, im selben Moment ging Eljas vor ihr auf ein Knie. Er öffnete den Mund, um etwas zu sagen, aber sie war nicht mehr Herrin ihrer Reaktionen, und ehe sie darüber nachdenken konnte, was sie sagte oder tat, platzte es aus ihr heraus: »Ja!«, versicherte sie, nickte, wischte sich die Tränen von den Wangen und nickte wieder. »Tausendmal Ja.«

Aus dem Augenwinkel sah sie, wie Eveliina grimmig den Kopf schüttelte, doch Charlotte konnte ihren Blick nicht von Eljas nehmen. Von diesem wundervollen, liebevollen, grummeligen, liebenden Menschen, der so wahnsinnig viel zu geben hatte und das manchmal noch nicht einmal zu wissen schien.

Eveliina war damit alles andere als einverstanden. Sie zupfte so lange an Charlottes Blusenärmel, bis sie sich ihr zuwandte.

»Du darfst jetzt noch gar nicht Ja sagen!«, beschwerte sie sich. »Isä und ich haben uns eine ganze Ansprache ausgedacht. Wir wollen dir sagen, dass du genau das bist, was uns gefehlt hat, auch wenn wir es nicht wussten. Dass mit dir die guten Tage besser sind und die schlechten erträglicher. Isä wollte dir sagen, dass er dich jeden Tag ein bisschen mehr lieben wird als am Tag zuvor und dass er das so genau weiß, weil er dich heute mehr liebt als gestern und morgen noch ein wenig mehr lieben wird als heute. Und ich wollte dann sagen, dass ich mir immer eine neue Mama gewünscht habe, aber dass dann du gekommen bist und ich begriffen habe, dass ich keine neue Mama will, sondern dich. Und gemeinsam wollten wir dich dann fragen, ob du Isä heiraten willst, und erst dann hättest du Ja sagen dürfen. Nicht schon so früh!«

Der arme Eljas wusste offenbar nicht so recht, wie ihm geschah. Er erhob sich wieder, schüttelte den Kopf, lachte und rieb sich den Bart. »Jetzt, wo ihr beide das Protokoll gebrochen und mir die Show gestohlen habt, darf ich dir dann wenigstens die Ringe anstecken? Heißt dein Ja wirklich, dass du meine Frau werden willst?« Vorsichtig griff er nach dem Solitär. Obwohl auch seine Finger zitterten, gelang es ihm sofort, das Schmuckstück aus dem Kästchen zu lösen und ihr an den Finger zu stecken. Der Ring passte perfekt, und sie hob ihm das Gesicht entgegen, sah ihm tief in die Augen und meinte: »Ja, Eljas. Ich will deine Frau sein. Deine Frau und deine Freundin. Für immer und ewig.«

»Danke.« Er senkte seine Lippen auf ihre, sie küssten sich kurz und süß und Eveliina rief: »Für immer und ewig!«, und unterbrach den Kuss, indem sie sich in ihre Umarmung drängte. Niemand dachte mehr an die restlichen Geschenke unter dem Baum. Ihr Herz schlug im Rhythmus der Trommel des kleinen Trommlers, und wie in dem Lied brauchte sie nichts mehr als den Moment, um von Herzen glücklich zu sein.